Flügelrauschen & Raureifglitzern

© 2014 Valerie Jeanbourquin
1. Auflage, September 2014

Text:	Valerie Jeanbourquin
Korrektorat:	m communications Martina Murer 8932 Mettmenstetten www.mcommunications.ch
Layout, Druck und Bindung:	Zumsteg Druck AG, 5070 Frick www.buchmodul.ch gedruckt in der Schweiz
Papier:	Werkdruck
Verlag:	swiboo.ch

ISBN 978-3-906112-27-5

Die Autorin

VALERIE JEANBOURQUIN, 1966, lebt im Jura, unmittelbar an der Grenze zu Frankreich. An der Schwelle zur zweiten Jahreshälfte 2012 wurde sie von einer tiefen Veränderung ergriffen und beendete ihr kreatives kunstgewerbliches Schaffen und Gestalten mit ihrem Label «Mit Nostalgie & Charme», mit welchem sie innerhalb von zweieinhalb Jahren an über zwanzig kleinen und grösseren Ausstellungen, Brocantes und Weihnachtsmärkten mitwirkte, noch Ende des Jahres … um sich ihrer zweiten grossen Leidenschaft zu widmen, dem Gestalten mit Worten zu Texten, Gedichten und Erzählungen. Um eine tiefe Sehnsucht in ihrem Herzen zu stillen, die Liebe zum Schreiben …

FLÜGELRAUSCHEN & RAUREIFGLITZERN

24 himmlische Weihnachtserzählungen,
berührend wie heiter, mit einem Hauch von Nostalgie

VALERIE JEANBOURQUIN

NHALTSVERZEICHNIS

Ein verarmtes Hutzelweibchen
oder Engelsgeflüster vielleicht ...?

Es war zu jener Zeit, wo ich nach einem neuen Text für eine Weihnachtsgeschichte suchte, brauchte etwas frische Luft, um meine Gedanken zu ordnen und überquerte bei hereinbrechender, winterlicher Dämmerung mit grosszügigen Schritten den parkähnlich angelegten Friedhof. Der unbarmherzig eisige Wind peitschte mir gnadenlos ins Gesicht und obwohl mir die bittere Kälte beinahe den Atem nahm, setzte ich mich nach einer Weile einen kurzen Moment auf eine trockene, geschützte Bank. Ein altes Hutzelweibchen zog mit langsamen Schritten an mir vorüber, mühselig gebückt, in ärmlichen Kleidern, bescheiden und unauffällig, nur ein Schatten seiner selbst. Bei einem der weiter hinten liegenden Gräber verharrte es im Schritt, duckte sich, schien irgendetwas in seinem alten, grob geflochtenen Korb zu suchen, hielt einen Moment inne und verschwand dann hinter hohen, kahlen Baumgerippen.

Ein plötzlich heranwehender Wind liess mich meinen Mantelkragen höher und enger um meinen frierenden Hals schlagen, stand auf, denn meine geweckte Neugierde liess meine Füsse zu jenem Grabe ziehen. Die liebliche Greisin musste eine ganze Anzahl Kerzen auf dem Grab entzündet haben, denn je näher ich der Ruhestätte kam, desto heller und freundlicher erschien mir die Umgebung, ein stilles Leuchten ging davon aus. Das helle Licht schien mich einzuhüllen, erfasste meinen frierenden Körper und füllte ihn vollständig mit Wärme aus. Langsam löste sich das Strahlen nebelartig auf und ich erkannte, dass keine einzige Kerze auf dem Grab stand. Zwischen frostbedeckten Rosenblättern und vereisten Efeuranken blickte mir eine kleine, grazile Engelsfigur entgegen, still und lieblich, mit unendlich gütigem Blick und, wie es schien, mit achtsamem Herzen.

Wie war das noch? Ein völlig verarmtes Geschöpf verweilte hier einen kurzen Moment und hinterliess ein solches Strahlen? Wer mag es wohl gewesen sein, dieses Hutzelweibchen ...? Von Frieden erfüllt, ging ich still nach Hause und schrieb im Verlaufe der Zeit so manch eine Erzählung zur Weihnachtszeit. Wobei ganz unterschiedliche Geschichten entstanden. Mit viel Liebe gewobene Texte, solche einem Märchen gleich, leicht verträumt, berührend, wie jenes der alten Greisin, des Hutzelweibchens, oder tiefsinnigere, jene, die von Wahrheit und gerechtem, edelmütigem Verhalten berichten.

Mögen die Leser vom vorweihnächtlichen Zauber der Erzählungen berührt sein, im Wissen, dass nicht alles sich erklären und deuten lässt und dies auch gut so ist ... auf dass Weihnachten erfüllt und beseelt sei.

Für meine Tochter

Möge das Rauschen von Engelsflügeln,
deren Schutz und Liebe Dich ein Leben lang begleiten.

Der stille Engel vom Münster

Niemand in der mittelalterlichen Stadt wusste wirklich, wie es um die sagenumwobene, mystische Erzählung des alten, würdevollen Münsters stand. Über unzählige Jahrhunderte und Einheimische wehte ein unseliger Wind sein Geheimnis flüsternd von den Klippen, über die gepeinigten Felder in die baufälligen schottrigen Steinhäuser und säuselte den darin nächtigenden Menschen mal dies, mal jenes im Schlafe zu. Es hiess, ein wundervoller Engel wohne in dem vorsintflutlichen Gemäuer, von bezaubernder, natürlicher Schönheit sei er, von himmlischen Gefilden gesandt, nur der Grund seines Daseins, darüber wusste niemand Genaueres zu berichten, man hatte darüber nicht die leiseste Ahnung. Genauso wenig, wie man sich gewiss sein konnte, dass er wirklich in der alten, erhabenen Kathedrale sein Zuhause hatte, denn wenn jedermann ehrlich war, hatte ihn nie jemand wirklich gesehen, geschweige denn auch nur ein einziges Mal singen gehört!

Man schrieb den Monat November, eine gnadenlose, bizarre Kälte hatte von der Stadt Besitz ergriffen, schwebte ohne geringstes Mitleid über den eisig, raureifbedeckten Dächern der Stadt, schlich heimtückisch und verschlagen in jede undichte Spalte von alten, baufälligen Mauern und lotternden, sperrigen Holzlatten, lagerte sich ein in deren undichten, schroffen Quellen und klammerte sich in einer Ernsthaftigkeit fest, wo ein jeder dankbar und froh um warme Stroh- und Federkissen sowie genügend gespaltenes Holz in der Kammer war. Gräulich dichter Rauch quoll tüchtig und bedrohlich aus den Kaminen, kaum eine Menschenseele war in den engen Windungen der schmalen Gassen noch auf den weiteren, leichter begehbaren Strassen zu sehen. Einsam, ja fast ausgestorben lagen sie einem seltenen Stadtgänger zu Füssen.

Indes das unerkannte himmlische Wesen oft traurig, melancholisch, manchmal leise lächelnd dem umtriebig, raunenden Geflüster des andächtigen Münsterchors hinter einem gewölbten Strebebogen oder kantigen Eckpfeiler des gewaltigen Doms horchte und sich wunderte, was diese sich alles über seine mögliche Existenz innerhalb der heiligen Mauern ausgedacht hatten, obschon keine wirklichen Begebenheiten und Tatsachenberichte oder dokumentarisch fundierten Zeugnisse existierten. Wie weit Menschen fähig waren, über jedes irdische Mass hinaus zu philosophieren und dennoch weit der tatsächlichen Wahrheit fehlten. Denn die Schwere und Begrenztheit des irdischen Daseins stand im Gegensatz zur unvorstellbaren Weite und Unendlichkeit der himmlischen Sphären. Wie konnten sie jemals glauben zu wissen, was selbst für ihn nach Tausenden von Jahren immer noch in tiefste Geheimnisse gehüllt war.

Wenn er dem reglosen, fast statischen Lauschen der unbeschreiblichen Geschichten über ihn müde war, zog er sich leise zurück in sein ruhig gelegenes Turmgemach, trat an die spitzförmig verlaufende Öffnung, eine Art Durchblick in dem bröckelnden alten Gemäuer, und setzte sich auf das poröse Sandsteinsims. Schwang einen Flügel um seine schmale linke Schulter, damit ihn nicht fror, wobei sein helles, fein gewobenes Gewand ihm jeweils schwerelos, luftig leicht um seine Glieder wehte. Indes sein Herz im herb säuselnden Abendwind an der Westseite der mächtig erhabenen Kathedrale sich hinunter nach dem herrlich berauschenden Duft des Kräutergartens sehnte, welcher, zumindest für dieses Jahr, bald in ausgedienter, still gehegter Ruhe neben dem Münsterfriedhof lag.

Da ihm nach einem Fehltritt im Himmel nur des Nachts, kurz vor der anbrechenden Morgendämmerung, zu fliegen gestattet war, geduldete sich der himmlisch Gefallene jeweils bis zum dritten Schlag der kleinen Silberglocke, welche im antiken, rustikalen wie eigentümlichen Holzgebälk des ehrfurchtvollen Gebäudes hing. Alsdann erhob er sich von seiner steinernen Schlafstätte, setzte behutsam einen Fuss auf die schwindelerregende Turmgalerie, schwang sich leicht und mühelos auf die Sandsteinbalustrade, hob sein wundervolles, samtweiches Federkleid, spannte seine weiten Flügel und stiess sich von der kalten Schroffheit des Gesteins ab. Nochmals in tiefer Ehrerbietung seinem würdevollen Zuhause gegenüber, kreise er einmal um den gewaltigen, sakralen Bau, vorbei an gefährlichen, drachenförmigen Steinfiguren, harten Adlerkrallen und furchteinflössenden, grässlichen Fratzen, gemeisselt in den Aussenmauern der Nordfassade, bevor er auf der moosbedeckten, mit kristallenem Raureif überzogenen Friedhofsmauer zu kurzem Halt absetzte. Sanfter würziger Duft von Thymian, Basilikum und Rosmarin wehte von einer Woge Novemberbise getragen in seine Atemzüge, bewog ihn zu einem Tiefflug über den nahegelegenen Kräutergarten, sodass er erneut seine Flügel spannte. Der Wind durchplusterte sein luftiges, federnes Gewand und säuselte beschwingt über seine hagere Gestalt hinweg. In sachtem Fluge segelte der Beflügelte um alte, knorrige Kastanienbäume und durchbrach die gespenstisch daliegenden Nebelschwaden, welche sich um verlassene, eigentümliche Urgesteine von Gräbern auf dem Münsterfriedhof windeten. Sein Haar umwirbelte wild sein kantiges helles Gesicht im sanften Licht des Mondscheins. Und eh er noch in nächtliche Gefilde über ruhig daliegende, weiche Matten und vom Morgentau feuchte Felder entschwinden konnte, vernahm er bereits die dritte Nacht ein leidvolles, trauriges Wehklagen aus längst vergessener Zeit. Es hörte sich an wie ein bitteres, verhärmtes Klagelied, erfüllte die immense Stille der finsteren Nacht, weinte unerbittlich und verzehrend bis zum Morgengrauen, wo es schliesslich an den kalten erbarmungslosen Gesteinsmauern des Münsters Widerhall fand und elendiglich zerbrach. Von hier begann sich die endlos scheinende Gram und der Schmerz des leidvollen Gesangs in leise, sich beruhigenden und leichter wogenden

Wellen im Dunst des Nebels einzunisten, durchbrachen achtsam erklingend das Grau des heraufsteigenden Morgens und wandelten sich zur einzigartigen wie wundervollen, himmlischen Melodie dieser scheinbar unglücklich betrübten, unerlösten Seele.

Zutiefst ergriffen und beinahe überwältigt über ein solches Mass an Traurigkeit setzte sich der Münsterengel auf die vor ihm stehende Friedhofsbank, lauschte in der herannahenden Dämmerung dem nachhaltigen Echo der geplagten, gepeinigten Seele und spürte, wie eine Saite in seinem ebenfalls verletzten Herzen sachte Berührung fand. So sass er still versunken in seinen eigenen Gedanken, bis ein heller, morgendlicher Lichtstrahl ihn ermahnte, zum Turmzimmer zurückzufliegen. Normalerweise hätte er um die Morgenstunden dem Chor des Münsters bei seinen Proben gelauscht, wo sich wiederholt repetierende Sonaten in c-Moll mit Oboenklängen vermischten, stimmgewaltige Arien für Sopran eingeübt wurden und unvergleichlich besetzte Streichensembles Ouvertüren spielten und jeder versucht war, sein Bestes zu geben. Doch das wimmernde Wehklagen über dem Münsterfriedhof wirkte so nachhaltig in Resonanz zu seinem eigenen Schicksal, dass er wie geistesabwesend seine Tür zum Turmzimmer hinter sich verschloss und der soeben erfahrenen Betroffenheit in seinem Herzen unbewusst vollste Aufmerksamkeit zugestand. Er spürte plötzlich, dass er nicht allein war mit seinem immensen Schmerz, welchen er glaubte längst überwunden, vergessen zu haben. Der von tiefem Elend erfüllte Gesang erinnerte ihn an seine barsche, aus seiner Sicht völlig zu Unrecht erfolgte Wegweisung vom Himmel. Die Verbannung in dieses alte urzeitliche Gemäuer, die kalte steinerne, lieblose Atmosphäre und die zusätzliche Untersagung, jemals wieder Gebrauch von seiner Stimme zu machen, sowie die Einschränkung, nur zu nächtlichen Stunden zu fliegen. Die Strafe entsprang seinem jugendlichen Übermut, im himmlischen Chor als Sopranstimme des Öfteren Soul und gospelartige Klänge angeschlagen und eigene Texte darin verwoben zu haben. Doch er konnte nicht anders, diesbezüglich glaubte er, den alten, ehrwürdigen Herrn des antik angehauchten Chors in himmlischen Welten weit voraus zu sein. Sein Gesangstalent forderte ihn zu neuen unerforschten, noch nie dagewesenen Stimmsalven heraus, sein ganzes Herz galt dieser einmalig hervorragenden Leidenschaft, war seine unverrückbare Bestimmung! Unerklärlich war ihm, weshalb er dieser seiner Fähigkeit nicht nachgehen durfte, sondern sich zurückzuhalten hatte, er konnte es nicht verstehen. Umso mehr traf ihn die unbarmherzige Zurechtweisung als Demütigung des Himmels und wie es ihm schien, mit unverdienter, unangemessener Härte.

Einige Zeit später entschloss er sich, seinen nächtlichen Flug nicht mehr über den Friedhof zu ziehen, dem Wehklagen wollte er kein weiteres Mal Gehör schenken, wollte dem Leid ausweichen, entfliehen, und redete sich ein, dass es ja nicht sein Kummer sei, sondern derjenige der erbärmlichen, zutiefst traurigen Seele. Der Hauch eines herben Abendluftes strich durch sein lang gelocktes, weiches Haar, hinterliess ein Frösteln auf seinen unbedeckten Armen, als dieser durch sein lichtes Gewand fuhr, und weckte seine heimliche Vorfreude auf den verborgenen Streifzug durch die still daliegende Nacht. Er liebte es, nach einem langen Tag endlich seine Flügel in voller Grösse und ausgestreckter Spannweite zu fühlen, den kühlen Wind in den Schwingen und durch die dunkle, finstere Nacht zu segeln. Im Gegensatz zu der unermesslichen Weite der himmlischen Sphären musste er hier auf Erden zuerst mit der begrenzenden, engen Wirklichkeit zurechtkommen, doch erschien ihm gerade dies eine echte, zu bestehende Herausforderung, welche er brauchte, um hier ohne seine Stimme, deren Gebrauch ihm verwehrt blieb, zu überleben. Es genügte ihm nicht, nur den akustischen Klängen von Arien und würdevollen Ouvertüren dem probenden Münsterchor zuzuhören, still zu lauschen, zum Schweigen verbannt, selber nicht beim nächsten Taktschlag mit einstimmen zu dürfen, er musste was tun, also gab er sich ganz dem Fliegen hin.

Drei helle Schläge warf der Klöppel mitten in der finstern Nacht an das kalte Metall der kleinen Silberglocke, seine Zeit war gekommen. Im Nu stand er auf der leicht mit kristallenem Raureif bedeckten Turmgalerie. Bevor er seine wundervollen Flügel zum Flug spannte, legte er diese noch einmal um seinen leicht frierenden schmalen Körper und stieg dann auf die steinerne Brüstung. Im tiefen Einatmen seiner Lungen setzte er entschlossen zum Flug an, stiess sich in das vor ihm liegende schwarze Nichts tiefster Nacht, schweifte vorbei an der Südfassade, wo in Sandstein gehauene Propheten und Apostel in einem Hauch von Weiss starr über die blechernen Dachrinnen auf den Friedhof des Münsters runterblickten, spürte den nächtlichen Novemberzugwind durch sein Federkleid wehen und das geschwinde, flattrige Rauschen seiner Flügel in der Luft. Er überflog frostig besetztes Baumgerippe des tiefer liegenden Friedhofs, welches in klirrender Kälte bis zum Morgengrauen ausharrte und umgeben von sachte hingehauchtem Nebel einen wahrlich märchenhaften Anblick bot.

Gerade als er um das Chorgebäude am massiven Stützpfeiler schweifend vorbeiflog, vernahm er ein leises, weinerliches Wimmern, kläglich, unvorstellbar mitleiderregend. Das immense bedauerliche Jammern traf sein Gehör in voller Wucht, liess erneut an eine Saite in seinem gebrochenen Herzen erinnern und er war versucht, dem ohrenbetäubenden, schmerzvollen Klang davonzufliegen. Doch es schien, als ob der tiefe, erschütternde Kummer ihm gleichzeitig vollends die Kraft zum Fliegen nahm und ihn umgehend zum Rückflug zwang. So begab er sich geschwächt zurück zum Turm, sein wehendes Gewand die poröse Sandsteinbalustrade des urzeitlichen Münsters streifte und seine Federn durch das neugotische schmale Turmfenster flatterten. Völlig ausser Atem stützte er sich am Geländer der spiralförmigen Wendeltreppe, welche in der Mitte bis in die untersten Bereiche des Treppenaufgangs in die Tiefe blicken liess. Wo er vorher noch glaubte, dass das unselig qualvolle Klagen seinen Ursprung aus der heiligen Krypta herrührte, drängte nun der erbärmliche Gesang durch die schmale Öffnung hinauf bis in sein Turmzimmer. Schien über ihn hereinzufallen, sich seiner gänzlich zu ermächtigen, zerriss ihm sein angeschlagenes Herz. Uralte, ungeweinte Tränen rannen aus scheinbar unversiegbarer Quelle unaufhörlich über seine zartblassen Gesichtszüge und endeten in einem ihn überwältigenden Weinkrampf. Das bittere Schluchzen hallte in dem winzigen Münsterzimmer wider, erfüllte das düstere Gestein und hinterliess eine Schwingung unsäglicher Traurigkeit. Die geweinten Tränen durchtränkten sein Leinengewand und fielen in die unendliche Tiefe des hohen Turms, benetzten den modrig feuchten Boden des heiligen Doms. Noch vor dem Morgengrauen, als die letzte Träne versiegte, verfiel der vom Himmel Gesandte in tiefsten Schlaf.

Ein Lichtstrahl fand einen Weg in die Tiefe der Finsternis, liess sein Licht über all die schmerzvollen getrübten Tränen gleiten, erfüllte diese mit der unbändigen Kraft des Mächtigen und hinterliess einen glitzernden, unvorstellbar edlen Glanz. Nach sieben Tagen ununterbrochenen Schlafes erwachte der Engel durch das freudige Gurren der Tauben und einem wundervollen himmlischen Gesang aus seinem Erschöpfungszustand, fühlte sich noch etwas schwach, jedoch innerlich ruhig und ausgeruht. Aus den Sandsteinspalten in seinem Mauergemach erklangen wundersame, heilende Klänge, liebkosten unaufhörlich seine gepeinigte Seele. Benommen erhob er sich, spürte die deutliche Vibration der sphärenähnlichen Melodie, aus einer andern Welt, scheinbar erlöst aus all den hoffnungslosen Qualen. In den bedrückenden, untröstlichen Seufzern erkannte er nun seine eigene umherirrende Seele, war nichts anderes als sein eigener Schmerz gewesen, verdrängt und weggeschoben in die hintersten Tiefen seines Herzens. Und in die Gezeiten der frühen Morgenstunden blickend, traf ihn allmählich die Erkenntnis, dass all sein ausgestandenes, betrübtes Leid nun für alle Zeiten ein Ende hatte.

Ein morgendlicher Luftzug hauchte durch das fein gewobene Leinengewand des himmlisch Beflügelten, liess ihn einen Versuch wagen, ob ein Flug bei Tagesanbruch nun wieder möglich sei, und spürte sich alsdann in wachsender, unbändiger Freude über die in der Morgendämmerung daliegenden Dächer der erwachenden Stadt hinwegzufliegen, die immer wärmer werdenden Lichtstrahlen auf seiner Haut zu spüren. Endlich, er vermochte wieder zu fliegen und dies bei vollem Tageslicht! Bereits lagen weisse, von herrlichem Schnee bedeckte Matten unter ihm, der Dezember bereicherte zum Jahresende die im vorigen Monat todähnliche finstere Stadt mit einem stillen hellen Zauber. Baumalleen glichen schneebedeckten Geweihen, lange Hecken und runde Buchsbaumkugeln hatten sich in weisse Stolen und Mützen gekleidet, eine neue, unbeschreibliche Landschaft tat sich kund. Lockte fröhlich spielende Kinder nach draussen und liess so manch müdes Herz seine gefalteten Hände für einmal in seinem Schosse ruhen, denn draussen gab es nichts mehr zu tun. Kaum beschreibbare, nicht zu bändigende freudige Atemzüge liessen beinahe das Herz des Münsterengels bersten, endlich, nach so vielen Jahren der Trauer war er endlich frei.

Weihnachten nahte unaufhaltsam und damit die Erinnerung an den Münsterchor und dessen unermüdlichen Proben zur bevorstehenden Weihnachtsfeier. Unter dem Gewölbe der Kathedrale wurde fleissig auf den geplanten musikalischen Anlass hingeübt. Auf und abträllernde Tonleitern sich eingestimmt, manch Geigenbogen über Saiten gestrichen, diese neu gespannt und abermals gezupft. Zwei zarte Oboen und eine anmutige Harfe vollendeten die Harmonie in wundervollen Klängen, steigerten das Gesamtwerk zu einer atemberaubenden, himmlischen Konzertwiedergabe, einer glorreichen Hymne. Der in die Verbannung geschickte Engel, der seit Jahrhunderten keinen Ton mehr von sich gegeben hatte, lauschte staunend und wusste gleichzeitig, dass noch irgendwas fehlte. Hier und da an einzelnen Stellen liesse sich mit einem einzigartigen Rhythmus noch ein prächtigerer, gestalterischer Einschub verwirklichen, welcher das ganze Stück zu einem unvergesslichen Klangerlebnis werden liesse. Er konnte sich kaum noch zurückhalten, bei der nächsten Oktave setzte er ein. Wo zu Beginn zarte, kaum vernehmbare hohe Töne aus seinem Mund erklangen, bekam seine Stimme immer mehr Volumen, füllte die instrumentale Begleitung vollends aus und wurde zur sich selbst überbietenden, choralgleichen Melodie seines Herzens. Sein gewaltiges Lied hallte vom imposanten Münsterportal, über das ganze ausschweifende Kirchenschiff, entlang den mit Fresken bemalten, gewölbten Kathedralwänden, erfüllten jeden unscheinbaren Winkel und jede bedeutungsvolle Nische der romanisch-gotischen Kirche, ein einziges, wundervolles Loblied an ferne, himmlische Welten und seine eigene, innerlich befreite Seele.

Völlig verwundert über solch nie gehörten wundervollen Gesang, waren Geigen und Oboen längst verstummt und in tiefstes Schweigen versunken. Erstaunte Chormitglieder lauschten beinahe gelähmt in ehrerbietender Stille, andere suchten mit verstohlenem umherschweifendem Blick nach dem Ursprung des unglaublichen virtuosen Novums, fanden es jedoch nicht. Indes die ungetrübte Freude des himmlischen Wesens immens war, seine Leidenszeit schien ausgestanden, endlich vorbei, gebüsst und vergolten zu sein. Und nicht nur das, denn das stetig unergründliche Geheimnis des ungebrochenen Mythos um sein Bestehen hatte nun unwiderruflich ein Ende. Wie er nämlich dem Gewisper bei einer der folgenden kurzen Probepausen des Münsterchors vernahm, war das Flüstern um seine eventuelle Existenz nun einstimmig. Man erzählte sich, dass solch Gesang einem menschlichen Wesen hier auf Erden völlig unmöglich sei und eine derartig vollendete wundervolle Stimme könne einzig und allein nur von einem Engel stammen. Völlig undenkbar, wie ausgeschlossen, dass es sich mit der Richtigkeit anders verhalten könnte.

Doch das Ende eines Mythos birgt oft gleichzeitig die Geburt einer neuen Sage. So erzählte man sich seit jenem beschriebenen Morgen, dass an besonders kalten, von Nieselregen und nebeldurchwebten Novembertagen man bei der Besteigung des Münsterturms auf den modrigen feuchten Sandsteinplatten unter der Wendeltreppe ein tränengleiches, wunderschön edles Glitzern erkennen könne und dies bitter geweinte Tränen des Münsterengels seien.

Den Grund seiner Traurigkeit, diesen vermochte jedoch niemand zu sagen oder zu erahnen, nicht mal der mysteriöse Wind, welcher sein säuselndes Flüstern über die steil abfallenden Klippen in die alten Stadtmauern trug … denn dies ist bis heute ein wahrhaft still gehütetes Geheimnis geblieben …

Das Flüstern der Verschneiten Tannen

Irma stand vor dem reich dekorierten Schaufenster einer hübschen, lieblichen Geschenkboutique und konnte nur staunen ob all den vielen, glänzenden, über die beinahe himmlisch anzusehenden Dinge, welche da vor Weihnachten in diesem wundervollen Geschäft angeboten wurden. Im Hintergrund an der Wand erkannte sie Papeterieartikel, weihnächtliche Schreibkarten und Buntstifte, silbergeprägtes Geschenkpapier und zartluftige Bänder. Daneben ein Gestell mit den erlesensten Duftartikeln, Seifen und Dosen, wie man sie in üblichen Geschäften kaum bekommen würde. Ganz vorne auf dem Tisch, mitten in weissem, wunderschönem Porzellan und Silberbesteck, lagen ornamentbestickte Servietten, grazile Gläser und Kerzenständer zuhauf in hauchdünnem Bauernsilber in feinster Blättergarnitur geschliffen, in welchem lange, weisse Kerzen steckten. In der Mitte thronte eine edle Suppenterrine, wo der silberne Griff unter dem Deckel hervorlugte. Zwei, drei Silberkugeln lagen dekorativ daneben in der Mitte des Tisches arrangiert, durchsichtige, kleine Glassterne verstreut und drum herum gewunden ein Efeuzweig. Traumhaft, dachte Irma, was für Leute konnten sich solch schönes Geschirr einfach nur zum Essen leisten? Da hörte sie ein hohes Klingeln der Eingangstüre zum Laden, eine nobel gekleidete Dame in adrettem Kostüm mittleren Alters verliess gerade das Geschäft, beidseitig vollgepackt mit edlen Einkaufstüten an satinierten Kordeln, die mit dem Label des Einrichtungsladens versehen waren. «Auf Wiedersehen Frau von Stetten, war mir eine Freude,

Sie als Kundin bedient haben zu dürfen, ganz schöne Weihnachtstage, Ihnen und Ihrem Mann.» Die Ladenbesitzerin war gerade im Begriff sich umzudrehen, als sie Irma erblickte, in ihre dunklen Augen starrte und abfällig ihren Blick an ihrer kleinen Gestalt wie den schlichten Kleidern nach unten bis zu den Schuhen gleiten liess. Fuchtelnd, mit einer wegscheuchenden Bewegung sagte sie: «Was machst du hier, geh weg da, das ist kein Laden für dich, geh nach Hause!» Irma ganz erschrocken über die ihr unerklärliche, schroffe Lieblosigkeit der Frau, schaute um sich, als ob sie sich verhört hätte, oder die Worte jemand anderem galten. Doch ein weiteres Mal ziemlich unwirsch meinte die Geschäftsinhaberin: «Ja du … du hast hier nichts verloren … also geh schon!» Völlig verstört mit grossen Augen blickte Irma zur Frau, die immer noch auf der Treppe stand, griff tief beschämt in die Taschen ihres abgetragenen Mantels und verliess mit traurig gesenktem Kopf die Strasse. Was war denn das eben, dachte Irma, ich hab ja gar nichts gemacht, nur geschaut?!

Bald schon hatte Irma die unfreundliche, herzlose Ladenbesitzerin vergessen und wurde von einer Gruppe laut singender, musizierender Menschen angezogen, welche längst vergessene Weihnachtsmelodien von dicht beschriebenen Notenblättern sangen, begleitet von bezaubernder Streichmusik. Begegnete einem jungen Geiger, der in altem, viel zu grossem zerfledertem Filzhut, offenem Mantel und festen Winterstiefeln zügig über seine Violine fuhr, als wäre sie sein Ein und Alles. Wow, der konnte aber spielen, dachte Irma, und als er geendet hatte, zog er mit weit ausholender, schwungvoller Geste seinen vermeintlich stattlichen Hut vom Kopf und hielt ihn Irma hin. «Eine Münze für das Violinenspiel, eine Münze bitte …!» Irma schaute ihn mit verstohlenem Blick an, eine Münze? Woher sollte sie denn die nehmen? Ausserdem war sie doch soeben erst gekommen, sie hatte ja noch nicht mal das ganze Lied mit angehört? Der wunderbare, schlaksige Virtuose, soeben noch freundlich, schien plötzlich zwei Gesichter zu haben und fragte mit forscher und misstrauischer Stimme völlig zerknirscht: «Du hast kein Geld?

Was stehst du denn hier? Wer nicht bezahlen kann, der soll weitergehen, der ist unserer Musik nicht wert, also geh!» «Aber ich …» Irma wollte noch was sagen, da unterbrach sie der spielfrohe Musikant beinahe böse, noch lauter und mit verschlagener Feindseligkeit: «Hast du nicht verstanden? Taube Ohren oder wie? Wer kein Geld hat, der hat hier nichts zu suchen … nun verzieh dich endlich, zieh Leine!» Er brüllte ihr die Worte fast entgegen, sodass Irma von Angst ergriffen und völlig verdattert sich hastig den winterlichen Schal enger um den Hals band und schleunigst, ohne sich noch einmal mit der geringsten Bewegung umzusehen, die Strasse weiterging.

Sie bog am Ende des Weges links ab und sah, dass zuhinterst in der Strasse eine Gruppe von kleinen Kindern und Erwachsenen stand und dahinter gerade sich ein älterer Mann in roter Kutte erhob. «Der Weihnachtsmann», flüsterte Irma hoffnungsvoll und ging mit eilenden Schritten auf die bunte Gruppe zu, welche scheinbar gerade im Begriff war, sich aufzulösen. Die Kinder schlenderten frohgelaunt mit Mutter und Vater nach Hause, beschenkt mit Lebkuchen, Nüssen, Mandarinen und Schokolade. Im Anblick der süssen Leckereien wurde Irma unmittelbar bewusst, dass sie seit Stunden nichts mehr gegessen hatte, und schaute mit sehnsüchtigem Blick den heimwärts ziehenden Kindern nach. Da hörte sie die müde Stimme des Weihnachtsmannes: «Auf was wartest du denn noch, du hast doch bestimmt schon was abgekriegt?!» «Ich bin grade eben gekommen … aber wenn du noch etwas Nüsse oder ganz wenig Schokolade hast, Weihnachtsmann, dann wäre ich sehr dankbar dafür! Ich weiss auch ein Gedicht, das ich …» Der alte Mann unterbrach sie ungeduldig, mühselig nestelte er an seinem grossen Jutesack und zeigte ihr die gähnende Leere darin: «Da, siehst du das? Komplett leer, nicht mal mehr einen Apfel für meinen Esel hab ich! Nun geh schön nach Hause Kleine, für heute ist Schluss!» Irma hörte die Worte, welche, wie ihr schien, in vollster Ungerechtigkeit ihr kleines Herz trafen, und spürte, wie ihr Magen knurrte, sie aufbegehren wollte, ihm sagen, dass sie seit einer Ewigkeit nichts mehr

gegessen hatte … und überhaupt … er war doch der Weihnachtsmann, zumindest er sollte doch über genügend, ja reichlich Vorräte
verfügen. Traurig schaute sie ihm zu, wie er den Sack mit einer groben Kordel zuschnürte, sich über die Schulter warf und ohne ein weiteres Wort mit dem Esel davontrottete. Wie konnte er nur, sie einfach
so stehen zu lassen, und dies soll ein Weihnachtsmann sein?» «Geh
nach Hause …», hallte es in ihren jungen Ohren, erbarmungslos und
kaltherzig … sie hatte kein Zuhause, wo sollte sie denn nur hin!

Am äussersten Rande der Stadt angelangt, sah sie über die weite
Flur hinweg drei mächtige Tannen stehn, mit weit ausladenden
schweren Zweigen, dorthin würde sie heute noch gehen, weiter vermochte sie nicht mehr. Erschöpft, ausgelaugt und völlig durchfroren setzte sie sich unter deren Äste und lehnte sich an einen Stamm.
Auch wenn es bereits geschneit hatte, unter den Zweigen lag noch
kein Schnee, es war beinahe trocken und die stark bis zum Boden
hängenden Äste hielten die Kälte etwas ab. Schlotternd ihren wollenen Mantel noch enger um sich ziehend, fror es Irma, dass es
kaum zu ertragen war. In ihrer erbärmlichen Verzweiflung und
dem Gefühl tiefster Verlassenheit begann sie bitter zu schluchzen
und verlor sich in einem leidvollen Meer von Tränen.

Da wehte ein gar frostiger Wind über die eisigen Krusten der
schneebedeckten Zweige der drei hohen Tannen hinweg und liess
ein diamantenes Glitzern im fahlen Mondlicht zurück. Ein bedrohlich heranbrausendes Rauschen fegte durch das winterlich erstarrte
Geäst, endete an den Baumstämmen als tief seufzendes Raunen und
hauchte als zartes Geflüster durch die verkrusteten Nadeln, bis es
nur noch ein dahingehauchtes Wispern war. Doch das sanfte, kaum
noch vernehmbare Säuseln verwandelte sich in eine flüsternde Melodie, leise und sacht, nahm einen beruhigenden Klang an und hüllte
Irma in eine Wärme, die sie nicht zu beschreiben vermochte und
auch nur unbewusst wahrnahm. Die wohltuende Ruhe breitete sich
nicht nur in ihrem Körper aus, sondern nistete sich ein in ihrem
jungen Herzen, als ob dort jemand eine helle Flamme entzündet

hätte. Die ohnmächtige Verzweiflung und die hilflos gespürte Hoffnungslosigkeit ebbte ab, bis sie ganz verstummte, nicht mehr vorhanden war und trotz herrschender Kälte Irma elendiglich erschöpft in einen tief schlummernden Schlaf fiel.

In der Nacht holte sie das murmelnde Flüstern der mächtigen Bäume erneut ein, nur, dass es jetzt nicht in einer Melodie erschien, sondern sich zu einem seltsamen Gespinst von Worten und Bildern formte und Irma sich von ungewöhnlichen Waldtieren umgeben sah, einer beflissenen, umsichtigen Schleiereule, einem fröhlich, musizierenden Hasen und einem grosszügig, warmherzigen Esel. Aus dem kauzigen, wunderlichen Gesicht der Schleiereule blickten ihr die wachen Augen der einstigen Ladenbesitzerin entgegen, welche ihr eine gefüllte Tasche mit Geschenken hinhielt, so vollgepackt, dass Irma kaum wagte, danach zu greifen. Und wie sie so lange zögerte, sagte die taffe Eule: «Nun nimm schon, ist alles für dich … schöne Weihnachten!» Die Eule stellte die Tasche auf den Boden unter die schneebestäubten Zweige und flog in aller Eile davon. Irma vernahm nur noch das Flattern ihrer geplusterten Flügel in den Himmel rauschen und hörte alsdann nichts mehr. In die Stille hinein trat unvermittelt ein strammer, robuster junger Hase. Unter seinem schlabbernden Filzhut trug er einen weiten Mantel sowie hohe, von gutem Leder geschnürte Winterstiefel. Den Bogen seiner Geige strich er in so gekonnter Weise über sein Instrument, dass man nur noch voller Staunen seinem Spiel gebannt zuhörte. «Du hast keine Münzen? Das macht nichts, komm setz dich zu uns oder sing mit, wenn du möchtest!», sagte er in einem friedlichen, liebevollen Tonfall, dass Irma vor unverhohlener Verblüffung den Mund kaum noch zukriegte. In diesem Moment erkannte sie den Esel in der Waldlichtung hinter dem musizierenden Hasen, der geradewegs auf sie zukam. Auf seinem Rücken trug er einen dunklen Jutesack, dessen unregelmässige Ausbuchtungen davon zeugten, dass er mehr als voll sein musste. Als er kurz darauf vor Irma stand, neigte er sachte seine Flanke und kippte die Last erleichtert von seinem ausgezehrten Rücken. «Von meinem alten Herrn, von welchem man sagt, er sei der Weihnachtsmann. Der Sack gehört dir, nimm dir, was du brauchst, schönes Fest!» Und ehe Irma noch was sagen, geschweige denn sich bedanken konnte, trottete der graue Esel gemächlich bereits wieder davon. Irma schaute ihm ungläubig nach und konnte kaum fassen, wie ihr geschah. Ganz anders als am Tag zuvor waren alle drei freundlich zu ihr gewesen, mehr noch, sie war völlig überraschend mehr als reich beschenkt worden.

Am andern Morgen wurde sie von etwas Feuchtem an ihrer Nase geweckt, sodass sie den Kopf leicht schüttelte und sich unerwartet einem niedlichen Terrier-Mischling gegenüber sah. Wie sie sich aufrappeln wollte, hörte sie die Stimme eines Jungen: «Nanu, wen haben wir denn da? Du hast doch nicht etwa bei dieser Kälte hier draussen gelegen, oder?» Vor Irma stand ein hochgewachsener Jüngling, etwas älter als sie. Leicht verlegen und unbeholfen strich sie ihre völlig zerknitterten Winterkleider glatt und sprach mit gesenktem Kopf und leisen Worten: «Ich wusste nicht wohin und ins Armenhaus gehe ich nicht mehr zurück!» Der Junge schaute sie erstaunt und verblüfft an: «Aha, ausgerissen also, und wo willst du jetzt hin?» Irma schaute traurig weiterhin zu Boden und achselzuckend meinte sie: «Keine Ahnung!» Das Bellen des Terrier-Mischlings unterbrach die beiden. «Ja, wir gehen ja gleich», sagte sein junger Besitzer lächelnd, und an Irma gewandt: «Willst du mitkommen, so wie du aussiehst, scheinst du etwas zu essen vertragen zu können?!» Scheu blickte Irma auf. «Ja, gerne», antwortete sie in zaghafter Ungläubigkeit und als sie ein paar Schritte gegangen waren, fragte sie: «Und was machst du hier, so ganz alleine im Wald, nur ein Morgenspaziergang mit deinem Hund?» «Ich wusste nicht wohin und ins Armenhaus gehe ich nicht zurück, ich bin übrigens Michael», er lächelte, als er Irmas Blick mit den grossen, fragenden Augen auffing. «Therry ist auch nicht mein Hund, der Weihnachtsmann brauchte einen Gehilfen und so schloss ich mich ihm an.» Nach wenigen Metern standen sie vor einer grösseren, stattlichen Waldhütte. «Santa, hab noch jemanden mitgebracht, die kleine Irma. Meinst du, wir könnten ihr für ein paar Tage Unterschlupf gewähren?» Der Weihnachtsmann schaute sich Irma genauer an. «So, Irma heisst du? Hhmm … in drei Tagen ist Weihnachten, dies bedeutet für uns Endspurt, verstehst du was von Plätzchenbacken?» Irmas Augen begannen zu leuchten. «Sicher, mach ich unheimlich gern sogar!» «Na, dann fangen wir am besten gleich damit an. In der Küche findest du alles, was du brauchst. Zutaten sind noch genügend vorhanden in der Vorratskammer und an der Wand hängt ein Zettel mit Weihnachtsrezepten. Doch zuerst wird tüchtig gefrühstückt, nicht wahr, Michael?»

Danach machten sich alle drei mit neuen Kräften an die Arbeit. Irma stürzte sich voll innerlich fröhlichem Tatendrang und unbändiger Freude über ihr ganz unerwartet zuteil gewordenes Glück ins Backvergnügen und schon nach kurzer Zeit durchzog ein herrlicher Duft die bestens eingerichtete Holzhütte des Weihnachtsmannes. Michael spaltete draussen das liegengebliebene Holz und fegte mit einem gröberen Besen den Platz um die Hütte sauber. Das Zaumzeug seiner Esel polierend, entfernte der Weihnachtsmann anschliessend Unrat aus den Klauen seines treuen Grautiers, bürstete sein Fell glänzend und füllte mehrere Jutesäcke neu mit saftig knackenden Äpfeln, einem Haufen Nüssen und süssen Mandarinen. So waren alle voll beschäftigt, ja mehr als ausgelastet, und während man am Abend nach getaner Arbeit am grossen Holztisch sass und würzige Lauch- und Wirzsuppe zu sich nahm, lag in der Luft der Hütte immer noch der Duft von Weihnachtsgebäck, wo zuvor Irma ein Blech ums andere aus dem Ofen genommen und die Kekse vorsichtig auf ein Gitter zum Auskühlen gelegt hatte. Sandbraune Makronen, weiss glasierte Zimtsterne und Schokokugeln zierten bereits das Küchenbuffet, fein abgepackt in durchsichtigen, mit zarter Spitze gebundenen Säckchen.

Tief in die Nacht hinein dauerten die Vorbereitungen für die letzten Weihnachtstage und als der alte Weise noch vor Heiligabend Irma dankbar ein paar Münzen in die Hand drückte und sagte: «In der

Stadt ist bereits die ganze Adventszeit hindurch Weihnachten Irma, morgen werden die Marktstände abgebaut, geh hin und kauf dir zuvor noch was Schönes», huschte das Mädchen am frühen Nachmittag kurz ins nahegelegene Städtchen, um ihrerseits Geschenke zu besorgen. Und da sie kaum wusste, wann sie jemals wieder zu einer solchen Gelegenheit kommen würde, schlenderte sie mit grossen und wehmütigen Augen durch das vielseitige, weihnächtliche Warenangebot. Ein Paar fein gestrickte Socken kaufte sie für Santa und eine flauschig warme Mütze für Michael. Für die beiden Esel erstand sie eine Tüte braunen Zucker, und für Therry einen riesigen Knochen, sowie Papier und Bänder, um die Geschenke schön zu verpacken. Dann ein paar Zutaten, die für ein feines Weihnachtsessen noch fehlten, sowie Hefe und Mehl, um zwei Brote zu backen und Kerzen natürlich, die hätte sie beinahe vergessen. Bei einem alten Trödler erspähte sie voller Freude zwei Nostalgiepostkarten mit lieblichen Engelmotiven, diese würde sie für sich behalten, und ihr Blick ruhte immer wieder in verstohlener Freude auf den beiden Bildern. Irma kam sich angesichts dessen, dass sie vor zwei Tagen noch unter den Tannen genächtigt hatte, völlig einsam und verloren ohne jeden Hoffnungsschimmer auf den morgigen Tag, unerwartet reich, begütert vor und erinnerte sich unversehens an ihren geflüsterten Traum der vorletzten Nacht. Nachdenklich, doch von stiller Vorfreude erfüllt, eilte sie mit ihrem vollgestopften Korb in die Waldhütte zurück, um alles fürs Fest am morgigen Weihnachtsabend vorzubereiten.

Als der Weihnachtsmann und Michael anderntags mit ihren beiden grauen Begleitern beim Eindunkeln müde, jedoch von Zufriedenheit und Glück erfüllt in die Holzhütte heimkehrten und Therry sie laut bellend empfing, war diese von einer Behaglichkeit erfüllt, die wohltuender nicht sein konnte. Kerzen brannten nicht nur auf dem gedeckten Tisch, sondern standen auch in winzigen Windlichtern auf den Fensterbrettern, ja bereits am Türeingang, und hiessen die beiden mit einem bezaubernden Lichtermeer willkommen. Der Duft von frisch gebackenem Brot und gekochtem Schinken erfüllte den Raum, gedämpfter Kohl entfaltete sich aus einer runden Schüssel und gebratene, mit dicken Streifen Speck umwickelte Kartoffeln luden zum Essen ein. Alle drei schlugen sich genüsslich und hungrig den Bauch voll. Danach gab es herzhaften Lebkuchen mit geschwungener Schlagsahne und süssem Schokopulver bestäubt. Auch waren noch genügend von den feinen Makronen übrig, welche unter den tüchtigen Händen von Irma gebacken worden waren. Und nachdem Santa wie Michael ihre nostalgisch eingepackten Geschenke mit Freude geöffnet und sich herzlich bei Irma bedankt hatten, wurden bei sanftem Kerzenlicht und feierlicher Stille Weihnachtslieder gesungen, bevor sich der Weise und sein Gehilfe für die Nacht zurückzogen.

In der Stube der Hütte roch es nach frischen Tannennadeln, Harz und dem Duft nach Föhrenzapfen sowie ausgehauchtem Schwefel. Im angrenzenden Stall hörte man die Esel den braunen Zucker zwischen ihren Zähnen knirschend zermalmen, bevor auch sie sich raschelnd ins Stroh betteten und sich der Dunkelheit der Nacht übergaben. Irmas Herz erfüllte eine Geborgenheit, wie sie diese seit Langem nicht gefühlt hatte. Ihre Füsse steckten in warmen langen Strümpfen und dunklen Filzpantoffeln, die ihr einige Nummern zu gross waren. Sie hatte sich in eine weiche Decke gewickelt und auf dem rustikalen Kachelofen in die wärmende Nische gekuschelt, wo sich Therry seinerseits dankbar an sie schmiegte. Durch die Scheiben in den Wald hinausspähend, glaubte sie, etwas weiter hinten in dem fahlen Mondlicht unter den hohen Tannen drei ihr nicht ganz unbekannte Tiere zu erkennen, eine Eule, einen Hasen und einen Esel. Und es war ihr, als trüge der eisige Dezemberwind leise wispernde Worte zu ihr herüber. «Nun ist doch noch alles gut geworden … schöne Weihnachten, kleine Irma!» Berührt nahm sie die Worte entgegen und fühlte sich mit einem Male selig. Mit leicht schimmernden Augen schaute sie zu den vom silbernen Licht des Mondes beschienenen Bäumen hinauf und flüsterte leise, einmal leer schluckend: «Danke … danke für alles!»

GROSSVATERS
SPÄTE LIEBESGEDICHTE

Stefanie verbrachte die Vorweihnachtstage bei ihren Grosseltern und war am Stöbern in Grossmutters vielseitigem, unerschöpflichem Ateliervorrat. Von Silberpapier und Tortenspitzen, reliefgewölbten Papiermachésternen und Prägeornamenten, Silberdrahtfaden und goldenem Zwirn bis hin zu Perlmutt- sowie alten Kartonknöpfen, Posamentenverschlüssen und feinstüberzogenen Haken, Fäden und Garnen in jeglicher Grösse, Farbe und Dicke gab es alles, was das kreative Herz begehrte. Ebenso fehlten nicht stapelweise Stoffresten, uni, bunt gemustert, kariert und mit Blumenmotiven, ein wahrer Fundus an Werk- und Nähutensilien.

Daneben befand sich eine Schachtel mit gläsernen Kugeln, geschliffen oder weisssilbern kunstvoll bemalt. Eine durchsichtige Tüte mit flauschigen Gänsefedern, dazwischen eine länglich braun geschweifte, und goldgrüne Brokatbänder, wie man sie heute kaum noch fand. Zuhinterst lag der grösste Schatz und liebste Schmuck von Grossmutter, dies wusste Stefanie, ein dünner Stapel gebundener alter Postkarten, in leicht vergilbtem Braunton, mit hellblauem Satinband umwickelt und gerundeten Kanten. Stefanie atmete den Duft des verblichenen Papiers ein, welcher ebenso einen Hauch Lavendel verströmte wie denjenigen von längst vergangener Zeit und Nostalgie. Sie zog sachte an dem mittlerweile fast farblos gewordenen, matten Band, wobei ihr die Karten aus den Händen und auf den Tisch glitten, eine davon verkehrt herum, sodass ihr die geschwungene Handschrift ihres Grossvaters ins Auge fiel und sie folgendes Gedicht las:

Wie ich diese Karte so ansehe, zart und veilchenblau,
in Deine lieben Augen schau.
Die Farben mich erinnern, was ich letzten Sommer gesehen habe
auf wunderschöner Wiese.
Eine zierliche Gestalt, im Schatten der Bäume liegen.
Niemals gedacht, dass so schnell in mir ein Feuer entfacht.
Lange mit meinem Herzen gerungen,
bis mir wurde klar,
dass ich hab meine grosse Liebe gefunden.

Die Karte war an eine Frau mit Namen Anna adressiert und der Poststempel wies ein beinahe schon uraltes Datum auf … Stefanie rechnete kurz nach, da war Grossvater erst siebzehn … wobei der zweite Stempel neueren Datums war. Quer zu Grossvaters Zeilen war eine weitere Notiz geschrieben, jedoch so klein, dass Stefanie diese kaum entziffern konnte: «… im Grunde meines Herzens hab ich immer nur Dich geliebt, doch ich war jung, es zog mich fort in die Welt hinaus, … in Liebe Anna.»

Hatte diese Karte wirklich Grossvater geschrieben? Stefanie konnte es kaum glauben, er war doch kein Dichter gewesen, alles andere als poetisch veranlagt, ein Mann mit Schaffensdrang zu Taten, mit seinen Händen zu wirken und nicht mit Worten dichterisch zu gestalten. Weshalb lag denn diese Karte hier in Grossmutters Schachteln, wenn diese eigentlich für eine andere Frau gedacht war?

«Ach, Stefanie», sagte Grossmutter wehmütig, und die gefühlte Trauer war ihr deutlich anzumerken, als ihre Enkelin ihr die Karte zeigte und ihre Grossmutter wagte danach zu fragen. «Dies war lange vor meiner Zeit, Anna war seine erste grosse Liebe und Grossvater konnte sie nie wirklich vergessen, sie hatte sich für einen andern entschieden und er blieb mit gebrochenem Herzen zurück.

Kurz vor ihrem Tod vor fünf Jahren hatte sie ihm die Karte zurückgesandt, über viele Umwege haben wir sie erhalten. Er sass auf dem Bettrand und heulte sich die Augen aus, als er seine eigenen, vor vielen Jahren abgeschickten Worte wieder las, doch vor allem das Kleingekritzelte von Anna. Als ich ihn da so sitzen sah, mit der Postkarte in der Hand, mit Tränen in den Augen, hätte ich ihn am liebsten in die Arme geschlossen, doch ich konnte nicht, denn meinen eigenen Schmerz mit anzusehen, dass er in Wahrheit immer noch tiefe Gefühle für Anna hegte, sie vielleicht all die Zeit nie vergessen konnte oder gar noch liebte, obwohl wir bereits so viele Jahre zusammenlebten, übermannte mich zutiefst. Leise, ja still verliess ich das Zimmer und beweinte meinerseits all meine bittere Erkenntnis voller Betroffenheit.» Unsäglich traurig schaute sie zum Fenster hinaus, zu den kahlen Hecken, den dürren, blätterlosen Bäumen, bevor sie weiterfuhr. «Und eine Woche später fand ich die Postkarte im Papierkorb, als ich diesen leeren wollte, in einem Gewühl von durchweinten Taschentüchern und zerrissenen Briefen, die er in seinem Leid und wohl auch so was wie Wut im Nachhinein an sie schrieb, um seine eigene Trauer zu verarbeiten. Wie es schien, wollte er die Postkarte nicht mehr, ich selber konnte sie nicht wegwerfen. Fand sie zu schön, es lag so viel Liebe von Grossvater darin. Es muss ihn ganz tief geschmerzt haben, dass Anna ihn damals verliess, denn ich habe in all den Jahren nie ein Gedicht von Grossvater erhalten und ich vermute, dass er auch nie mehr eins geschrieben hat. In der Vorstellung daran, dass er mir die Karte mit den Vergissmeinnicht und dem wunderschönen Gedicht geschrieben hätte und nicht Anna, behielt ich sie.» Sie schaute auf zu Stefanie, ein matter, untröstlicher Schleier hatte sich über ihre Augen gelegt und Stefanie glaubte, ihren Schmerz nachempfinden zu können. Sie lächelte Grossmutter verständnisvoll an und fuhr mit liebevollem Blick über ihr hübsches, von faltiger Zartheit gezeichnetes Gesicht.

Am Nachmittag lud Grossvater seine Enkelin zur Weihnachtsbrocante ein, welche jedes Jahr in der zweiten Adventswoche im alten

Wirtshaus im Nachbardorf stattfand. «Wir werden bis zum Abend zurück sein», rief Stefanie ihrer Grossmutter über die Schulter zu und zu Grossvater: «Lass uns gehen, Grossvater, und schauen, was wir alles Schönes finden.» Freudig zogen beide los, eingehüllt in dicke Mäntel, Schals und wollene Mützen. «Wirtshaus zum weissen Engel», las Stefanie das Schild laut vor, als sie unter der massiven Tür standen, und trat zusammen mit ihrem Grossvater ein, wobei sie die winterliche Kälte und immer dicker fallenden Schneeflocken hinter sich liessen. Schon im Gang waren die Klänge einer alten Drehorgel zu hören, welche die beiden in den grossen Saal lockten, wo sich bereits eine grosse Schar an hoffnungsvollen Neugierigen buntgemischten Schaulustigen versammelt hatten. Im gegenseitigen Einverständnis trennten sich Stefanie und ihr Grossvater, damit jeder in seinem eigenen, angemessenen Rhythmus durch das vielfältige Angebot stöbern konnte. Es duftete nach Glühwein, süssem Punsch, köstlichem Kuchen und zuckerglasiertem Gebäck. Neben nostalgisch, fast antiquarisch angehauchtem Weihnachtsschmuck wurden gebrauchte, noch gut erhaltene Kleinmöbel angeboten, leicht restauriert, geschliffen oder neu mit Farbe und Lasur aufgefrischt. Auf Silbertabletts sorgfältig aufgereihte Spitzenbordüren und weisse Bänder. Ebenso stapelten sich unzählige Teller, Tassen, Krüge in altem, noch brauchbarem Porzellan und Silberbesteck auf den Tischen. Ältere, gut erhaltene Leinenbezüge, reichlich bestickte, monogramm-versehene Servietten. Unzählige, in Leder gebundene Bücher in alten Schriften, Kupferstichabbildungen und so manch wunderliche Kuriosität. Zu sehen gab es alles Mögliche wie Unmögliche, man hätte sich einen ganzen Tag in dem hergebrachten Fundus verweilen können.

Nach geraumer Zeit fand sich Stefanie wieder ihrem Grossvater gegenüber, der in lautloser, verlorener Versunkenheit alte Postkarten, die in graue Kartons gefüllt waren, durchblätterte. Zwischendurch zog er eine der verstaubten Karten heraus, verharrte gedankenverloren einen Moment, steckte diese wieder zurück zu den andern oder legte sie auf den Tisch. Als er Stefanie erblickte, lächelte er: «Alte Erinnerungen …» «Hhmm … zeig mal, was für Motive hast du denn gefunden?» «Ach, solche mit Weihnachtsmotiven …» «Und was machst du jetzt mit denen?» «Ich lege sie zu den andern gesammelten … hab da so ein Buch angefertigt …» «Wir könnten die Karten auch an den Weihnachtsbaum hängen, an einem Silberfaden oder einer breiten Masche, wäre doch hübsch, was meinst du, Grossvater?» Doch mehr als ein «Hhmm …» bekam Stefanie nicht zur Antwort, der Greis hatte sich bereits wieder in seine eigene stille Welt zurückgezogen. Von plötzlicher gestalterischer Vorfreude gepackt, hievte Stefanie die zweite Kartonschachtel zu sich heran und begann diese zu durchsuchen, wobei sie ebenfalls auf das eine und andere Weihnachtsmotiv stiess, ihr vor allem jedoch Postkarten in zarten Blautönen in die Hände fielen. Vergissmeinnicht, Veilchen, dunkelviolett blühende Hortensien, tiefblaue Kornblumen, zarte Stiefmütterchen und lila Lavendel, wo der Gedanke an Grossmutter unmittelbar nahelag. Sie drehte diese um und erkannte, dass keine einzige beschrieben war und plötzlich eine Idee sie nicht mehr losliess …

Die verbleibenden Adventstage waren ausgefüllt mit Weihnachtsvorbreitungen, dem Einkaufen oder Gestalten von Geschenken, grösseren Dankbarkeiten auf Ende Jahr innerhalb der Familie oder kleine Köstlichkeiten für so manche Handreichungen in den letzten Monaten für Nachbarn und Freunde. Im ganzen Haus hing während all dieser Tage der Duft von angefachtem Schwefel, vermischt mit Kerzenwachs in der Luft, so wie der süssliche Zauber längst vergessener Erinnerungen an die eigene Kindheit, wo frisch duftendes Gebäck aus der mit geschäftigem und tüchtigem Treiben gefüllten Küche stammte. Der leise Klang von Weihnachtsmelodien hallte durch die warmen Zimmer und stimmte die drei Herzen der Bewohner auf bevorstehende Weihnachten ein.

Am Morgen des 24. Dezembers begaben sich Grossvater und Enkelin Stefanie in den nahe gelegenen Wald, welcher zu ihrem

Grundstück gehörte, und suchten sich eine passende Tanne für den Weihnachtsabend aus. Nicht zu gross sollte diese sein, denn die niedrigen Zimmerdecken des alten Hauses boten eine zu geringe Höhe, und ihre Äste auch nicht zu breit ausladend, denn dann würde der Baum zu viel an Platz in der kleinen Stube für sich vereinnahmen. Nein, eine schmale, grazile Tanne, dann würde auch der wenige Weihnachtsschmuck gerade reichen, welcher dieses Jahr hierfür gedacht war und Stefanie mit ganz viel Liebe gestaltet hatte.

So stand am Heiligen Abend der letzten Dezemberwoche ein etwas aussergewöhnlicher, jedoch verträumter, in nostalgischer Lieblichkeit geschmückter Weihnachtsbaum im Wohnzimmer. Heller Kerzenschein untermalte den feierlichen Anblick um ein Vielfaches. Silberne Lamettafäden hingen an den dichten Zweigen und spiegelten sich festlich in den glänzenden Weihnachtskugeln. Zu Fächern gefaltetes Notenpapier tanzte luftig neben warm aufsteigendem Rauch der entzündeten Kerzen und hübsch dekoriertes Weihnachtsgebäck baumelte verlockend von den Ästen. Zartgerankte Silberlöffel und metallene Keksförmchen glitzerten zwischen Tannennadeln hervor sowie weiss besprayte Ahornsamen. Alte Perlmutt-Hosenknöpfe auf Draht gebunden und zu kleinen Herzen geformt hingen schwankend und in regelmässigen Abständen zueinander an feinsten Spitzenbändern am Baum. Und was Grossmutter zuletzt ganz besonders ins Auge fiel, waren ihre im Sommerwind getrockneten, stark an Rosa verblassten Rosenblüten aus den Rabatten hinter dem Haus, ebenso manch eine alte Postkarte, gebunden an hauchdünner Tüllschlaufe oder Silberfaden, mit einem dezenten Engelmotiv. «Also die sind wirklich ganz bezaubernd», sagte sie überschwänglich und an ihre Enkelin gerichtet: «Habt ihr die an der Weihnachtsbrocante gefunden?» «Ja, da waren insgesamt zwei grosse Schachteln, die wir durchwühlt haben, nicht wahr, Grossvater?» «Genau, wobei Stefanie noch auf andere gestossen ist», und hielt ihr ein kleines Päckchen in hellblauem Seidenpapier hin. Grossmutter schaute ihren Mann erstaunt, wie mit weit aufgerissenen Augen an. «Für mich?» «Ja, mach es auf!» erwiderte Grossvater und zwinkerte Stefanie in stillem Verständnis, einem gehüteten Geheimnis gleich, lächelnd zu.

Mit leicht vor Vorfreude zitternden Händen entfaltete Grossmutter das feine Papier und blickte auf eine Handvoll zartblauer, alter Postkarten, voll der unterschiedlichsten Blumenmotive. Von lilaviolettem Lavendel, blassblauen Schattierungen von unterschiedlichsten Sommerblüten bis zu tiefem Kornblumenblau und Hyazinthen. «Oh, … sind die schön …!» «Und sie sind beschriftet, dreh sie um!», sagte Stefanie mit lächelnder Ungeduld. «Aber dies ist ja Grossvaters Handschrift … !» und zaghaft begann sie die erste Karte leise, fast flüsternd zu lesen:

Wie oft ich hab gestanden,
in der Dichte der Blütenbeete, in bezaubernd duftendem Garten.
Die viele Arbeit, die damit verbunden, ich jeweils vergass,
wenn ich dich sah am Abend müde auf der Bank sitzen.
Auch der Lohn all der Mühe es wert gewesen wäre, Dir zu danken.
Ebenso Dir zu sagen, wie lieb ich Dich hab.

Als sie sah, dass die andern Karten ebenfalls mit der geschwungenen Handschrift und weiteren Gedichten ihres Mannes beschrieben waren, verschleierten sich ihre müden, verblassten Augen. Eine Träne löste sich aus deren Winkeln, die sie verstohlen hastig mit dem Handrücken wegwischte, sich jedoch schnell wieder fing. Sie stand auf, ging auf Grossvater zu, schaute in seine treuen Augen und erkannte in deren Tiefe seine Liebe zu ihr und strich ihm zärtlich über seine rechte Wange, bevor sie seinerseits von ihm umarmt und innig gehalten wurde. Stefanie hatte noch lange nachdenklich auf der Ofenbank im weihnächtlichen Wohnzimmer gesessen, nachdem ihre Grosseltern bereits zu Bett gegangen waren. Gefreut hatte sie sich über das tief empfundene Glück der beiden und hoffte, dass ihre noch junge Liebe zu Markus so lange Bestand haben würde wie die ihrer Grosseltern. Und sollte sie jemals ein kleines Häuschen und einen Garten besitzen, dann würde sie mit Bestimmtheit eine Rabatte nur mit blau-lila Blüten pflanzen, vor allem jenen, die man Vergissmeinnicht nannte.

VERLIEBTER WEIHNACHTSMANN

Joline kam gerade von der Arbeit nach Hause, müde und leer, da klingelte bereits das Telefon. Noch den Mantel in der Hand, griff sie nach dem Hörer und hob ab: «Ja, Joline?» Ihr Bruder Nico meldete sich auf der andern Seite: «Joline, du bist da, Gott sei Dank!» «Was ist denn?» «Du musst mir helfen …» Doch Joline unterbrach ihn. «Oh nein, nicht schon wieder», und wollte bereits wieder auflegen. «Nicht, warte doch, es ist diesmal wirklich nicht meine Schuld, glaub mir …!» «Wie sollte ich? Das war wohl allzu oft bereits mein Fehler, dir geholfen zu haben, findest du nicht auch?» «Joline bitte, es liegt diesmal wirklich nicht an mir … ich bin zu schnell die Treppe runtergelaufen und hab mir den Fuss verstaucht. Übermorgen sollte ich zu diesem Treffen der Weihnachtsmänner gehen und mich für die Anprobe von Mantel und Bart bereithalten, abends um sieben, … aber was soll ich da jetzt noch, ich kann kaum gehen, ich muss morgen zum Arzt, könnte gar sein, dass ich was gebrochen habe. Jedenfalls kann ich diesen Job dieses Jahr nicht übernehmen, unmöglich. Ich kann froh sein, wenn ich nicht bei der Arbeit fehle, das ist mir wichtiger, der Chef sitzt mir eh schon im Nacken.» «Warum fragst du nicht deinen Freund Pierre? Soll der doch für dich einspringen.» «Er ist nächsten Monat auf Montage, geht nicht!» «Und was ist mit Jule?» «Jule ist selber im Club der Weihnachtsmänner.» «Aha … und ich bin eine Frau, Nico, tut mir leid.» «Warte, häng nicht auf, Joline, hör mir zu!» «Ich habe nein gesagt Nico, gute Besserung, diesmal musst du dir jemand anders suchen, schlaf gut!»

Damit hängte sie genervt ein, ihren Mantel an die Garderobe, legte ihre Tasche auf die Kommode und liess sich selber in den alten Sessel fallen, einfach unmöglich, ihr Bruder! Diesmal würde sie ihm nicht helfen, soll er selber schauen, wie er zurechtkam. Sie war es leid, als ältere Schwester immer Elternersatz zu sein und sich um ihren jüngeren Bruder zu kümmern. Sie hatte weiss der Himmel selber genügend um die Ohren. Nein und nochmals nein!

Als sie am andern Morgen zur Arbeit fuhr, hallte die flehende Bitte von Nico immer noch in ihrem Gehör. Sie und Weihnachtsmann, wie würde sie denn aussehen mit ihren kaum fünfzig Kilo, welche sie auf die Waage brachte. Glatt versinken würde sie in dem roten weiten Mantel! Mal abgesehen von dem langen weissen Bart, den sie sich überzuziehen hätte, also nein wirklich, das geht gar nicht, die Kinder wären ja grösser als sie, wo würde denn da der nötige Respekt bleiben?!

In der Zehn-Uhr-Pause machte sie bei ihrem Schreibtischkollegen Dylan ihrem Ärger Luft, der schon so manche Story ihres kleinen Bruders über sich hat ergehen lassen müssen: «Also willst du das Neueste von Nico hören? Glaubt der doch wirklich, ich würde für ihn als Weihnachtsmann einspringen …» und erzählte ihm kurz den Grund dafür. Ihr Arbeitskollege, einen Becher Kaffee in den Händen haltend, lauschte still den unterschwellig brodelnden, fast wütenden Ausführungen seiner Schreibtischgefährtin, die sich über ihren Bruder masslos ereiferte und endgültig, wie sie am Schluss betonte, genug hätte, jedes Mal für ihn den Kopf hinzuhalten.

Als sie ihren Frust von der beladenen Seele geredet hatte, wandte sie sich wieder ihrer Arbeit zu, wobei Dylans Blick sinnend auf ihrem Gesicht und ihrer schlanken Gestalt noch etwas länger verweilte. In dem einen Jahr, in welchem sie zusammengearbeitet hatten, wurden sie einander zu Vertrauten in vielerlei Hinsicht und manchmal glaubte er, Andeutungen oder Empfindungen Jolines wahrzunehmen, als ob da mehr sei als nur blosse, angedeutete Freundschaft, doch Dylan war sich nicht sicher und wagte auch seinerseits diesbezüglich nicht wirklich tiefere Hoffnungen zu entfalten. So blieb Joline in all den Monaten seine im Verborgenen stille Angebetete, die Frau, nach der er sich in Sehnsucht verzehrte, in einsamen Nächten wach lag und nicht wusste, wie er es anstellen sollte, dass sie mit ihm ausgehen würde. Er war für sie einfach nur ein Kumpeltyp, an dessen Schulter sie sich ausheulen und ihren Seelenschmerz von sich streifen konnte, mehr nicht. Und da er, wie er annahm, auch nicht in seinem äusseren Erscheinungsbild ihr Typ war, sondern dunkel und ebensolcher Augenfarbe, immer noch neben ihr den Schreibtisch hatte und nicht allein ein Büro in der Chefetage, kam er für sie nun mal ganz und gar nicht infrage. Kurz, er konnte sich auch nur den geringsten Gedanken daran in den Wind schlagen!

Doch ein Job als Weihnachtsmann und wenn auch nur leihweise für zwei Wochen, dies wäre mal was anderes, und so hakte er vorsichtig nach: «Also … es kommt für dich ganz und gar nicht infrage, dass du als Weihnachtsmann einspringen würdest?!» Joline schaute ihn entsetzt, fast entgeistert an: «Ja könntest du dir denn mich als Weihnachtsmann vorstellen?» Dylan musste bei ihrer Frage und der Vorstellung, sie in weitem roten Mantel, zugeschnürt mit breitem Ledergurt, eiserner Metallschnalle und langem Bart zu sehen, unwillkürlich lächeln: «Nein, eigentlich nicht, ehrlich gesagt, nur sehr schwer …» «Na also», das Thema war endgültig vom Tisch, erledigt, sie musste weiterarbeiten und drehte ihm den Rücken zu. Dylan verharrte noch einen Moment nachdenklich, bevor auch er sich wieder an die Arbeit machte, konnte sich jedoch nicht mehr so richtig darauf konzentrieren und verliess deshalb entschuldigend eine Stunde früher seinen Arbeitsplatz.

Da er einmal für Jolines in Not geratenen Bruder eingesprungen war, wusste Dylan, wo er diesen finden konnte, und ging kurz entschlossen bei Nico vorbei. Als er wieder aus dessen Wohnung trat, setzte er zu einem tiefen Atemzug an, steckte seine beiden Hände wie zum Zeichen einer beschlossenen Sache in die Manteltaschen und schlug den Kragen schützend gegen die kalte Dezemberluft höher. Schaute dann zum Himmel hoch, senkte den Blick wieder und lächelte heimlich versonnen. Es war alles besprochen, er würde Nico vertreten, mit der Bitte, Joline nichts zu verraten.

Am andern Tag kam Joline etwas niedergeschlagen ins Büro, während Dylan pfeifend mit einem Becher Kaffee von der Cafeteria zurückkam. «Nanu, was ist? Ist dir der Weihnachtsmann begegnet? Oder noch schlimmer, hat er dir deine Fehlerquoten in Sachen Lebensführung vorgehalten?» Joline liess sich nachdenklich in ihren Sessel fallen. «Weisst du, ich habe mir da so was überlegt, von wegen Weihnachtsmann. Wenn Nico nun niemanden findet, dann wäre dies doch sehr traurig für ganz viele Kinder unserer kleinen Stadt! Denn ein Weihnachtsmann weniger, müsste so manches Kind auf ihn verzichten, und da hab ich mir gedacht, ich könnte es vielleicht doch versuchen, einzuspringen für Nico, was meinst du?» Dylan, der sich gerade einen weiteren Schluck Kaffee gönnen wollte, verschluckte sich augenblicklich und hätte beinahe den ganzen heissen Becher verschüttet. «Ach weisst du …», stotterte er, «ich, … ich glaube nicht, dass dies eine gute Idee wäre … Du weisst schon, wegen der viel zu grossen roten Kutte und dem Bart, wie würdest du denn aussehen? So … so ganz ohne Muskeln und den viel zu schmalen Backenwangen … Deine grazile schmächtige Gestalt würde glatt darin versinken.» «Jetzt mach mir das Ganze nicht noch so garstig abspenstig, wo ich kaum geschlafen, die halbe Nacht mich hin- und hergewälzt und mich nach dem Aufstehen endlich zu dieser Entscheidung durchgerungen habe. Nein, ich hab mich entschieden, ich werde heute noch zu Nico gehen und es ihm sagen, er wird sich bestimmt freuen!»

Es war bereits der dritte Tag, an welchem Joline trübselig an ihrem Bürotisch sass, und als Dylan erneut fragte, was denn los sei, beschränkte sie sich darauf, ihm zu sagen, dass Nico ganz unerwartet jemanden als Vertretung für den Weihnachtsmann gefunden hätte, man einen weiteren Mann, eine Weihnachtsfrau nicht einstellen konnte, da es an zusätzlichen Mänteln wie Bärten fehlte, und arbeitete anschliessend still und schweigsam bis zum Abend durch.

An genau diesem Abend weilte Dylan bei der besagten Anprobe der versammelten Weihnachtsmänner, sah sich in rotem weitem Mantel und überlangem Bart wie schweren schwarzen Stiefeln in einem grossen Spiegel gegenüber und erkannte sich selber kaum noch wieder. Seine Wangen begannen sich jedoch mit einem leichten, rosa Schimmer zu überziehen, übermorgen war es so weit, er würde vor mehreren Kindern, Müttern wie Vätern oder Grosseltern sozusagen den ersten Auftritt haben und freute sich mächtig darauf.

Derweil am selben Abend sich Joline erneut unruhig im Bett von einer Seite zur andern drehte. Sie fühlte sich missverstanden von ihrem Arbeitskollegen Dylan, was hatte er gesagt? «Wie würdest du denn aussehen, so ohne Muskeln und viel zu schmalen Wangenknochen … Du würdest glatt versinken in dem viel zu grossen Weihnachtsmantel.» Sie wusste längst, dass sie nicht dem Traumbild von Frau entsprach, welche Dylan sich wünschte, denn sie war weder blond noch blauäugig, ihre zierliche Oberweite liess zu wünschen übrig und auch sonst konnte sie kaum mit weiblichen Rundungen oder Fülle aufwarten. Nie würde er sie fragen, ob sie mit ihm einmal ausgehen wollte, dies konnte sie sich definitiv abschminken!

Die folgenden Tage kam Dylan völlig übernächtigt zur Arbeit, schien geradezu an der Schreibtischplatte festzukleben und kippte einen starken Espresso nach dem andern, Milchkaffee schien schon längst nicht mehr zu genügen. Und als Joline einmal wagte zu sagen, dass sie sich ernsthaft sorgen würde, meinte dieser nur, ihm ginge es blendend, was Joline nur noch bekümmerter stimmte. «Verbringt wohl die Nächte bei seiner Neuen und bekommt zu wenig Schlaf ab», hauchte sie mit trauriger Stimme ins Telefon, als ihre Freundin Nathalie sie kurz danach anrief. «Ach Joline, das weisst du ja nicht mit Bestimmtheit, könnte ja sein, dass er eine Weiterbildung besucht oder einem Hobby nachgeht.» «Und warum sagt er mir dann das nicht?» «Muss er denn das? Er ist dein Arbeitskollege, nicht dein Lebenspartner, und dir keine Rechenschaft schuldig. Und selbst dann …», da hörte sie nur noch leises Weinen. «Joline, Joline, bist du noch da?» Ein zaghaftes Ja liess sich am anderen Ende vernehmen. «Weisst du was, wenn du morgen nichts vorhast, gehen wir wieder mal zusammen aus, was meinst du, damit du etwas auf andere Gedanken kommst, ok? Schliesslich gibt es noch andere Männer … Weihnachtsmänner zum Beispiel!» Da hörte sie Joline leise lächeln. «Siehst du, also bis morgen, ich erwarte dich unten beim Bäcker an der Ecke, um sieben.» «Um sieben, ist ok», sagte Joline, schniefte zögerlich in ihr Taschentuch, bedankte sich bei ihrer Freundin und hängte ein.

Joline und Nathalie standen hinter einer Gruppe von aufmerksam lauschenden Kindern, welche den vor ihnen stehenden Weihnachtsmann nicht aus den Augen liessen und gebannt seinen Worten folgten. Es war, als ob er all seine kleinen Zuhörer in seine eigene, bezaubernde Weihnachtswelt mitgerissen hätte. Griff ab und zu in seinen groben Jutesack und beschenkte seine dankbaren Mitspieler mit viel Gesundem und auch Süssem. Zwirbelte mit Zeigefinger und Daumen die Enden seines schlohweissen Schnurrbartes zwischen seinen Geschichten zurecht, versetzte der in Schieflage geratenen roten Weihnachtsmütze geschickt einen Klaps, bis diese wieder gerade sass, und stimmte am Schluss selbst in das fröhliche Gelächter der jubelnden Kinderschar mit ein, die es sich nicht nehmen liess, über das borstig graue Fell seines treuen Begleiters zu streicheln.

«Der hat die alle voll im Griff, der ist vielleicht süss, ein Weihnachtsmann so richtig zum Verlieben.»

Nathalie schaute ihre Freundin Joline mit erhobenen Augenbrauen fragend an: «Na, das ging aber schnell», und stupste ihre Freundin am Ellbogen. Joline gab ein verlegenes Lächeln zurück: «Ach, das war doch nur so dahingesagt, wer weiss, was hinter dem langen Bart steckt oder unter der weiten Kutte?» «Na, na … wir sind heute Abend weder stürmisch noch wählerisch … muss ja nicht gleich der erstbeste sein, komm!» Sie hängte sich bei Joline ein und schelmisch lächelnd gingen sie weiter, durch die dunklen, nur an manchen Stellen hell erleuchteten Gassen, wo sich in der Altstadt üppig beladene Schaufenster in allen Varianten festlich dekoriert zeigten, weihnächtlich geschmückt, als ob sie untereinander konkurrierten und ein jedes von neugierig Vorbeigehenden um Anerkennung heischte. Auch Weihnachtsmännern begegneten sie, solchen in düsterer, rutenhaltender Begleitung, und anderen mit liebevollen Vierbeinern, Grautier. Und auch wenn sie an manchen vorbeikamen, die umringt von Kindern und Eltern standen, vermochte keiner einen berührenderen Eindruck zu hinterlassen als jener Weihnachtsmann, welchem sie zuerst begegnet waren. Seine dunkle warme Stimme, mit welcher er zu den Kindern sprach, seine heitere Gelassenheit hatten Joline doch sehr beeindruckt, ebenso der warme Ausdruck in seinen Augen, welche umso deutlicher hervortraten, da diese praktisch das Einzige waren, was vom Gesicht nicht verhüllt war. Und als die beiden Freundinnen sich wieder an der Ecke beim Bäcker verabschiedeten, bedankte sich Joline herzlich und versicherte Nathalie, dass es ihr schon viel besser ginge.

Am andern Morgen fand Joline Dylan nicht wie gewohnt am Schreibtisch vor, was selten vorkam, da er meist der Erste war. Wie er jedoch gerade hereinstürzte, bereits mit einem Becher Kaffee in der Hand, konnte Joline sich die Bemerkung nicht verkneifen: «Das wird ja immer schlimmer mit dir!» «Guten Morgen Joline, ja, war wieder spät geworden gestern, noch wenige Tage, dann hab ich's geschafft!» «Dann hast du's geschafft, was denn?» «Was? Och …» Dylan merkte gerade noch, dass er sich beinahe verraten hätte und erwiderte: «Och … all die Weihnachtseinkäufe, weisst du … ich … ich hab mir vorgenommen, dieses Jahr mal frühzeitig damit anzufangen und nicht immer alles im letzten Moment zu besorgen …» «Aha, und dafür bist du jeden Abend weg? Du hast aber eine Menge Leute zum Beschenken …» «Ach, geht so … komm, machen wir uns an die Arbeit!» Joline hob ihre Augenlider, wollte noch was sagen, liess es aber dann mit fragendem Stirnrunzeln bleiben und begann, die ersten Briefe zu beantworten. In der Pause holte sich Dylan bereits den dritten Espresso und brachte Joline auch einen Becher mit. «Und was hast du gestern Abend noch gemacht?» Joline bedankte sich für den Kaffee und begann zu berichten. «Ich zog mit Nathalie um die Häuser und durch die Gassen der Altstadt. Wir sind übrigens einer Menge Weihnachtsmänner begegnet. Einer war besonders süss, die Kinder konnten kaum das Gesicht von ihm wenden, der war wie geboren für diesen Job!» Dylan war mit einem Schlag hellwach: «Ach ja? Und … wo habt ihr diesen Weihnachtsmann angetroffen?», hörte er sich selber fragen, und wartete gespannt Jolines Antwort ab. «Eigentlich ganz in der Nähe von hier, kurz nach der Ecke beim Bäcker, vor dem Brunnen des Stadtplatzes, wenn ich mich richtig erinnere», und mit Nachdruck «… ja dort war es, genau …!» Dylan schaute Joline unverhohlen an: «Und den hast du süss gefunden?» Nun war es an Joline, sich zu wundern, dass sie ihn erstaunt ansah: «Ja, warum? Er hatte einen guten Draht zu den Kindern, eine warmherzige Ausstrahlung und liebevolle Augen.» «Ich dachte immer, du stehst mehr auf blaue denn braune Augen?» «Ich sagte, er hätte einen liebevollen Ausdruck in den Augen und nicht, welche Farbe. Woher weisst du denn, dass er braune Augen hat? Du kennst ihn?»

Nun musste er sich zusammennehmen, damit er sich nicht vollends in den Worten verhaspelte. «Och, zufällig, ja … na er steht ja schliesslich seit eineinhalb Wochen jeden Abend auf diesem Platz!» «Woher weisst du das? Ist doch nicht dein Heimweg, oder?» «Eh … nein, aber wie gesagt … ich habe fast bereits alle meine Einkäufe für Weihnachten gemacht … und der Weg in die Stadt führt nun mal an diesem Platz vorbei.» Dylan lächelte schwach, huch, gerade mal noch die Kurve gekriegt. «Oder nicht? Was ist denn?» Joline schaute ihm geradewegs in die Augen: «Nichts … mir ist da nur grad was … ach, nichts!», und wandte sich nachdenklich ihrer Arbeit zu. Eine Stunde früher machte sie Schluss, mit der Begründung, dass es eine gute Idee von ihm gewesen sei, sich rechtzeitig um

Geschenke zu kümmern, was sie bereits heute Abend ebenfalls gedachte umzusetzen.

«Weisst du», sagte sie später am Telefon zu ihrer Freundin, «und da wartete ich eine ganze Stunde im gegenüberliegenden Kaffeehaus, wann Dylan endlich aus dem Bürogebäude kommen würde, doch er kam nicht.» «Warum hast du denn auf ihn gewartet?» – «Ehrlich gesagt glaub ich nicht, dass er jeden Abend Weihnachtseinkäufe in der Stadt tätigt. Und da er das Bürogebäude nicht verlassen hat, muss er einen Grund dafür haben.» «Du meinst, eine Geliebte innerhalb des Konzerns?» «Ach, ich weiss auch nicht, Nathalie …!» Sie spürte, dass Joline bereits den Tränen wieder nahe war. «Bist du dir sicher, dass er das Haus nicht doch verlassen hat, einen andern Ausgang vielleicht?» «Nein, aus Sicherheitsgründen haben die Angestellten nur diese eine Möglichkeit, das Gebäude zu verlassen, durch den Haupteingang, der Kontrolle wegen. Ich bin mir sicher, ihn nicht gesehen zu haben, Nathalie. Eines war jedoch seltsam, ein Weihnachtsmann verliess das Gebäude, der hatte sich wohl in der Strasse geirrt.» «Ein Weihnachtsmann? Na ja, vielleicht wurde der von der Firma der oberen Etage engagiert, für einen Eventanlass.» «Wäre möglich, glaub ich jedoch nicht, davon hätten selbst wir Wind bekommen.» «Dann weiss ich auch nicht weiter», meinte Nathalie, sprach noch einige Trostworte zu ihrer Freundin, bis man sich gegenseitig eine gute Nacht wünschte.

Am andern Abend legte sich Joline erneut im gegenüberliegenden Kaffeehaus auf die Lauer und stellte fest, dass Dylan das Gebäude auch diesen Abend nicht verliess. Seltsamerweise jedoch bereits zum zweiten Mal wieder ein Weihnachtsmann. «Komisch», dachte Joline, sprang mit einem Mal abrupt auf und heftete sich an die Fersen des Weihnächtlichen. Am Stadtplatz blieb dieser stehen und es dauerte nicht lange, war er von grossen wie kleinen Menschen umgeben. Sprach zu den Kindern wie den Eltern, langsam und bedächtig in warmem Tonfall und verteilte hier und da Nüsse, wenn eines der Kinder ein Gedicht oder Lied zum Besten gab. So war das also, dieser freundliche Weihnachtsmann war einer der Angestellten des Konzerns, in welchem sie ebenfalls arbeitete. Sie hielt sich etwas näher an die Gruppe, gerade so, dass sie möglichst unerkannt blieb, und hörte aus der Stimme des Weihnachtsmannes plötzlich einen vertraulichen Klang … sie konnte sich nicht helfen, irgendetwas war da, doch was? Ihren Blick weiter gesenkt haltend, verliess sie die Ansammlung nach einer Weile und ging tief in Gedanken nach Hause.

Am nächsten Tag kam sie nicht dazu, erneut zum Stadtplatz zu gehen, die gestern vorbezogene Stunde musste heute noch abgearbeitet werden, ausserdem schien es, als ob ihr Vorgesetzter ausgerechnet heute noch allerhand erledigt haben wollte. So war Joline eine der letzten, welche das Gebäude verliess, und als sie am Stadtplatz noch einen kurzen Blick auf den liebenswürdigen Weihnachtsmann erhaschen wollte, seine warme dunkle Stimme und sanften Augen, schien auch dieser bereits Feierabend gemacht zu haben. Umso überraschter war sie, als vor ihrer Wohnungstür ein Paket lag, in einfaches Packpapier gebunden, jedoch mit breiter, roter Satinschlaufe umwunden und einen weissen Umschlag unter das Band geschoben, mit der Aufschrift: «Für Joline. Absender: Der Weihnachtsmann!» Joline stand da und wusste nicht, wie ihr geschah … Dies war wohl ein Scherz?! Woher wusste denn der, wo sie wohnte? Sie kramte den Hausschlüssel aus ihrer Tasche und ging in ihre Wohnung. Kaum wagte sie die rotgefärbten Schlaufen vom Paket zu lösen, und als sie das hauchdünne Seidenpapier zur Seite streifte, glitzerten ihr silbergraue und schwarze Paillettenbordüren entgegen. Sie entnahm das Kleid ganz der Schachtel, strich staunend über den edlen Stoff und schlüpfte kurzerhand hinein. Es sass wie massgeschneidert, sie drehte sich einmal vor dem Spiegel und ein flüchtiges Lächeln huschte über ihre schmalen Gesichtszüge. Plötzlich piekste sie was an der Schulter und nachdem Joline das Kleid ausgezogen hatte, hielt sie ein Etikett in der Hand, welches sie vorher nicht bemerkt hatte. Das Label des Geschäfts, in welchem das

Kleidchen gekauft wurde. «Aber das war doch …?!» Gross waren ihre Augen vor Überraschung, als sie erkannte, dass es mit jenem Laden übereinstimmte, in welchem Dylan seine Anzüge fürs Büro einkaufte. Das Kleid mit dem Etikett in der Hand haltend, sank sie in einen Sessel und plötzlich schien ein rätselhafter Schleier zu fallen, wo ihr so manches klar wurde.

Als sie das anprobierte Kleid in die Schachtel zurücklegen wollte, bemerkte sie einen Umschlag, den sie zuvor völlig übersehen hatte, und öffnete ihn:

Ein Weihnachtsmann, der sich aufs Wesentliche besann,
sich endlich ein Herz fasste,
der lieben Joline dieses Kleid besorgte
und hofft, dass es ihr passe.
Des Weiteren er Dich lässt fragen,
ob er es dürfte wagen,
mit Dir einmal auszugehen,
noch vor dem Weihnachtsabend.
Er nicht mehr möchte länger alleine bleiben,
und bittet Dich um ein kleines Zeichen.

Eine ganze Weile hielt sie stumm in ihrem Verhalten inne, bis sie sich endlich aus ihrem steifen Verharren löste. Schnell blickte sie auf die Uhr, es war noch nicht zu spät. «Es passt alles zusammen. Nathalie, ich bin es dreimal durchgegangen, es kann nur so sein», berichtete sie aufgeregt ihrer Freundin. «Bist du dir wirklich sicher?» «Ganz sicher!» «Und was machst du jetzt?» «Du musst mir einen Gefallen tun, Nathalie!» «Und welchen?»

Am andern Abend stand Jolines Freundin vor einer Menge Kinder und dem fleissigen, so im Geheimen bewunderten Weihnachtsmann am Stadtplatz. Sie wartete auf den richtigen Moment, wo sie ihm den Umschlag von Joline zustecken konnte, und als er gekommen war, flüsterte sie dem Weihnachtsmann ins Ohr: «Von Joline, sie ist noch am Arbeiten, da sie deine Schicht übernehmen musste.» Der Weihnachtsmann schaute auf und nickte kurz, dann wandte er sich wieder der Menge zu. Er sah müde aus, stellte Nathalie fest, nachdem sie einen Blick in seine Augen hatte erhaschen können. Es war sein letzter Einsatz heute, weshalb er gar nicht erst zur Arbeit erschienen war. Nachdem Nathalie gegangen war, meinte der Weihnächtliche: «Schluss für dieses Jahr, Kinder, geht nach Hause und feiert schöne Weihnachten», drehte sich zu seinem treuen Begleiter, dem geduldigen, gutmütigen Esel, schulterte ihm den verbliebenen Rest an Nüssen und Lebkuchen im Jutesack auf seinen Rücken und nahm ihn beim Zaumzeug. Da fiel ihm der Briefumschlag von Joline wieder ein, er griff in seine weiten Manteltaschen und öffnete ihn.

Lieber Weihnachtsmann, was siehst
Du mich so seltsam an?
Hab ich Dich erschreckt oder gar Dein Innerstes geweckt?
Nicht erwartet hättest Du mich hier draussen nicht wahr?
Bist Du nun aufgewühlt und kommst damit nicht klar?
Soll ich lieber gehen,
damit wir uns erst morgen wieder sehen?
Du weisst, wo Du mich finden kannst,
morgen früh erwarte ich Dich, an Deinem Bürotisch.
Pünktlich wie immer, mit einem Espresso in der Hand,
das wird ja immer schlimmer.

Nun kenn ich den Grund, Du arbeitest ohne Unterlass,
weil es Dir eine Freude ist und Dir macht grossen Spass.
Als Weihnachtsmann in roten Mantel gehüllt,
führst Du an Deiner Seite Rutenmänner
und liebevolles Grautier mit.
Wie konnte ich nur so fehlen in meinen Gedanken,
sie haben mich gehindert, an Dich zu glauben
und waren mir nur Schranken.
Nun stehe ich hier, was mach ich nun mit Dir?
Mein Herz längst an Dich hab verloren,
noch bevor ich Dich als Weihnachtsmann hab auserkoren.
Nur war es mir nicht bewusst,
erst als ich Dich im roten Mantel vor mir stehen sah,
da hab ich es gewusst.

Dylan stand bestimmt mehrere Minuten unbeweglich, still da, las die Zeilen noch einmal, bis er von was Weichem in den Rücken gestupst wurde. «Ja, ich komm ja gleich.» Und als er erneut einen Stoss abkriegte, drehte er sich um und blickte in die liebliche Nase seines Esels und daneben ruhig stehend Joline. Überrumpelt und beinahe sprachlos erwiderte Dylan: «Joline … hab dich gar nicht kommen gehört, ich dachte, du seist noch am Arbeiten, … tut mir leid, dass du meine Schicht auch noch übernehmen musstest.» «Ich war schneller fertig, als ich gedacht habe, deshalb …», wobei sie mit einem Nicken auf den Brief in Dylans Hände zeigte, «deshalb, hab ich Nathalie vorausgeschickt! Eigentlich hab ich auch nicht erwartet, dass du noch hier sein würdest …» «Ich ebenfalls nicht, doch es waren so viele Kinder, als ob nicht noch andere Weihnachtsmänner da gewesen wären …» Joline blickte in die warmen, liebevollen Augen Dylans, wie hatte sie diese in all der Zeit nur so übersehen können. «Du warst eben der Liebenswürdigste von allen … das haben die Kinder gespürt» «Meinst du?» Gerührt von ihrer Antwort stand er ruhig da und rührte sich nicht. Joline selbst sagte nichts, sie sah ihn nur verträumt lächelnd an, sodass er einen Schritt weiter auf sie zukam, leicht ihre Wangen mit beiden Händen berührte, bis er ganz ihr feines Antlitz umfangen hielt. Und als sie ihm die lange weisse Watte vom Gesicht streifte, legte Dylan sein ganzes Herz und all seine lang gehegte Sehnsucht in den innigen Kuss, mit welchem er Joline bedachte.

Als er sich schliesslich aus der Umarmung löste, fragte er leise: «Woher wusstest du denn so schnell, dass ich derjenige war, der … das Paket hätte ja auch von einem der andern Weihnachtsmänner stammen können?» Joline lächelte ihn liebevoll an: «Auch Weihnachtsmänner sind vor kleinen Fehlern nicht gefeit!» Dylan verstand rein gar nichts und noch bevor er etwas erwidern konnte, fand er sich bereits in einer weiteren, zärtlichen Umarmung wieder.

DES NACHBARN WINTERLICH WEIHNÄCHTLICHES BAUMGEFLECHT

Es standen einst zwei alte Steinhäuser in ruhigem, etwas abseits gelegenem Villenquartier, unweit eines beschaulich dahinfliessenden Baches. Wo das eine der Steinhäuser, das umfangreichere, mächtigere das Herrenhaus war, glich das viel kleinere eher einem alten, jedoch sehr gepflegten Pförtnerhaus, obwohl die Bauten unabhängig voneinander durch einen schmiedeisernen Zaun getrennt ihr Dasein fristeten. Zu schätzen, welchen ursprünglichen Entstehungsdaten die beiden Gebäude entsprachen, war wohl eher schwierig und müsste im Stadtarchiv nachgefragt werden, dem äusseren Erscheinungsbild nach dürften diese jedoch zur selben Zeit erbaut worden sein. Von wundervollen, idyllischen Parkanlagen umgeben waren beide, das weitläufigere wie das bescheidenere Anwesen. Von alten, mythisch anmutenden Baumbeständen mit grossen, unglaublich stämmigen Exemplaren, wunderschönen, abschliessenden, runden Baumkronen. Es schien, als wären die Bäume beim Bau der Häuser mit jedem Setzen eines Steines regelrecht mitgewachsen bzw. schien jeder gepflasterte Stein mit jedem neu spriessenden Ast in seinem jeweiligen Entstehen zu wetteifern und konkurrieren. Nun, eine Antwort würde sich wohl nie finden, denn so alt wie die mächtigen Bäume kamen auch das gepflasterte Gemäuer und die bröckelnde Fassade der Gutshäuser daher. Die lotternden, brüchigen Schindeln an den Stämmen glichen der fleckigen, verlebten Front der Häuser und die uralten, knorrigen Äste begannen sich in den Dachrinnen des oberen Dachstuhls des doch ziemlich verwitterten Gebäudes einzunisten.

Die beiden Gutshöfe innerhalb des prächtigen, weit angelegten Parks standen nicht allzu weit voneinander, getrennt nur durch den hohen, ornamentreichen Eisenzaun und ein paar wenige, alte Bäume. Dennoch hatten die Bewohner im Sommer durch das dichtbewachsene Laub praktisch keine Sicht in Nachbars Haus. Selbst im Herbst, wenn das verwelkte, lose Blätterwerk durch tobende Stürme zu Boden gefegt worden war und die herrschaftlichen Bäume in ihrer kahlen Nacktheit dastanden, liess abendliches Licht im Salon oder andern Zimmern kaum etwas vom Leben der Nachbarn durchscheinen. Weiches Kerzenlicht flackerte zwar durch die Scheiben und still brutzelndes Kaminfeuer warf seine schrägen Schlagschatten an die hell getünchten Wände, mehr gab das Innere eines Guts aufgrund der Distanz nicht preis. Wo das Licht in der Dunkelheit nicht in seiner diffusen Unklarheit zum Nebengebäude hinüberzugreifen vermochte, taten dies die gewaltigen Wurzeln des alten Baumbestandes ziemlich eindeutig und offensichtlich. In einer Unbekümmertheit war hier Wildwuchs angesagt, dass ein flechtartiges Durcheinander in sich überschneidenden und übergreifenden Wurzelgefüges herrschte, welches einem fürchterlichen Chaos glich und nicht mehr zu unterscheiden war, welche Wurzeln zu welchen Bäumen von wessen Grundstück unter dem eisernen Zaun hindurchwucherten. Dasselbe galt für das beinahe unglaubliche Wirrwarr der Zweige und Astvergabelungen, wo der herbstliche Baumschnitt jeweils kaum zu bewältigen war.

Es war allgemein bekannt, dass die beiden Wohnparteien nicht unterschiedlicher sein konnten. Denn obwohl sie, abgesehen von dem Grössenverhältnis, in ähnlichen Häusern ihr Zuhause hatten, war es der einen Familie als Erbe über mehrere Generationen hinweg weitergegeben worden und die andere hatte es sich ursprünglich durch eine Versteigerung erworben. Ihre gut florierende Anwaltskanzlei in der Stadt war mehr als einträglich, wo die weniger begüterte Familie aus bescheidener Mittelschicht im Gegensatz dazu mit einem geringfügigen Einkommen ihr Dasein zu bewältigen hatte. Das Gebäude zu renovieren oder mit neuem Mobiliar auszustatten, war weder eine Frage des Willens noch von deren Fähigkeiten, sondern schlichtweg einfach unmöglich, weil das notwendige Geld dazu fehlte. Das einzige, was sie sich leisteten, war ein Gärtner für die gröberen Arbeiten wie Hecken schneiden oder den jährlichen Baumschnitt. So lebte man innerhalb der Mauern von einer bedürftigen Einfachheit, jedoch mit viel Liebe den gegebenen Räumlichkeiten gegenüber, welche einen beim Betreten der hellen, lichtdurchfluteten Zimmer unweigerlich in eine spürbare Geborgenheit hüllte. Und obwohl die Möbel damals mit dem Erberlass übernommen wurden, wirkten diese weder abgestanden noch erdrückend, was vor allem den hellen, frischen Anstrichen in gebrochenem Weiss oder dezenten Graunuancen zu verdanken war. Lange Kerzen und fein polierte Silbergefässe von den Grosseltern setzten gekonnt und mit viel Liebe zum Detail ansprechende Akzente, welche der ganzen Einrichtung ein hübsches Aussehen verliehen und auf eine Haushälterin mit feinfühligem, ästhetischen Geschmack hindeuteten.

Die hohen Fenster zierten luftig weisse, dünngewobene Leinenvorhänge und liessen einen Blick in den verträumt idyllischen Garten erhaschen über einen brettergezimmerten Verandaboden hinweg mit eisernen Gartenstühlen zu einem vollständig mit Moos bewucherten, umrandeten wilden Weiher zum dahinter liegenden, runden Pavillon. Jetzt im Dezember lag eine dünne Eisschicht über dem winzigen Idyll und um den eisernen Gartenpavillon rankten sich dürre, halb durchgefrorene, übrig gebliebene Zweige einer Rosenhecke. Ganz zuhinterst waren die hohen alten Bäume zu erkennen, welche sich im Durcheinander des übergreifenden Geästes verloren. Nicht weniger lieblich als das Innere erschien einem hier der angelegte Garten und harmonierte in seiner Anmut wundervoll mit dem übrigen Anwesen.

Zufällig begegneten sich eines Tages die beiden unterschiedlichen Gutsherrinnen beim Bäcker. «Ach Frau Courvoisier», eröffnete die Gattin des Anwaltes Dialley das Gespräch, «auch Besuch in Aussicht? Anstrengend diese Adventstage, nicht wahr? Bringt eine Menge Einkäufe mit sich, so viele Einladungen und die Rolle der Gastgeberin!» Und an die Bäckersfrau gewandt: «… ach ja, und dann brauch ich noch fünf von den süssen Tortenstücken Crème de la Crème, zwei Schachteln von Ihrem himmlischen Weihnachtskonfekt, 200 g dunkle Pralinen und … und, was nehm ich denn da noch, ach ja … zwei Stück von den rosinendurchsetzten Weihnachtsstollen, von den grösseren, und zwei Becher von dem hausgemachten Himbeereis, wenn sie davon noch welches haben, das wär dann alles … den Zopf für Sonntag und das Brot komm ich mir morgen holen, vielen Dank.» Und an ihre Nachbarin gewandt: «Sie haben bereits alles, Frau Courvoisier?» «Danke ja, ich habe nur einen Laib Brot benötigt, Mehl, Zucker und etwas Zimt, da ich das meiste selber backe und noch einiges vorrätig habe. Also dann, Frau Dialley, schöne Adventszeit und …» Doch sie kam nicht mehr dazu, weiter zu sprechen, zwischen Verstauen von all den vielen Einkäufen und dem kaum tragbaren Vielerlei wurde sie von ihrer sie belagernden Nachbarin geradezu bedrängt, sie nach Hause zu begleiten, mit dem Versprechen auf eine Einladung zum Kaffee und einem Stück Torte. «Na ja, eigentlich wartet noch eine ganze Menge Arbeit auf mich zu Hause, eine Kaffeepause anderweitig liegt gar nicht drin, ich sollte noch …» «Ach, kommen Sie, Frau Courvoisier, wie heisst es so schön, ruhig und besinnlich sollen die Vorweihnachtstage sein … gönnen Sie sich was. Ausserdem wäre ich wirklich froh, wenn ich eine Hand mehr zum Tragen des vielen Gebäcks hätte, also …?» Mit weit aufgerissenen und fragenden Augen sah Frau Dialley ihre Nachbarin an, in einer Art, welche keine Widerrede duldete. «Na gut, aber nur ganz kurz … ich muss nachher wirklich …» «… ja ja, versprochen, Sie werden noch genügend Zeit zum Backen haben.» Nach ein paar Schritten standen die beiden Frauen vor dem Eingangsportal des Gutshauses der Dialleys. Ausser Atem stellte die Besitzerin ihre gefüllten Taschen auf die oberste Treppenstufe und drückte auf die Klingel. Wenig später meinte diese etwas zerknirscht: «Wie lange dauert denn das noch!» Und mit einem verlegenen Lächeln zu Jasmin Courvoisier gewandt: «Ist nicht mehr der Jüngste, Sebastian, unser Butler, alles dauert etwas länger als früher», da wurde die Tür mit einem leichten Gleiten geöffnet und Sebastian bat die Herrschaften einzutreten, wobei seine Herrin ihm sämtliche Taschen unsanft in die Hand drückte, um sich derer zu entledigen. «Wir nehmen im kleinen Salon Kaffee und ein Stück von der Torte, Sebastian, lassen Sie dies Marie bitte wissen, damit sie alles herrichtet.» «Selbstverständlich, Frau Dialley, in zehn Minuten können sie darüber verfügen», und verschwand in einem Nebenraum der Eingangshalle, welcher, wie Jasmin annahm, zur Küche führte. Immer noch stand sie in der grossen Halle, für welche sie weder ein Gefühl von Behaglichkeit denn Wärme entgegenbringen konnte. Wo die äussere Fassade des Gebäudes ihrem eigenen Zuhause glich, so gegensätzlich war das Innenleben. Das Innere des Hauses hatte aufgrund der Renovierungsarbeiten über Monate, wenn nicht Jahre hinweg und einer Menge investiertem Geld nichts mehr mit den äusseren brüchigen Mauern gemeinsam. Eine kühle, gradlinige moderne Eleganz beherrschte die Räume, welche zwar an Geschmack nicht zweifeln liessen, jedoch von einer durchdachten, unterschwellig nüchternen Kälte durchdrungen waren, dass es Jasmin unweigerlich fröstelte. Auch deutete nichts darauf hin, dass in drei Wochen Weihnachten war, weder ein hübscher Kranz, ein dekorierter Zweig noch Kerzen. «Kommen Sie, Frau Courvoisier, ich zeige Ihnen unseren Garten und das Wohnzimmer. So lange sind wir nun schon Nachbarn und Sie waren noch nie hier, nicht wahr?» Jasmin beeilte sich, ihrer Nachbarin zu folgen, trat in ein atemberaubendes Wohnzimmer, wo sie allerdings von der gleichen kühlen, sachlichen Distanziertheit wie bereits in der Eingangshalle ergriffen wurde und schnell über die kalte, vernunftbetonte Einrichtung hinwegsah, um einen Blick in den Park werfen zu können, wo ihre Nachbarin gegen die Dezemberkälte mit verschränkten Ellbogen stand. «Na, was sagen Sie?» «Der Garten ist wundervoll», und was Jasmin von ihm zu sehn bekam, war er dies auch, wobei sie hoffte, Frau Dialley würde sie nicht nach dem Wohnzimmer fragen. «Ja, nicht wahr … mein Mann hätte gern eine ganz grosse Weihnachtstanne inmitten des Parks aufstellen lassen, da hätten auch Vorübergehende was davon, wie er meinte, Mütter mit Kindern, wenn sie durch den mit Eisen geschmiedeten Zaun blickten. Doch ich war dagegen, Weihnachten ist gar nicht mein Ding und Bäume machen nur entsetzlich viel Arbeit. Am liebsten würde ich jeweils in die Karibik ans Meer verreisen, um dem ganzen unnötigen Trubel hier zu entfliehen. Ach, was soll's, in ein paar Tagen ist der ganze Spuk vorbei und ein neues Jahr beginnt. Gehen wir rein, unsern Kaffee trinken.» Dabei rauschte sie an Jasmin vorbei, als ob sie gar nicht vorhanden wäre, und als Jasmin die hohe Flügeltür zur Veranda schloss, nahm sie nicht nur die Kälte des eisigen Dezembers von der Parkanlage von draussen mit ins Haus, sondern spürte noch eine andere, viel schmerzlichere.

Im kleinen Salon goss Sebastian Kaffee in die beiden mit feinem Goldrand besetzten Tassen und servierte anschliessend die beim Bäcker eingekauften köstlichen Tortenstücke. Frau Dialley redete drauflos, als hätte sie seit Wochen kein Gegenüber mehr gehabt, um etwas zu bereden oder zu erzählen, so hörte Jasmin ihr still und aufmerksam zu. Zwar wurde sie zwischendurch mit einer Frage zum Antworten aufgefordert, doch genauso schnell wieder unterbrochen, weil es, wie Jasmin bald bemerkte, ihre Nachbarin bzw. eine Frau Dialley nicht gewohnt war zuzuhören, sondern es ihr Privileg war zu reden, und dass Anwesende vollste Aufmerksamkeit ihr, Frau Dialley, zu schenken hatten, mehr noch, sie an einem Gegenüber gar nicht wirklich interessiert war. Es war kein Austausch, sondern ein einseitiger Monolog, der stattfand, bezogen nur auf sich selber. «Mein Mann ist den ganzen Tag in dieser Anwaltskanzlei, sitzt über seinen unzähligen Akten, führt endlose Telefongespräche, nimmt wöchentlich an mehreren Sitzungen teil und hetzt abends noch von einem Termin zum andern. Wir sehen uns kaum. Er nimmt nicht mal wahr, dass ich beim Friseur war oder ein neues Kleid anhabe.

Um die Kinder kümmere ich mich, fahre sie zur Schule, zum Training oder in die Musikstunden, wir erledigen zusammen die Schularbeiten, noch mehr kann man von mir wirklich nicht verlangen, oder?» Jasmin hoffte insgeheim, dass ihre Nachbarin darauf nicht wirklich eine Antwort von ihr hören wollte, denn wäre sie ehrlich, würde diese Frau Dialley mit Bestimmtheit nicht gefallen. Schliesslich beendete sie fast abrupt ihren eigenen, unaufhörlichen Redefluss mit den Worten: «Ach, wie die Zeit vergeht, in einer halben Stunde muss ich die Kinder von der Schule abholen, war schön, mit Ihnen Konversation zu machen, auf ein andermal vielleicht?» Augenblicklich erhob sich Jasmin entschuldigend, wobei sie realisierte, dass die letzte Frage kaum als solche gedacht, sondern vielmehr als Ende des Besuches zu verstehen war.

Als Jasmin wenig später sich vor der Tür ihres eigenen Zuhauses befand, nahm sie als Erstes den mit Rosenzweigen gewundenen und dürren Rebenzweigen geflochtenen Kranz an der Tür wahr, wie schön er ist, dachte sie. Mit dem alten Spitzenband darum, den weissen, eingebundenen Federn und dem silbernen Stern in der Mitte. Erinnerungen der Natur des vergangenen Sommers, ein kostbares Band aus ihrem Nähfundus, der Kranz, eine stille Ankündigung von vorweihnächtlichem Glanz. Den Schlüssel quietschend im Schloss drehend empfing sie eine berührende Behaglichkeit, welche sie im Zuhause ihrer Nachbarin nebenan so vermisst hatte, wohlige Wärme umschmeichelte auf Anhieb ihr Herz. Ihre Tasche mit dem Brot und den andern Zutaten stellte sie in die Küche und begab sich dann ins Wohnzimmer, blickte zur Fensterfront über die Veranda zum Park und dem kleinen, mit Moos bewachsenen, gefrorenen Teich. Legte ein paar neue Holzscheite in den noch glühenden Ofen, steckte diese in Flammen, entzündete eine Kerze neben einer mit buntgemischten Weihnachtskugeln gefüllten Schale und setzte sich in eine Ecke ihres Sofas.

Die Abenddämmerung schlich auf lautlos gleitenden Sohlen über die friedlich daliegende, parkähnliche Matte, glitt über das Eis des

Weihers und schien leise als Vorbote der Nacht an die Fensterscheiben der Veranda zu klopfen. Zum Backen war es nun zu spät, die kurze Kaffeepause hatte sich in die Länge gezogen und das ständige pausenlose Reden ihrer Nachbarin hatte sie ermüdet, sie ihrer verbleibenden Kraft beraubt.

Lange blickte sie zu dem knorrigen, dichten Baumgeäst und plötzlich sah sie sich einer längst vergessenen Erinnerung gegenüber, welche ihr Grossmutter von den Dialleys berichtet hatte. Es war im Herbst vor vielen Jahren, wo ein so gewaltiger Sturm um das ganze Anwesen tobte, dass die Blätter von den knorrigen Bäumen über den schmiedeeisernen Zaun nur so durch die Luft wirbelten und in einem heillosen Durcheinander zu Boden fielen. Der Gärtner der Dialleys liess ausrichten, dass man doch bitte bemüht sein sollte, die übergreifenden Äste auf ihrem Grundstück zurückzuschneiden, sie wären nicht weiter gewillt, auch noch die Blätter von den Zweigen des Nachbarn zusammenzunehmen. Grossvater habe damals gefragt, wie er denn gedenke, dies zu bewerkstelligen, da ja die Äste der Bäume der Dialleys ebenso auf das ihrige Grundstück rüberwachsen würden, sie deren Blätter ja auch zusammennähmen und so wohl ein Ausgleich stattfinden würde. Ausserdem neigten die uralten Zweige dazu, sich ins Endlose zu verheddern, da müsste er, der Gärtner der Dialleys, wohl diese anschliessend auf deren Grundstück zu entwirren versuchen bzw. jeden einzelnen abgesägten Ast herauslesen, was sich nicht nur als erheblichen Aufwand, sondern auch als ziemlich schwierig erweisen würde. Der Gärtner musste ihm beipflichten und versprach, dies so an die Dialleys weiterzuleiten. Ein paar Tage später bahnte sich eine kahl geschorene, lückenhafte, ziemlich breite Schneise in der Luft über dem gerankten Eisenzaun. Grossmutter habe sie unmittelbar erkannt, als sie damals vom Bäcker nach Hause kam und ihr Fahrrad auf dem Gehweg der Einzäunung des Grundstücks neben sich herschob. Stumm, fast entgeistert sei sie stehen geblieben, habe in die Höhe gestarrt, wo die Verzweigungen der Bäume sich zu verflechten begannen und kein einziger Ast mehr zum Baumgeflecht des Nachbarn hinübergriff, sondern eine Schneise blauen Himmels zu erkennen war. Es kam ihr vor, als ob man den alten Bäumen die Arme genommen, sie in ihrem weiteren Gedeihen und Leben gehindert hätte und sie erzählte, wie schmerzlich für sie dieser Anblick gewesen sei. Eine Woche später habe ein Schreiben im Briefkasten gelegen, von Herrn Dialley persönlich, dass er sich vielmals für den völlig unzumutbaren Eingriff an den Bäumen entschuldigen würde, da dieser ohne sein geringstes Wissen und somit ohne sein Einverständnis erfolgt sei und auch nie wieder vorkommen würde. Sie, ihre Grosseltern hätten darauf nicht geantwortet, doch den Zeilen nach lag die Vermutung nahe, dass seine Gattin nach eigenem Gutdünken gehandelt und wenn einer der beiden so was wie ein Herz hatte, dann war es ihr Nachbar und bestimmt nicht dessen Frau.

Mittlerweile hatte die Dunkelheit fast gänzlich das alte Gewirr von Astgefüge verschlungen, wo Jasmins Blick sich immer noch verhangen festhielt. Dahinter zeichneten sich an mehreren Fenstern weiche Lichtquellen am Gebäude, in welches sie heute Nachmittag einen kurzen Einblick erhielt. Wie oft hatte sie hier in dieser Ecke gesessen, sich das Leben derjenigen Menschen vorgestellt, welche in einem ähnlichen Gebäude wie dem ihrigen hausten, nur um einiges grösser, und sie doch ahnte, wie anders die Menschen darin leben mussten, weil sie einer völlig andern Gesellschaftsschicht angehörten. Sie sich ausmalte, wie wundervoll die Räumlichkeiten sein mussten, wenn man über genügend Kapital verfügte und dies zu nutzen wusste. Durch den Hauch von Luxus, Prestige und Ansehen einem das Leben völlig neu begegnen würde. Ausflüge ins Theater, Konzerte und Einladungen, einem Aussichten eröffnete, an welche man nie gedacht hatte.

Das leise Knistern im Kamin und die damit verbundene Wärme wahrnehmend, wurde sie sich unweigerlich der gefühllosen Kälte in den noblen Zimmern der gegenüberliegenden Villa bewusst, wie lieblos sich die Besitzerin andern Menschen gegenüber verhielt, ohne jegliche Zuneigung, Empathie oder Interesse einem Gegenüber zu begegnen. Und dennoch eine Dominanz ausstrahlte, welche jede Zuwendung für sich alleine beanspruchte, scheinbar nur ihr zu zollen hatte. Die Lieblosigkeit und die kühlen, egoistischen Züge, welche diese Frau umgaben, waren erschreckend. So kalt und fremd, wie sie ihr Zuhause eingerichtet hatte, so kühl war es in ihrem Herzen. Sie lebte einen Luxus, den sie nicht mehr wahrzunehmen schien, geschweige denn sich in die Armut eines Mittellosen auch nur im Geringsten jemals hätte hineinfühlen können, nicht mal einen Tannenbaum Vorbeigehenden gönnte. Weihnachten war für diese Frau offenbar ein unnötiger Trubel, ein Spuk, wie sie es nannte, von welchem sie sich nichts anderes erhoffte, als dass er so schnell als möglich vorbei sei. Sie war von Dienstboten umgeben, durch welche sie jeglicher mühsamen Hausarbeit entbunden war, und jammerte noch um die Kinderbetreuung. Kein Wunder, nahm ihr Ehemann Veränderungen in ihrem Aussehen kaum wahr, war er Abend für Abend weg, er musste an der Seite seiner Frau innerlich erfrieren.

Manche Menschen schienen sich nicht bewusst zu sein, wie gut es ihnen eigentlich ging und wie viel sie wirklich haben. Sie, Jasmin, wohnte zwar auch in einem bemerkenswerten Haus, doch dieses verdankte sie ihrer Grossmutter, ihre tatsächlichen finanziellen Verhältnisse waren bescheiden und nicht zu vergleichen mit denen ihrer Nachbarn. Das, was sie von ihrer Grossmutter damals erhielt, hatten sie versucht zu bewahren und zu pflegen, mit viel Liebe, Wertschätzung und oft auch nie endender Arbeit dem Gut gegenüber. Wie dankbar war sie für dieses Zuhause, wo es sie nicht nach Ferien im Ausland dürstete, sondern zufrieden war mit dem, was vor ihr lag, und daraus das Beste zu machen versuchte. Ihr Daheim, welches ihr aus dem Garten so manche Gläser süsse Marmelade einbrachte, getrocknete Kräuter für die Küche oder himmlisch duftenden Tee, so manchen Strauss zarter Rosen und wenn diese verblüht waren, als Kranz gewunden neu zur weihnächtlichen Dekoration erblühte. Nein, sie vermisste nichts, gar nichts ... weder den um so viel erkämpften und doch so schnell vergänglichen Luxus, geschweige denn das Ansehen der Gesellschaft. So wie sie ihre Nachbarin heute Nachmittag wahrgenommen hatte, erschien ihr ein solches Leben wenig erstrebenswert …

Ein Näherkommen von Schritten unterbrach ihre Gedanken, und als sie den Kopf wenden wollte, schlangen sich bereits zwei kräftige Arme zärtlich von hinten über die Sofalehne um ihre Schultern und ein leises Raunen drang an ihr Ohr: «Hallo Liebling … na, wie war dein Tag heute?» Mit einem langen Seufzer schmiegte sich Jasmin tiefer in die Umarmung ihres Mannes. «Wie schön, dass du da bist … ein Tag voller Erkenntnisse …» Ihr Mann stutzte leicht und meinte dann: «Aha, lass hören, bin ganz gespannt …» «Meinst du, wir könnten an den drei Bäumen dort hinten dieses Jahr eine Lichterkette spannen …? Am Freitag kommt noch einmal der Gärtner vorbei, du könntest ihn fragen, ob er dir helfen würde …» «Hhmm … und warum dies so plötzlich?» Jasmin zögerte einen kurzen Moment … «ich glaube, in dem Haus da drüben braucht jemand dringend etwas Wärme …» «Ok, also gut, ich frag ihn, vielleicht wird aber nur die eine Girlande nicht weit reichen, haben wir nicht auf dem Dachboden noch eine zweite?» Jasmin schaute zu ihm hoch … «Du bist ein Engel!» «Dies hört man immer wieder gern, soll ich dir beim Abendbrot helfen?» «Später», sagte Jasmin, «jetzt nicht …», zog sein Gesicht zu sich herunter, und konnte einmal mehr nicht fassen, wie glücklich sie eigentlich war.

JEREMY, DER STRUPPIGE WEIHNACHTSENGEL

Wie so in manch einer kleineren oder auch grösseren Stadt standen Bauwerke aus unterschiedlichsten Zeitepochen dicht nebeneinander, getrennt nur durch schmalwinklige Gassen, düster, kaum dass das Licht sie zur Tageszeit streifte, selten sanft renoviert, wo altes Gemäuer eingebettet in modernste Glas- und Stahltechnik sich stilvoll und erhaben von schütterem, lose gewordenem Gestein abhob. Doch vor eben solch einer alt wie neuen Fassade stand seit Beginn der Vorweihnachtszeit ein kleines Mädchen auf dem Heimweg von der Schule täglich ein paar Minuten still da und blickte durch das reich gestaltete Glasfenster eines alten Trödlerladens. Wo der Inhaber es nicht zu knapp unversucht liess, altertümlichen Weihnachtsschmuck aus scheinbar längst vergessener Zeit zur Schau zu stellen und es ein jedes Liebhaberherz beim Betrachten des üppig dekorierten Schaufensters mit Nostalgie und Wehmut überkam.

Lichterketten mit hell leuchtenden, winzigen Lämpchen und Glasperlen fielen von einem alten, mit aufwendigen Ornamenten verzierten blattversilberten Spiegel einer antiken Kommode und ein aus dichten Weiden weiss getünchter, geflochtener Kranz in einer Glasschale liegend umfing die wundersamsten Weihnachtskugeln, welche Elisabeth je gesehen hatte. Mit Glassternen geritzt oder Silberglitter besprühten Ranken, in unterschiedlichsten, dezent gehaltenen Farbnuancen. Daneben stand eine mit Rosenwindungen versehene, ausgediente Silberschale, gefüllt mit entzückenden kleinen Stoffherzen. Da ihr Kelch eine höhere Fassung bot, vermochte Elisabeth nicht genau zu erkennen, was auf die Stoffherzen bedruckt oder aufgenäht war, doch schien es so, als würde das, was ihr in Augenschein trat, alten fotografischen Aufnahmen von Postkarten ähneln, welche Himmelsboten, Engel und Schutzpatrone darstellen sollten. Jedenfalls war ihr stummes Staunen darüber wohl angebracht, denn mit den zarten Taft- und Organzaschleifen vermittelte der ganze Anblick einen süssen Zauber bevorstehender möglicher Weihnachtsdekoration. Glitt ihr Blick an den abgegriffenen Schubladenfächern mit den schwungvoll verzinkten Haltgriffen hinunter, so stellte sich ihr ein fein geflochtener Puppenwagen quer davor, mit kreisrunden, dünnspinnigen Metallrädern. Hätte man in dem grob geflochtenen Vehikel eine feingliedrige Porzellanpuppe mit lang gedrehter Lockenpracht vermutet, so täuschte dies den Blick jedes Betrachters, denn stattdessen blickten einem knopfrunde liebenswerte Teddybäraugen entgegen, hübsch gebettet in spitzenbesetzte Kissen und eingefasst von einem satinierten Rüschenkranz des Wagens. Ein gusseiserner fünfarmiger Kerzenleuchter beleuchtete die ganze Szenerie und Elisabeths kleines Herz wurde von einer allmählichen Verzückung auf bevorstehende Weihnachten erfasst, schwelgte selbstvergessen und versunken in Tagträumen.

Das Schönste und mit nichts zu übertreffen am ganzen Schaufenster jedoch, so schien es ihr, waren die vielen grösseren und kleinen Engelfiguren, himmlische Puppen allesamt mit geplusterten Flügeln, welche, auf einer treppenartigen Kistenpyramide hockend, stehend oder liegend ihr Dasein still zur Schau stellten und jeden aufmerksamen Beobachter in verblüffter Verwunderung zurückliessen. Einige davon schienen überaus kostbar und elfenartig schön, beinahe überirdisch entrückt, andere muteten etwas seltsam an, eigentümlich und befremdend, fast so, als würden sie dem Namen Engel in keiner Weise, ja nicht im Entferntesten gerecht. Solch einer doch ziemlich Wunderlicher sass auf der zweitobersten Kiste als Dritter von links! Durch sein arg verwaschenes und schäbig abgenütztes Kleidchen sowie seinem struppig, schulterlangen hellen

Haar und seinen völlig zerzausten, gräulich staubbedeckten Flügeln wirkte er mehr als deplatziert und alles andere als dazugehörend! Woher der wohl kam, dachte Elisabeth, und ein leises Lächeln zeichnete sich auf ihrem siebenjährigen Gesicht, als ihre Augen verträumt auf dessen blassem, jedoch sanftem Antlitz verweilten. Vielleicht von einem Kind, das dem Spiel entwachsen und des «Himmlischen» überdrüssig war? Einer betagten, alleinstehenden, verstorbenen Dame? Aus einer Haushaltauflösung, wo sich keiner der eh schon durch die Entrümpelung völlig überforderten Personen um einen wie ihn scherte? Die Möglichkeiten schienen ihr unbegrenzt, auch würde sie wohl kaum eine Antwort darauf erhalten, wo häufig selbst der Inhaber eines solch antiken Ladens darüber kaum Bescheid wusste. Dennoch, dachte Elisabeth bei sich, er hat den liebenswürdigsten Gesichtsausdruck von allen, derjenige ist mir der liebste Engel unter ihnen! Ob der Name Jeremy wohl zu ihm passte?

Manchmal kam Elisabeth nach Schulschluss mit Gleichaltrigen am Schaufenster vorbei und wunderte sich über deren gedankenlos beissenden wie herzlosen Kommentare. «Also die meisten kann man ja als Engel bezeichnen, doch derjenige da, der Dritte links, fast zuoberst, siehst du ihn, also der ist ja wirklich … also ich finde gar keine Worte, was macht der da unter all den vielen, bezaubernden Engeln?!» Oder: «Ich glaube, den da hat man aus einer Schachtel aus dem letzten Jahrhundert ausgepackt, wussten die da noch nicht, wie Engel aussehen, dies soll ja wohl keiner sein, oder?» «Eine völlig zerzauste, wilde Struppigkeit ist das, mehr nicht!» Bei solchen oder ähnlich gearteten unbedachten Worten blickte Elisabeth jeweils mit weit aufgerissenen, verblüfften Augen traurig von ihren Gefährten zum besagten scheinbar furchtbarsten Engel und wieder zurück zu ihren Kameraden, in einer offensichtlichen Sprachlosigkeit, wo ihr jedes Wort zu einer Gegenbemerkung fehlte, und sagte nichts!

Am Morgen der dritten Adventswoche wehte ein kalter Biswind und erste, dicke Schneeflocken fielen schwer vom Zenit des grau bedeckten Himmels. Von der unbarmherzigen Kälte getrieben eilte Elisabeth zusammen mit einer Freundin zum Trödlerladen und stellte fest, dass sich kaum noch Engelpuppen auf der Treppenkiste befanden. Von all den vielen engelsähnlichen Gestalten sassen gerade noch fünf auf der Kistenpyramide. Die entstandenen Lücken wurden umgestaltet, wobei dekorative Weihnachtskugeln und nostalgisch schneeverzierte Tannzapfen oder geschliffene Gläser einen Ehrenplatz erhielten. «Oh, da sind aber viele bereits verkauft worden», meinte Elisabeths Freundin. «Ich wette, der Struppe-Engel da geht zuletzt weg, den will bestimmt niemand!» Voll bangem Entsetzen blickte Elisabeth zu ihrer Freundin, wie konnte sie nur! Ihre Augen nahmen einen verdächtig feucht schimmernden Glanz an. Sie blinzelte ein-, zweimal, wobei sich eine schmerzliche Träne aus ihrem Augenwinkel löste. Verhalten und in aller Stummheit blickte sie zu ihrem geduldig ausharrenden Engel, seinem beschämenden, abgenutzten, fahlen und wie an manchen Stellen gar zerschlissenen Kleidchen, seinen verwahrlosten, zerzausten wilden Locken und gräulich abgestandenen Flügeln. Äusserlich betrachtet sah er wirklich ganz und gar unmöglich aus! Eine gänzlich vollkommen armselige Erscheinung, welcher auf einen sich seiner erbarmenden Käufer wartete! Dennoch, keiner hatte eine solche Lieblichkeit in der Ausstrahlung wie der ihrige, wie Jeremy, dachte Elisabeth! Was machte denn einen wahren Engel eigentlich aus? Sein samtenes, feines Kleidchen, seine glänzenden Haare oder wunderschönen Flügel? Was denn?

Noch währenddem die kleine Elisabeth nach einer geeigneten Antwort suchte und immer noch bedächtig ihren Engel betrachtete, kniff dieser völlig unerwartet sein linkes Auge und zwinkerte ihr zu. Völlig erschrocken wich Elisabeth unmittelbar einen Schritt zurück, brachte kaum noch ihren offenen ungläubigen Mund wieder zum Schliessen und ihre verblüfften Augen weiteten sich ins Unermessliche. «Er hat mir zugeblinzelt», sagte Elisabeth leise … und etwas lauter: «Er hat mir zugeblinzelt!!!» Ihre Freundin neben sich nahm Elisabeth nicht mehr wahr, plötzlich hatte sie es äusserst eilig, nach Hause zu kommen.

Zu Hause lief sie ungestüm voll freudiger Erregung von einem Zimmer ins andere, bis sie ihre Mutter endlich im Schreibzimmer fand. «Mutter, Mutter, weisst du, was einen richtigen Engel ausmacht? Seine gelockten Haare, seine Flügel? Was Mutter?» Überrumpelt über die unerwartete Frage ihrer kleinen Tochter versuchte sie ihr zu antworten. «Ich weiss nicht so recht», meinte diese zögernd, «vielleicht seine wunderschön weissen grossen Flügel? Seine edle Wesensart?», fragte die Mutter überrascht zurück. «Nein, es sind nicht die Flügel, weder sein Kleidchen noch sein Haar! Ein Engel ist einer, der einem zuzwinkert!» Jetzt war sie doch etwas irritiert und sprachlos. «Aha», meinte die Mutter, hob fragend ihre Augenbrauen und wunderte sich etwas über die ungestüme, plötzliche Redseligkeit ihrer kleinen Tochter. «Ich muss dir diesen Engel unbedingt zeigen, Mama, komm bitte schnell mit!»

«Also welcher ist es denn nun», fragte Elisabeths Mutter ungeduldig fröstelnd, als sie beide vor dem riesigen Schaufenster des alten Trödlerladens standen. «Du musst warten, bis er blinzelt, dann weisst du, welchen ich meine.» «Da können wir vielleicht lange warten, es beginnt bereits zu dämmern!» «Alle meine Freundinnen meinen, er würde nicht aussehen wie ein Engel, weil er so schäbig gekleidet ist und überhaupt unmöglich aussieht.» «Ohhh … ich glaub, ich weiss, welchen du meinst!» «Niemand will ihn haben und meine Freundin meinte, er würde als letzter Engel da bis Weihnachten sitzen bleiben! Ich will aber nicht, dass er an Heiligabend immer noch da ganz allein im Schaufenster in diesem total überfüllten, muffigen Laden auf dieser alten, miesen Kiste hockt! Können wir ihn nicht zu Weihnachten kaufen, Mutter?» Mit sanftem, niedergeschlagenem Blick schaute die Mutter ihr flehend und bittendes Kind an und meinte: «Ich weiss, dass für dich das schwer zu verstehen ist, aber es reicht kaum für das Nötigste, Elisabeth, wie können wir uns da diese alte Puppe kaufen?! Wenn sie wenigstens etwas edler aus-

sehen würde, wie ein Engel eben!» Entmutigend war der hoffnungs-
lose Ausdruck in den Augen der Mutter und ihre geäusserten Worte
trafen Elisabeth beinahe so tief wie jene ihrer Freundinnen. Fassungslos und entsetzt äusserte sie: «Aber Mama!» Doch diese blieb
unerbittlich und mit einem aufmunternden Nicken meinte sie:
«Komm Elisabeth, lass uns nach Hause gehen, es ist bitterkalt und
dunkel geworden!»

Am Montag, der letzten Woche vor Weihnachten, sah Elisabeth
völlig erschrocken ihren Engel Jeremy nicht mehr im nostalgisch
geschmückten Schaufenster des Antikladens sitzen, weder auf der
zweitobersten Kiste links, noch auf einer andern, er war weg! Doch
anstatt sich zu freuen und glücklich darüber zu sein, dass er nicht
als letzter im Weihnachtsschaufenster auszuharren und sich der öf-
fentlich blossgestellten Schmach auszusetzen hatte, spürte sie, wie
unsagbar tiefe Trauer und verzweifelter Schmerz in ihr aufstiegen.
Nun würde sie nie mehr sein liebliches Gesicht durch das Glas
schauen, nie mehr über sein altes, staubiges, zerknittertes Kleidchen
sich wundern und mit ihren Augen zärtlich über seine zerzausten
Flügel gleiten. Nie wieder jedoch würde er ihr ganz unerwartet zu-
zwinkern! Wer ihn wohl gekauft hat? Wie es ihm beim neuen Besitzer ergehen mochte? Vielleicht war es ja jemand, der seine Liebenswürdigkeit erkannt hatte und über sein unscheinbares, fades
Äusseres einfach hinwegsehen konnte?! Jemand, dem nichts an schön
geglätteten Kleidchen und frisierter Haarfülle lag, sondern für den
einzig und allein seine Ausstrahlung zählte. Wie hatte Mama noch
gesagt, sein edles Wesen?! Genau, das wars, sein gütiger Blick im
Glanz seiner weiten, liebenswerten Augen, sein in Lumpen gewi-
ckelter Körper, seine edle, grazile Haltung. Das, was darunter lag
unter seinem Äusseren, was durch ihn hindurch nach aussen schimmerte, das war ein Engel, war ihr Jeremy!

Was jedoch, wenn der neue Besitzer ihn seinen Kindern oder
Enkelkindern schenken würde, welche nicht hinter sein dürftiges
Äusseres zu schauen vermochten? Die keine Ahnung hatten, was

einen Engel zu einem lieblich Beflügelten hervorhob? Jeremy würde dasselbe Schicksal erleiden wie dasjenige, welches er hier im alten Nostalgiefenster zwischen den staubigen Mauern der Stadt erfahren hatte. Ausgelacht und aufs niedrigste verhöhnt und verspottet von all den andern, abgelehnt unter geringschätziger Verschmähung neben teuren, unerschwinglichen Spielsachen, in deren Glanz er daneben im traurigsten Schatten sein Dasein zu fristen hatte. Um wie viel besser würde er es da bei ihr gehabt haben! Sein Kleidchen hätte sie tüchtig in nach Lavendel duftendem Seifenwasser ausgewaschen, bis zur letzen flachen Falte glattgebügelt und dem abgetragenen Stoff seinen ursprünglichen Charme zurückgegeben, indem sie das leidgeprüfte, brüchige Gewebe mit Glasperlen bestickt hätte. Sein struppiges Haar zu brillantem Seidenglanz gekämmt und eine Strähne mit weissem Satinband umwunden. Einmal kräftig durch seine lotternden, staubigen Flügel gepustet, damit er aussehen würde wie ein echter Engel eben! Doch Jeremy war nicht der ihrige, würde nie in ihrem Zimmer zwischen ihren weichen Kissen sitzen, sondern gehörte nun jemand anderem, einem Unbekannten, und sie hatte somit über dessen Verbleib und Schicksal mit der Ungewissheit zurechtzukommen. Ein tiefer Seufzer stieg aus ihrer kleinen Brust und des Kummers Schwere griff nach ihrem untröstlichen Herz, schien sie nur noch flach atmen zu lassen, dass sie voller Bedauern und mit gesenktem Kopf traurig nach Hause schritt.

Wie jedes Jahr verbrachte Onkel Stefan seit dem Tod von Elisabeths Vater Weihnachten gemeinsam mit ihnen. Bereits zu einem vorfreudigen, festlichen Weihnachtsritual geworden, nagelte er jeweils einen einfachen, wunderlich knorrigen Haselnusszweig über die hohen, weit ausladenden Verandaflügeltüren. In unterschiedlichen Längen band Elisabeths Mutter weisse sowie hellgraue Satin- und Tüllschleifen verschiedenster Breiten darum, welche in silbern geschliffenen Weihnachtskugeln ihr Ende fanden. Mehrere weisse dicke Kerzen in abweichenden Grössen, teilweise in gläserne Windlichter gefasst, flankierten beidseitig die alten massiven Türen auf dem geölten Parkettboden und verbreiteten mit ihrem warmen Licht eine wohlig beherzte, weihnächtliche Atmosphäre. Es lagen nur zwei kleinere Geschenke auf den beleuchteten, matt schimmernden Holzdielen, einfach, jedoch liebevoll eingepackt! Eines war mit Mutters Namen beschriftet, das grössere mit Stefan. Elisabeth starrte ungläubig, fast beängstigend auf die beiden daliegenden Pakete und erinnerte sich an die traurigen Worte ihrer Mutter: «Es reicht kaum für das Nötigste, wie sollten wir uns da eine Puppe leisten!» Eine unheilvolle Ahnung tastete sich an jede Faser ihres jungen Körpers, bis diese sich in einer nebligen, gebrochenen Trübung über ihre Augen legte und die Freude auf die bevorstehende Weihnachtsfeier von einer leidvollen Trauer überschattet wurde. Still, in sich zusammengesunken verharrte Elisabeth kniend auf den warmen Holzriemen und verlor sich unter einem aufsteigenden Tränenschleier im entfachten weichen Kerzenlicht. Kein Geschenk für sie lag unter den mit Schleifen gebundenen Haselnusszweigen, kein einziges.

Wie von Weitem erklang die ihr bekannte Stimme Onkel Stefans, drang durch ihr mit Kummer und Tränen gefülltes kleines Herz. «Liebste Elisabeth, wegen dem vielen, unerwarteten Schneefall in den letzten Stunden musste ich den Zug eine Stunde später nehmen. Um dein Geschenk einzupacken, reichte es nicht mehr. Dennoch schenke ich es dir von ganzem Herzen. Es wartet draussen auf der Veranda, du darfst es dir hereinholen!» Elisabeth wagte kaum zu hoffen, was sie da an Worten gesagt bekam. Sie sollte doch nicht ohne eine Gabe Weihnachten feiern? War dies nun nur ein fern dahingehauchtes Wispern gewesen, welches sie fälschlicherweise unter der Bedrücktheit ihres Schmerzes wahrnahm, oder tatsächlich Wirklichkeit, die Stimme ihres Onkels?! Nur allmählich löste sie sich aus ihrer starren, inneren Haltung, strich sich verstohlen hastig eine salzige Träne mit dem Ärmel ihres Winterpullovers aus ihren Augen, drehte sich eiligst um und öffnete vorsichtig hinausspähend die beiden Flügeltüren.

Mittlerweilen fiel der Schnee in immer dichteren, weichen Flocken vom Himmel und heftete sich an nackten Zweigen und kahlen Büschen fest. Ein eisiger Wind blies den fallenden Schnee beinahe bis zu den obersten Stufen der Veranda und begann, diese mit einem Hauch einer weissen Matte zu bedecken. Ein leichtes Frösteln und damit einhergehendes Frieren überfiel Elisabeth. Kaum ausreichend, um irgendetwas draussen in der Dunkelheit zu erkennen, ergoss sich das sanfte Kerzenlicht zum Ansatz der alten Holzstufen in den wilden Garten. «Ich sehe nichts, nirgends ist etwas zu erkennen», sagte Elisabeth mit traurig leiser Stimme. «Siehst du nicht, da, auf der ersten Treppenstufe!» Onkel Stefan hatte eine brennende Kerze vom Parkett aufgehoben und war zusammen mit Elisabeths Mutter auf die winterliche Veranda getreten. Warmes Kerzenlicht flutete über die alten, spröden Bretter, liess die Dunkelheit und schemenhaften Schatten verblassen und deutlichere Konturen hervorheben. Umrisse einer kleinen, hockenden Gestalt, etwas Edlem, Stoffartigem mit wundervollen Flügeln wurde sichtbar. Elisabeth wagte kaum zu atmen, ihre Augen weiteten sich immer noch zweifelnd, drehte sich schliesslich vor aufkeimender Freude und seliger Erwartung zu ihrem Onkel und dann zur Mutter, wobei sie sich aufgewühlt wieder der engelsgleichen Gabe zuwendete und vorsichtig etwas näher herantrat. Jede unwürdige, lädierte Falte war sorgfältig aus dem Kleidchen des Engels gebügelt und umhüllte in lose fallender, hauchdünner Seide luftig seine dünnen Beinchen. Unzählige kleine Perlen säumten stilvoll glänzend sein Oberteil, wobei weite Ärmel mit spitzenbesetzten Bündchen die schmalen Ärmchen bedeckt hielten. Ein weisses Satinband wand sich fein geflochten in seinem silbern glänzenden Haar voller geschwungener Locken und kein einziges Staubkörnchen war in seinen hellen, luftigen Flügelschwingen zu erkennen. Hauchzarter Duft von Lavendel vermischte sich mit ihren kaum hörbaren Atemzügen, wobei Elisabeth kaum der vor ihr sitzenden Gestalt genügend Betrachtung zu schenken vermochte. Vergessen schien Onkel wie Mutter oder Weihnachten, in ihrer Welt existierten nur noch sie und dieser kleine, einst unscheinbar Beflügelte. Er würde also nicht der weiteren erbarmungslosen Verachtung ausgesetzt sein, sondern zusammen mit ihr, Elisabeth, in kuschligen Kissen in den süssen Zauber von Nachtträumen hinübergleiten. Nun endlich zeichnete sich ein wehmütiges, jedoch gleichzeitig dankbares Lächeln auf ihren Wangen und ein aufhellendes Leuchten in ihren Augen. Und noch bevor sie Jeremy hochheben und innig an sich drücken konnte, blickte ihr ein überaus liebenswertes wie rührendes Engelsgesichtchen entgegen und zwinkerte ihr einmal kurz zu …

Himmlisches Stufen-
Geflüster so düster …

Der Wind tobte aufbrausend um die Häuser, fegte mit drohendem Geheul durch offene Schlupflöcher und zugängliche, undichte Winkel. Raunte sein unheimliches Stöhnen über die Dächer hinweg und liess erschreckte Baumwipfel rauschend zurück und manchen nicht ganz geschlossenen Fensterladen zwischen seinen Verriegelungsankern zitternd erschlottern oder gar heftig mehrmals zuschlagen, nicht ganz niet- und nagelfeste Dachziegel heulend erbeben. Unheilvoll pfeifend blies er durch jede undichte Spalte und Ritze, scharrte in tiefer liegenden Schächten und gespenstischen Gräben, sauste beissend über die Stufen von steilen Treppen hinweg. Klatschte gnadenlos an senkrechte Häuserfassaden, um seinen Weg himmelwärts fortzusetzen, nur um anschliessend, als würde er von neuem Atem holen, wieder zur Erde zurückzustürzen.

Typisches Novemberwetter für hier draussen, dachte Sarah, streifte schlaftrunken ihre schiefergraue Steppdecke zurück, schlüpfte hastig in die viel zu grossen Filzpantoffeln und schlurfte, ihre Arme gegen die Kälte reibend, fröstelnd zum Fenster. Spärliches Mondlicht warf weiche Schatten auf die Kräuterrabatten und Kieselsteine sowie die im Hof stehenden hohen Bäume und tauchte diese in nebelartige, verhangene, graue Nachtskelette. Geradezu schauerlich wirkte das Ganze auf sie, unheimlich und furchteinflössend, jeder Wirklichkeit fern. Genau wie damals … Es war die erste Nacht seit drei Jahren, nach dem Tod ihrer Tochter Merilynn, dass sie wieder ins einsam gelegene Sommerhaus an den Klippen zurückkehrte, wo sie gemeinsam mit ihrem Mann Jules und ihrer erstgeborenen Tochter Amy die Vorweihnachtszeit und anschliessend das Weihnachtsfest verbringen wollte. In etwa drei Tagen würde Jules nachkommen, sobald in der Klinik das Wichtigste betreffend Übergabe für die kommenden Wochen geregelt wäre. Nach dem unsäglich tragischen Unglück von damals hatte sie den Schritt gewagt, allein zusammen mit Amy vorauszugehen, um alles vorzubereiten und sich etwas einzuleben, nachdem die zuvorkommende nette Haushälterin im nahe gelegenen Dorf für Ordnung und Sauberkeit sowie die nötigsten Einkäufe gesorgt hatte.

Nun sah sie sich einem heulenden Sturm gegenüber, welcher Erinnerungen an die damalige Nacht wachrief ... Merilynn war kaum sieben Monate alt, als sie eines Nachts schlafend in ihrem Bettchen lag und genau wie heute ein fürchterlicher Wind um die nackten Kalksteinfelsen tobte. Die wittrigen Fenster wurden durch das Unwetter so heftig aufgestossen, dass diese beinahe zu Bruch gingen. Nachdem Sarah diese wieder geschlossen und fest verriegelt hatte, konnte sich anderntags niemand erklären, wie das hintere Fenster ein zweites Mal Öffnung fand, denn der Wind schien danach ruhiger geworden zu sein, mehr noch, zerbrochene Glasscherben lagen auf den verwaschenen Holzdielen. Eine eisige Kälte weilte am Morgen im Kinderzimmer und Merilynn erlag noch in der folgenden Nacht einer Lungenentzündung. Von schweren Vorwürfen an sich selber gerichtet, warum man das hintere Fenster nicht längst mit einem massiven Laden endlich instand gestellt hatte, mied man den idyllisch gelegenen Sommersitz an den einsamen steinigen Klippen drei ganze Jahre lang, bis zu diesem November. Eine Auszeit in der Klinik wollten sich beide gönnen, sich erholen und weit ab des Alltags vorweihnächtliche Tage geniessen.

Ihre Augen wanderten zum Mond, welcher in vollendeter runder Scheibe hell leuchtend ihren Blick zu erwidern schien. Ein Angstschauer durchfuhr ihren Körper, schnell wich sie zurück, schlüpfte in die Wärme ihrer Bettlaken und fiel in einen ruhelosen

Schlaf. Draussen überschlugen sich wiederholt heftige Windböen, fegten ohne jegliches Erbarmen wild durch das blätterlose Geäst der Bäume, klatschten ihre ganze Bedrohlichkeit an das kalte Glas und hauchten ihre eisig wimmernden Worte durch die Scheiben: «Ich bins, Merilynn, Mama komm …»

Immer näher rückend, als ob die Worte leise an sie heranschlichen, verwandelte sich das ferne Geflüster innert Sekunden zu einem einzigen Schrecken, so nah, dass sie schlagartig die Augen öffnete und voller Entsetzen furchtvoll wie angespannt atmete. Die nackte Angst hielt sie umfangen. Was war das eben? Sie wagte kaum noch sich zu rühren, es schien eine kleine Ewigkeit, dass sie in dieser Haltung verweilte, der tosende Sturm hatte sie kaum einschlafen lassen, der Ruhe war noch nicht genug, eine bleierne Müdigkeit überfiel sie. Ein benommener Blick auf die Uhr auf dem Nachttisch zeigte ihr, dass es weit nach Mitternacht war, und sie sank zurück in ihre Kissen, wo sie sich der Dunkelheit überliess.

«Ich bins, Merilynn …», ertönte es wieder leise, in immer lauter werdender, drängender Stimme an ihr Ohr … Erneut hochschreckend und bebend vor Angst, ihre Decke bis zum Kinn hochgezogen, lauernd im Gehör, wollte sie schreien, laut um Hilfe flehen, doch sie brachte nicht den leisesten Ton heraus. Wie zu Stein erstarrt, vernahm sie das hilflos verlorene Betteln, diesmal etwas in weiterer Entfernung, vom hölzernen Treppenabsatz herrührend, welches sie mit säuselnder Trauerstimme die Stufen raufzulocken schien, als ob es da oben irgendetwas zu zeigen gäbe, das anzusehen wichtig sei … Fordernd und beschwörend, einem Albtraum gleich, voll verschlagener Tücke und Täuschung erschien ihr der inständig bettelnde Ruf. Ein scheinbar nie zur Ruhe gekommener Geist, der hier nachts umherirrte und in elend sterblicher Verzagtheit seine letzten Seufzer durch die Hallen ächzte? Oder einfach nur eine erbarmungswürdige, verirrte arme Seele? Sie wagte kaum den nächsten Atemzug, geschweige denn sich nur zu rühren.

Ahnend, die ganze Nacht kein Auge mehr zuzutun, würde dieses einsame Gejammer ihr immer wieder nachstellen, sie nie zur Ruhe kommen lassen. Mit zitternden Händen schlug sie langsam die Bettdecke zurück, hob ihre Beine über die hohe Bettkante und liess ihre nackten Füsse in den Pantoffeln verschwinden. Das flauschige zarte Weich ihres Morgenmantels spürte sie nicht, als sie diesen schnell um sich band und nach dem entzündeten Kerzenleuchter griff. Noch ehe sie einen Fuss auf die knarrenden Holzstufen setzte, spähte sie ins angrenzende Zimmer und erst, als sie die leisen Atemzüge ihrer Tochter Amy zu erkennen glaubte, ging sie zögernd schleppenden Schrittes die Treppe nach oben.

Lang gehütete Geheimnisse flüsterten ihr die Wände entgegen, nur schwer zu entziffern die dahingehauchten Worte, beschlich sie nicht die geringste Ahnung, was sie oben auf der Galerie hinter einem der Zimmer antreffen würde. Im Aufsetzen ihrer Füsse starrte sie den langen, von trübster Dunkelheit gespeisten Korridor entlang. Zitternd den schweren Leuchter in der einen Hand, versuchte sie die Distanz von dem dürftigen Schimmer ihrer kargen, matt schimmernden Lichtquelle bis zur besagten Tür zu ermessen und wusste gleichzeitig, dass dieses Unterfangen ins Leere sich verlor, da die Tiefe der Finsternis sie zu sehr einhüllte. Zur tristen Umgebung beseelte sie eine aufkeimende, zunehmende Angst, in jedem Schritt, welchen sie wagte, auf dem nackten, blank gescheuerten Riemenboden vorwärts zu schreiten. In den länger sich dahinziehenden Schatten im Schein des Leuchters verzerrten sich die leblosen Gesichter in den Gemälden der Ahnengalerie zu grässlichen, unerkennbaren Fratzen, schienen sich im Spiegel ihres eigenen Grauens voller Hohn zu sonnen, sodass sie zutiefst erschreckt von deren Anblick ihr Antlitz unwillkürlich abwendete und versuchte, sich auf die alten, ausgelaugten Holzdielen zu konzentrieren, welche in leidvollem Gieren unter ihren Füssen zu ihr hochdrangen.

«Merilynn, Mama … wo bist du?» Heiseres, ängstliches Flehen fand Widerhall in ihren Ohren, umgarnte sie immer stärker, wie ein

Netz voller feinster, trügerischer Gespinste … «Merilynn», echote es und Sarah musste sich beherrschen, nicht den eh schon geschwächten Halt zu verlieren. Sie musste wissen, was in dem Zimmer war, woher dieses quälende, verzagte Silbengestotter, welches sie zu erdrücken drohte, … Im schwachen Licht des Leuchters sah sie ihre Hand sich auf die Türklinke legen und diese langsam nach unten drücken. Während ihr Herz pochte und bis an ihren Hals hämmerte, wagte Sarah kaum der Tür den nötigen Stoss zu versetzen, damit dieser das Innere preisgeben würde. Als ob dem Raum kein Fenster zugehörig wäre, umfing sie pechschwarze Dunkelheit. Im diffusen Schimmern ihrer Lichtquelle versuchte sie etwas zu erahnen, auszumachen, was sich der Erkennung offenbaren würde, doch nichts, nur schwarze Leere umgab sie. Da … lauter als je zuvor raunte plötzlich die gepeinigte Seele erneut ihre bittere Klage, wand sich wieder und wieder um Sarah, einem Schleier gleich, der sie einlullte in ein beängstigendes Geflecht aus immer verwirrenderen Stimmen und einer Ahnung des gefährlichen Bedrohens, was ihr beinahe den Verstand raubte.

Gerade als sie sich weiter ins Innere wagen wollte, scheuchte ein laut kreischendes Etwas an ihr vorbei, sodass sie mit einem heftigen Aufschrei zurückwich. Beinahe gestolpert, fing sie sich, wollte sich an die immer noch halbgeöffnete Tür klammern, als diese in einem hämischen Gequietsche sich wieder ins Schloss einklinkte. «Oh Gott, bitte nicht!» Zitternd und bebend vor Angst stand sie in dem schwarzen Nichts von Zimmer, den Schein ihrer Kerze immer kleiner werdend, kaum noch irgendwas zu erkennen. Ein Schrei gellte durch die unheilvoll geschwängerte Atmosphäre, laut und schneidend. «Hilft mir denn keiner, Hilfe!» Da … irgendwo klirrte Glas, Scheiben zerbrachen, fielen bruchstückhaft zu Boden, kalte Dezemberluft fegte ungestüm herein und löschte unmittelbar das Licht der Kerze. «Nein …» hauchte Sarah, «nicht!» Eine kühl fröstelnde Nebelschwade kroch langsam windend auf sie zu, tastete nach ihren schmalen Schultern, schlich mit gespielter Langsamkeit die

Venen ihres Halses entlang, umfing ihr Kinn und erstickte jeden weiteren Aufschrei, den es noch möglich gewesen wäre zu äussern. Sarah schnappte verzweifelt nach Luft, suchte vergeblich nach Halt und brach schliesslich völlig ihrer Kräfte beraubt in sich zusammen, stürzte hilflos zu Boden. «Merilynn …», hörte sie leise noch einmal die unheimliche, leidgetrübte Stimme … dann ertrank sie, jegliches Gefühl von Bewusstsein verloren, entglitt in eine andere, lichtere Welt …

In ihrem Traum sah sie, wie die Düsterheit und finstern Schatten sich allmählich zurückzogen, das Zimmer sich zu füllen begann mit durchlässigem, weichem Schimmern des Lichts und eine unglaubliche Wärme die entsetzliche Kälte verscheuchte, bis nur noch ein einziges Strahlen die vier trostlosen Wände erfüllte. Inmitten des stillen Raumes eine grazile, schlanke Gestalt neben einer weissen Wiege sass, in hellem, einfachem Faltenkleid, erhaben in seiner Erscheinung, ein Engel. In seinen Armen hielt er behutsam zärtlich wiegend ein kleines Kind, leicht und anmutig, voller vertrauenswürdiger Sanftheit und Hingabe. Sein hellgraues Federkleid um sich wie das Kind gebreitet, durchbrach seine zarte Stimme die Luftschichten schwebend in wundersamster Melodie. In dem erschauten Anblick lagen neben immenser Trost spendender Güte eine nicht zu begreifende, für Sarah nie dagewesene Liebe und Befreiung, die sich tief in ihr trauriges Herz einnistete. Sich zu verweben begann mit ihrem erfahrenen Leid, bis sich der immer noch vorhandene Schmerz wie der Verlust ihres Kindes verblasste, ein Gefühl von tiefer Ruhe sich in ihr ausbreitete und sie sich von Klarheit, Harmonie und einem tiefen Frieden umgeben sah.

Plötzlich einsetzender Regen prasselte an die Scheiben, sodass Sarah, aufwachend aus ihrem Traum, noch müde sich gefasst zu rühren begann. Mit ihrer rechten Hand verwirrt über die geschlossenen Lider streifend, stützte sie sich mit der Linken auf den hölzernen Dielen ab und erhob sich mit geduldiger Langsamkeit. Sie musste einige Zeit so auf dem Boden gelegen haben, denn mit dem

Anbruch der Dämmerung wich die Finsternis aus dem Zimmer. Sie hatte damals zusammen mit Jules die Kammer vollständig leer geräumt, nichts sollte an den tragischen Tod ihres jüngeren Kindes mehr erinnern. Und so blickte sie in ein vollständig leeres, ausgeräumtes Zimmer. Eines, wovor sie sich jedoch in Zukunft nicht mehr fürchten würde es zu betreten, denn das schreckliche Grauen und die harte, abweisende Kälte waren gewichen, es strahlte eine wohltuende, seltene Ruhe aus, gleich einem Ort, wo man sich in Zukunft zurückziehen und erfahrbare Stille erleben konnte.

Noch etwas benommen, doch mit innerer Gelassenheit stieg Sarah die hölzernen Stufen hinunter und nachdem sie ausgiebig geduscht und sich angezogen hatte, begab sie sich in die Küche, legte zuerst feine, dann etwas gröbere Holzscheite in den Ofen, entzündete diese und begann, das Frühstück für sich und ihre Tochter Amy vorzubereiten. Starker Duft nach Kaffee durchzog die unteren Zimmer des Landhauses, als Amy in hellblauem Nachthemdchen gähnend in die sich allmählich mit Wärme ausbreitende Küche schlenderte. «Morgen Mama … ich hatte einen wunderschönen Traum, willst du ihn hören?» «Sicher will ich das, komm, setz dich und erzähl!» Amy hockte sich mit ihren noch kurzen Beinchen auf den viel zu hohen Stuhl, setzte sich zurecht, streifte ein Wolljäckchen über ihre Schultern und griff hungrig nach einem dicken Stück Brot. «… weisst du, ich weiss eigentlich gar nicht, wo ich beginnen soll. Also … es war da ein ganz fürchterlicher Sturm, geweht hat es, sag ich dir, das hast du noch nicht erlebt …» Sie schluckte den Bissen herunter und fuhr weiter: «… und plötzlich stand ich in einem Zimmer, das sah ganz so aus, wie das unsrige oben, weisst du, dasjenige, in welchem Merilynn schlief …» Sarah hielt in ihren Bewegungen abrupt inne und erstarrte innerlich. Sie sah wortlos in die Augen ihrer Tochter. «… ja, das sah genau gleich aus. Und da sass ein Engel Mama, traumhaft schön, neben einem Bettchen, das aussah, wie eine weisse Wiege, und der Engel hielt Merilynn in den Armen. Und gesungen hat er auch, mit wunderschöner Stimme …» Sarah traute ihren

Ohren nicht, was sagte ihre Tochter da, wie konnte dies sein?! «Du warst doch immer so traurig Mama, du und Vater, dass Merilynn so plötzlich gestorben ist … doch das musst du nicht mehr. Merilynn schläft in den Armen eines Engels, weisst du … Du hast doch immer gesagt, dass die Engel uns nahe sind und jeder Mensch einen ganz für sich alleine hat, genauso ist es, ich hab es selber gesehen. Er hat sie leise gewiegt und ihr ein Lied gesungen, noch näher kann man seinem Engel nicht sein, oder Mama?» Sarahs Augen hatten sich längst mit Tränen gefüllt. «Nein, wirklich nicht …», sagte sie schluchzend und begann, mit fahrig zitternden Händen nach einem Taschentuch zu suchen, um sich die Tränen zu trocknen. Das war zu viel auf einmal, die vergangene, zuerst beängstigende, wirre Nacht, dann der wunderschöne Traum und nun Amy, welche ihr das Spiegelbild dessen schilderte, was sie selber gesehen hatte. Wie würde Jules reagieren, wie sollte sie Klarheit in dieses Unerklärbare bringen? Musste sie dies überhaupt? – Mit Sicherheit …! Sie würde Amy auffordern, ihrem Vater den Traum noch einmal zu erzählen, und anschliessend würde sie ihm ihr Erlebtes von heute Nacht weitergeben. Es würde auch ihm helfen, zur Ruhe zu kommen, mit sich selber versöhnlicher umzugehen, all den erlebten Seelenschmerz endlich verarbeiten zu können. Merilynn hatte sie letzte Nacht in das Zimmer geführt, sie wollte, dass sie endlich aufhörten, sich selber mit Vorwürfen zu belasten, und ihr das friedliche Bild mit ihrem einzigartigen Engel gezeigt, nicht nur ihr, sondern auch ihrer älteren Tochter, dessen war sie sich nun sicher.

Als Amy die Tränen ihrer Mutter sah, war sie an sie herangetreten und strich ihr sanft über die feuchten Wangen. Sarah nahm ihre kleine, verständige Tochter fest in die Arme und drückte sie innig. Als sie sich aus der herzlichen Umarmung löste, wichen die Tränen einem schwachen, verlegenen Lächeln und fest in die Augen ihrer Tochter schauend, sagte sie: «Wir haben doch da im Auto noch zwei Kisten nicht reingeholt gestern, du weisst, diejenigen mit dem Weihnachtsschmuck, wollen wir sie holen?» Freudig stimmte Amy dem Vorschlag ihrer Mutter zu. «Ja, das machen wir, damit wenn Vater morgen kommt, bereits etwas Weihnachtsstimmung im Haus ist, nicht wahr?» «Ja, da wird er sich bestimmt freuen …»

Im dunklen Hereinbrechen der Nacht erfuhr diese eine spürbar starke Abkühlung, sodass leicht fallende Schneeflocken dem Regen den Platz nahmen und anderntags mit der Ankunft von Jules bereits eine lockere, luftige Schicht dieser herrlichen Pracht sich über Sträucher und dem in der Allee unten liegenden Kräutergarten gelegt hatte. Einer weissen, flauschigen Decke gleich, welche auf jedem dürren Ast und steinernen Gesims sowie Fensterläden ihre unverwechselbaren Spuren hinterliess und die in der finstern Nacht zuvor gespürte Düsternis in helle, lautlos daliegende Versunkenheit tauchte. Im milden Mondlicht silbernes Funkeln und Glitzern zu erkennen war und einen stillen, vorweihnächtlichen Zauber verbreitete.

Als Jules anderntags die Schwelle zum Hausinnern überschritt, wurde er einer silbernen Schale gewahr, gefüllt mit weissen Federn, matten wie glänzend dunkelbraunen Kugeln und einer dicken, weissen Kerze, welche brennend dezenten Geruch von Wachs und Schwefel wiedergab. Auch der Duft nach frischem Gebäck strömte ihm durch den einladenden Korridor aus der Küche entgegen. Tief einatmend füllte sich sein Herz mit dem Gedanken an die bevorstehende Weihnachtszeit und die Aussicht auf eine endlich verdiente Auszeit. Amy sprang ihm fröhlich in die Arme. «Hallo, meine Kleine, hab dich schon ganz fest vermisst …» «Wir dich auch, Papa … komm, wir haben Plätzchen gebacken, die musst du unbedingt versuchen …» Sarah stand in weisser, umgebundener Schürze vor dem Backofen, hievte gerade ein Blech voller brauner Kekse aus dem Ofen und Erinnerungen an früher aus Mutters Küche wurden unmittelbar wach. Jules betrachtete sie versonnen vom Türrahmen aus und begrüsste seine Frau zärtlich leise. «Hallo du, wie hab ich mich nach dir gesehnt …» Sarah schaute auf, blickte zu ihrem Mann hinüber und ein stilles Lächeln huschte über ihre mehlbestäubten

Wangen. «… und ich mich erst nach dir! Das Essen ist gleich fertig, komm setz dich …»

Im Wohnzimmer vor dem wärmenden Kaminfeuer sassen sie noch lange erzählend, nachdem Amy sich mit einem liebevollen Kuss von beiden Eltern für die Nacht verabschiedet hatte. Während Sarah sich in die Arme von Jules gekuschelt hatte, gab er die letzten Kliniktage in einer kurzen, intensiven Zusammenfassung wieder und setzte sich dann räuspernd etwas aufrechter hin. Vorsichtig begann er: «Du … ich muss dir was erzählen … etwas ganz Eigenartiges … hat mir doch da ein wunderschöner Traum mein immer noch bedrücktes Herz um vieles erleichtert …» Zuerst glaubte Sarah, sich verhört zu haben, ihre Augen weiteten sich ungläubig staunend, verdutzt und irritiert zeigte sich auch ihr Gesichtsausdruck, doch dann zeichnete sich ein zartes, wissendes Lächeln auf ihrem Gesicht, … forderte ihren Mann auf, mit Erzählen fortzufahren und hörte ihm in behutsamer, schweigender, ungeteilter Aufmerksamkeit zu …

GETUSCHEL IN DER
WEIHNACHTSBÄCKEREI

Weit herum bekannt war die kleine, nostalgische Bäckerei-Konfiserie im pittoresken Städtchen, wo ein idyllischer, sich dahin schlängelnder Fluss sich seinen Weg durchs bunte Geschehen in den engen Gassen bahnte. Herrlich duftender Brotgeruch, der noch auf vieles, ungeahntes mehr hindeutete, durchzog bereits in den frühen, noch in der Finsternis daliegenden Morgenstunden die kalte Luft.

Es war erst Oktober, doch in dem Handwerksbetrieb herrschte emsiges Treiben, denn in den tiefer gelegenen Kellergeschossen der Bäckerei lag bereits die geschäftige Vorahnung von Weihnachten in der knisternden Atmosphäre. Ein jeder Geselle in umgebundener weisser Schürze wusste sehr genau, was er zu tun hatte. So war ausser schwingendem Rührwerk, tüchtig schlagenden Schwingbesen, klopfenden, gerührten und in blättrigen Schichten gelegten Teigen nichts von unnötigem Geplapper zu hören, sondern es herrschte ruhiges, beflissenes Arbeiten. Manch ein schneller Finger, begleitet von verstohlenen, um sich schauenden Blicken testete jedoch die leckeren Inhalte von Schüsseln und Porzellangefässen und leckte sich geschwind mit Hochgenuss die Lippen.

Wo in der einen Ecke der Backstube Eier, Mehl und Zucker aufgeschlagen, benötigte Zutaten wie geraffelte Zitronenschalen, Vanillepulver und geriebene Mandeln zu einer geschmeidigen Teigmasse gemischt wurden, entnahmen fleissige Hände im rückwärtigen Teil des Arbeitsbereiches bereits fertig luftig gebackene Haselnussmakronen vorsichtig aus dem heissen Ofen und legten diese zum Auskühlen auf ein rechteckiges Gitter. Und wo feine Schokoladenwürfel sorgfältig mit Zartbitterkuvertüre zu köstlichen Pralinen überzogen wurden, lagerten vordergründig im Gestell bereits süss glasierte Ingwerorangensterne, fertig und hübsch verpackt.

Benutzte Teigschüsseln, runde wie eckige Springformen, lange Spachtel und Schöpfkellen, Wallholz und Teigschaber wurden rasch gereinigt und Porzellanschüsseln mit neuen, leckeren Zutatenmischungen gefüllt. Grosse Backbleche frisch eingefettet, mit Mehl bestäubt, um ausgestochene Herz- und Sternenformen zu platzieren, mit Eigelb zu bestreichen und ab in den Ofen mit den Butterplätzchen! So ging es tagein, tagaus, jedes Jahr bereits zwei Monate vor der eigentlichen Weihnachtszeit. Würzige Pfefferkuchen, dunkle aromatische Brownies und süsse Mandelbaci wechselten die Backbleche mit Schokolade gefüllten Amaretti, himbeerbestrichenem Spitzbubengebäck, knusprigen Haselnussstangen und ornamentreichen Anisbrötchen.

Die Backstube atmete kaum eine Ruhepause und wenn gegen Abend die gebrauchten Werkutensilien endlich fein säuberlich wieder an Ort und Platz standen, so führte der Bäckermeister bis spät nachts noch Bestellungen für zusätzlich benötigte Marzipanrohmasse durch, dunkles Kakaopulver und süssen Puderzucker, Aprikosenmarmelade, Nelkenpulver, Zimt sowie Kardamom und grobe Schokoladenraspeln oder versuchte sich an einer neuen Kreation verführerischen Gebäcks. Von seiner Schreibtischstube aus konnte er so indes die zufriedene Geräuschekulisse seines zur Bäckerei gehörenden Cafés wahrnehmen. Das dünne Klirren von Silberbesteck, wenn köstliche Kuchenhälften getrennt wurden, oder das Absetzen von Kaffeetassen auf reich verzierten Untertellern sowie das leise, verhaltene Gemurmel von Gesprächsfloskeln seiner Gäste.

Was sich jedoch eines Nachts in seiner über alles geliebten Backstube ereignete, davon bekam weder der Bäckermeister noch einer seiner Gesellen was mit. Wie aus dem Nichts heraus war plötzlich ein emsiges Säuseln und Getuschel zu vernehmen und man musste schon sehr genau hinhören, um zu erkennen, wo das umtriebige Geflüster herkam. Nur wer über ein ausgesprochen gutes Gehör verfügte, konnte in etwa erahnen, woher es seinen Ursprung haben könnte. Und so begann an jenem Tag mit einer ganz einfachen und harmlos gestellten Frage von einem zarten Stimmchen einer zerbrechlichen Eiweissmandelmakrone ein heilloses Durcheinander. «Meinst du», meinte diese zaghaft, «die Konditoreiverkäuferinnen mit ihren spitzenbesetzten und edlen Perlenketten würden mich als genug schön und luftig erachten, dass diese mich auf ihre silberne Etagère im Laden legen würden?» Wobei die süsse Makrone sich völlig unbedacht einfach an das ihr zunächst liegende Gebäck wandte. «Woher soll ich dies wissen», gab eine fette Schokoladenkugel brummend von sich. «Ich selber würde lieber in einem dieser behäbigen, dicken Bonbonniere-Gläser mit rundem Deckel im Schaufenster liegen, damit mich alle, auch diejenigen, welche den Laden nicht betreten, sehen könnten.» Etwas aufgeblasen blickte die opulente Schokoladenkugel an sich herunter und meinte dann geringschätzig: «Und den feinen Puderzucker, den sie mir in der Backstube jeweils anschliessend noch darüberstäuben und mich jedes Mal einen Hustenanfall überkommt, auf den könnte ich wirklich verzichten.»

«Ja, ich kann dich sehr gut verstehen», wandte sich eine zuckersüsse, vornehme Würfelpraline, nicht mit wenig Hochmut, an die anmassende Schokokugel. «Da haben wir edelgefüllten Pralinen es um einiges besser. Die Zartbitterkuvertüre braucht keinen Puderzucker, auch ist diese von einem seidenen Glanz, dass so manch ein anderes Gebäck vor Neid erblassen könnte, denn kaum im Regal, sind wir schon wieder weg, in der Handtasche einer begüterten Kundin.» «Ach, was redest du denn da für dummes Zeug, ist denn dies dein Lebensinhalt?!», gab die fette, aufgeblähte Schokoladenkugel von sich. «Möglichst schnell in einer teuren Handtasche zu verschwinden? Das Gegenteil dürfte wohl einiges lebenswerter sein! Von möglichst vielen Menschen im Schaufenster gesehen, bestaunt und bewundert zu werden! Ich mit meiner prächtigen, vollendeten Form einer Kugel, dazu noch aus edelster, naturbelassener Schokolade aus fairem Handel, welch himmlische Kreation!» Die massige Schokoladenkugel schrie ihre Aufgeblähtheit geradezu durch die Räumlichkeiten der Backstube und strotzte nur so vor Selbstgefälligkeit.

Als die noble Praline, empört über eine solche Frechheit und Zumutung an Worten ihr gegenüber, der Königin unter all dem Weihnachtsgebäck, ihren Mund kaum noch zubrachte, mischte sich ganz unerwartet ein einfaches, jedoch exakt gestochenes Butterplätzchen in die Unterhaltung: «Also ich muss mich doch schon wundern, dass ihr beide euch derartig undankbar und zu so egoistischen Zwecken hergeben lässt, wo es um so Belangloses wie Aussehen und Lebensdauer geht. Ich für meinen Teil bin dankbar, dass ich hier in dieser wunderschönen, nostalgischen Bäckerei, wo mit so viel Liebe und Hingabe gebacken wird, mein Dasein habe. Und nicht irgendwo unter Tausenden auf einem gummierten Förderband in einer riesigen Fabrikhalle meinen Weg gehen muss, sondern mit all meinen gleichgesinnten Gefährten zusammen den Entstehungsprozess, Verlauf und die Endphase hier in dieser kleinen, wunderbaren Konfiserie miterleben darf. Von geschickten, liebevollen Händen verarbeitet und anschliessend hübsch in Zellophan oder Seidenpapier verpackt mit Satinschlaufen gebunden wurde und als Geschenkpackung auf einer der silberberankten Tortenplatten im Laden stehen darf. Ob dies nun im weihnächtlich dekorierten Schaufenster oder direkt auf der Verkaufstheke ist, scheint mir eigentlich unwichtig. Denn diejenigen Menschen, welche mich kennen, wissen, dass ich wie gemacht für ihre Gaumenfreuden bin und übersehen mich mit Bestimmtheit nicht!» Jetzt ärgerte sich jedoch ein bis anhin stiller Zuhörer. «Ach, und so jemand, der da so daherfeilscht wie du, will nicht egoistisch, noch selbstverblendet sein? Was führst du dich so auf, du gehörst jetzt wirklich zu der unscheinbarsten Sorte überhaupt, was bildest du dir denn nur ein, ein Butterplätzchen, pah!»

Das etwas gröbere Gewürzbrot machte eine kurze Pause, nachdem es fast so schien, als würde es den zuletzt geäusserten Begriff angewidert ausspeien, bevor es mit seinen Abfälligkeiten gegenüber dem mit goldenem Eigelb bepinselten Plätzchen in Butterteig weiterfuhr. «Seit Jahrzehnten erscheinst du in immer den gleichen Formen und eintönigen, faden Geschmacksrichtungen, einfacher und langweiliger geht es kaum noch. Wir, die Gewürzbrote hingegen, haben uns nicht nur immer wieder in unterschiedlicher Form neu präsentiert, sondern auch das Rezept stetig verfeinert und neu kreiert. Man kann es mit früheren Broten nicht mehr vergleichen, ein wahrer Fortschritt in der Entwicklung des Plätzchenbackens. Althergebrachte Tradition trifft auf neue kreative, süss gestalterische Kreation. Du hingegen scheinst mit all deinen Artgenossen stehen geblieben zu sein und wagst es auch noch, grosse Reden zu schwingen. Du tätest besser daran, zu schweigen und dich in die hinterste Ecke der Backstube zu verkriechen.» Mit grimmiger, kaltschnäuziger Miene begutachtete das Gewürzbrot voller Geringschätzung das goldbraun gebackene Butterplätzchen von allen Seiten.

Dieses hatte ihm still und mit ungeteilter Aufmerksamkeit zugehört, liess sich jedoch von den groben Worten des arroganten, überheblich daherredenden Gewürzbrotes weder beeindrucken noch aus seiner inneren Ruhe bringen, sondern behielt weiterhin tapfer seine Standhaftigkeit. So erwiderte es in seiner Unbeirrbarkeit gelassen: «Dem Gebrauch deiner Worte nach und deiner grimmigen Ausstrahlung sowie anmassenden Äusserung nehme ich dich als sehr unzufriedenen Zeitgenossen wahr, ansonsten würdest du nicht so niederträchtig über mich und andere Gebäcke daherreden. Und nun frag ich dich, wo ist denn nun dein Fortschritt, der angeblich die ehrwürdige Tradition bricht und mit neuzeitlichem Gedankengut bzw. neuer Rezeptmischung so in den Himmel hinauf schwingt? Von Arroganz und Selbstgefälligkeit in einer Art eingenommen, dass du jedem, der sich in deiner Nähe aufhält, den Atem und die Berechtigung zur Existenz nimmst! Was nützt dir dieser, wie du es nennst, Fortschritt, wenn du im Herzen so unzufrieden, mürrisch und von einer äusserst beschämenden und unausstehlichen Garstigkeit bist?!»

Die umliegenden Kekse, welche mitgehört hatten, wurden hellhörig, schauten einander wortlos mit vielsagenden Blicken sowie weitgeöffneten Augen an, worauf sie anschliessend ihr Sinnen auf dem Gewürzbrot ruhen liessen. Dieses wollte in einem ersten Anflug mächtig aufbegehren. Wie konnte ein fahles, bleiches Butterplätzchen es wagen, so gegen ihn zu richten! Spürte jedoch dann die musternden Gebäcke und das insgeheime Warten auf eine schlagfertige Antwort. Das Gewürzbrot jedoch hielt sich, in Anbetracht all der, wie ihm schien, lauernden, auf ihm haftenden Blicken zurück. Schluckte im letzten Moment eine weitere, böse beleidigende Bemerkung herunter und entzog sich mit einer brüsken, eingeschnappten Bewegung und mit leidigem, unverständlichem Gemurmel. Sämtliche Augen der Kekse wanderten darauf zum Butterplätzchen und nickten ihm mit aufrichtigem, bewunderndem Augenzwinkern zu. Doch still wurde es deshalb noch lange nicht in der weihnächtlichen Backstube.

Denn plötzlich begann es in den Zellophanbeuteln bereits abgepackter, verschiedener Kekse heftig zu knistern. Eines begann gar so stark zu wackeln, dass es von der gläsernen Tortenplatte stürzte und wie ein Häufchen Elend all das gemischte Gebäck darin zerbrochen und mürb auf dem Verkaufstresen liegen blieb.

«Wir wollen raus», schien es aus einer Geschenkpackung zu schreien, «und unsere Meinung zum Ganzen sagen!» Völlig unerwartet löste sich der ineinander geschobene Kartonverschluss einer rosa Konfektschachtel, sprang auf, sodass sämtliche Schokoladenpralinen wild durcheinander über den Tresen kullerten und dunkel gefärbte Zuckerspuren einen süsslich verschwendeten Schlamassel hinterliessen! Ein regelrechter Aufstand schien auszubrechen, Verpackungen schüttelten sich von den Regalen und der Leim von Konfekttüten schien zu zerreissen. Eine weitere Packung kam zum Erliegen und einer der Kekse, ein zackiger Zimtstern, bohrte sich ein Loch durch das dünne, durchsichtige Papier und schlüpfte durch die Öffnung nach draussen. Er räusperte sich und ergriff das Wort: «Was für ein eitler Egoismus ihr alle da treibt. Redet nur von euresgleichen und habt doch tatsächlich das Gefühl, die einzigen zu sein, als bestünde die Welt des Gebäcks nur aus euch allein! Seht euch diese bunt gewürfelte Geschenkpackung nur an! Von hell bis dunkel, von hauchzart bis bittersüss, über luftige wie massige, glasierte Kekse bis puderzuckerbestäubte und mit Haselnüssen dekorierte, wundervoll gefüllte Marzipanpralinen. Abwechslung ist des Lebens Süsse, anstelle des langweiligen Einerleis, das nur die immer gleiche Sorte bietet!»

Ein mit Himbeergelée gefüllter Spitzbube mischte sich zusätzlich ein. «Macht die Augen auf, wie viele der gebackenen Kekse bereits im Laden stehen und wenn ihr glaubt, dies sei alles, so täuscht ihr euch gewaltig! Ich durfte letztes Jahr in einer Handtasche einer noblen, liebenswürdigen Dame auf Übersee bis nach England reisen. Ich kann euch sagen, das ist das Land des Gebäcks! Von der Nord- bis zur Südküste quer durch die ganze Insel findet man da alles, nicht nur für den genussbetonten Gaumen, sondern auch ein vielseitiger ästhetischer Augenschmaus! Kekse, so gross und dick, die findet man nicht in unserem Land, und diese kleine Backstube in Ehren, doch nicht mal hier ist ein solch zauberhafter, unvergesslicher Genuss anzutreffen.»

Nun konterte jedoch das zarte Himmelsbrot, von welchem bekannt war, dass dieses nirgends weit und breit hergestellt wurde oder zu kaufen war, als eben nur in dieser hiesigen Konfiserie von nostalgischem Touch, da es eine Eigenkreation des Bäckermeisters war. Dass wenn er tatsächlich letztes Jahr da drüben in England gewesen sein soll, wie er eben berichtete, er es mit der Wahrheit wohl nicht so genau nehme. Bzw. was er denn noch oder wieder hier mache, da er sonst Schwierigkeiten mit dem Verfallsdatum bekäme und besser gleich die Gestellsimse im Laden verlassen solle. So sehr erschrocken über die tadelnde, jedoch berechtigte Bemerkung des Himmelsbrotes schien der Spitzbube wie aus dem Nichts die Farbe der dunkelrötlich gefärbten Himbeeren seines Innenlebens anzunehmen und verstummte augenblicklich, wortlos.

Das Himmelsgebäck nickte leise verhalten, wohlweislich, dass es sich in seiner Einschätzung gegenüber dem prahlenden Geschwätz des Luftikus von Spitzbuben nicht geirrt hatte und dieser seinen Namen wohl zu recht trug. «Nun», meinte die himmlische Makrone, «es sind genug der frevelnden Worte gefallen, auch möchte ich mich nicht im mindesten als Richterin der hier vorgefallenen Ereignisse ausgeben. Doch denke ich, geht aus beiden Seiten hervor, dass wohl beide Ansichten ihre Richtigkeit haben, jede einzelne Kekssorte sich ihres natürlichen Stolzes und Eigenwertes durchaus bewusst sein darf, im Wissen jedoch, ohne die jeweiligen Geschmacksrichtungen seines Nächsten würde auch keine vielfältig assortierte Geschenkpackung bestehen. Und auch die einzelnen Gebäcke selber dürfen sich ihres Wertes in Genugtuung wiegen. Denn wie der Zimtstern bereits erwähnte, alles hat seinen Platz und seine Berechtigung. Also hört auf, euch zu beschimpfen und mit abfälligen Worten gegenseitig eure Würde zu nehmen, sondern einander mit aufrichtigem Respekt und Anstand zu behandeln. Im Wissen, dass es ohne das eine das andere ebenfalls nicht gäbe, denn mit einem einseitigen, monotonen Sortiment könnte jede Bäckerei schliessen!»

Weiträumig mit umschweifendem, nachhaltigem Blick spähte das Himmelsbrot um sich. Still war es geworden, niemand wagte etwas zu sagen, einzelne Augenlider senkten sich beschämt, andere hielten ihrem gerechten Auftreten stand, doch böse Worte fielen keine mehr. Einfältiges und anmassendes Getuschel, Unstimmigkeiten oder gar zwieträchtiges, abwertendes Konkurrieren hat nie mehr unter dem Weihnachtsgebäck stattgefunden. Im Gegenteil, es herrschte einvernehmliche Ruhe und Frieden in der kleinen Backstube, auch in den geschäftigsten Zeiten vor Weihnachten, denn ein jedes war sich um den Wert des andern bewusst.

So war es wie jedes Jahr im Dezember. Bereits am Vorabend wusste jeder der Gesellen, was er anderntags zu verrichten hatte und der Bäckermeister machte wie immer bis spätnachts die notwendigen Bestellungen. Blickte ab und zu durch die vor Kälte klirrenden Fensterscheiben und nahm für einen kurzen Moment das turbulente Tanzen dicker Schneeflocken wahr, die letzten Tage im ausklingenden Jahr. Freute sich über die ihm so vertraute Geräuschekulisse von klapperndem Geschirr und angeregten Diskussionen in seinem florierenden Café oder tüftelte an neuen, einzigartigen süssen Kreationen von zartschmelzenden Versuchungen. Und wie seit jeher zog bereits im frühesten Morgengrauen, wenn dichter Nebel gespenstisch durch die schmalen Gassen kroch, ein wundervoll himmlischer Brotduft dem Idyll des Flusses entlang des weitherum bekannten Städtchens …

EMILIE UND DAS GEHEIMNIS DER MYSTISCH LEUCHTENDEN EISBLÜTEN

Neben dem alten, in grünlicher Zierde gestalteten Kachelofen sass Grossvater und flocht an einem neuen, mittelgroben Weidenkorb. Dicht zu seinen Füssen kniend seine zwölfjährige Enkelin Emilie auf einem grau verbleichten Leinenkissen, welche sich geschickt an einem Strohstern versuchte. Zwischendurch hob er bedächtig seinen Kopf, schaute durch die kalt beschlagenen Scheiben nach draussen und neigte sich wieder über seine stille Arbeit.

Die Leute konnten sagen, was sie wollten, der diesjährige Winter schien alle bisherigen Rekorde, was er je erfahren und erlebt hatte, zu brechen. Die Minustemperaturen sanken mit jedem Wintertag aufs Neue, liessen einen mit vor Entsetzen erstarrten Gliedern in den eigenen vier Wänden am liebsten nur noch unter der Decke verharren und am ehesten wieder im kommenden Frühling, sicher nicht vorher, aus den Laken steigen. Nein, bitterkalt war kein Ausdruck für dieses Jahr, es herrschte eine eisige Atmosphäre, polarartig, antarktisgleich. Der Ölofen kam kaum nach, das ganze Haus zu wärmen, sodass Grossvater gezwungen war, zusätzlich tüchtig Holz in den Kachelofen in der bescheiden anmutenden Stube nachzulegen.

Als die junge Enkelin von ihrer Tätigkeit aufblickte, rief sie ganz erstaunt: «Grossvater, hast du die entzückenden Eissterne an den Scheiben schon gesehen?» «Ja, das hab ich, es sind kleine Wunder Emilie … findest du nicht? Wenn du genauer hinschaust, kannst du erkennen, dass es keine zwei gleichen Eisblumen gibt, sie sind in ihrer Art so vielfältig, unterschiedlich und einzigartig, wie es Engel im Himmel gibt.» «Du meinst, es waren Engel, die all die bezaubernden Eissterne gestalteten?» «Nun, hundertprozentig lässt sich dies natürlich nicht sagen und beweisen schon gar nicht. Doch es gibt da eine uralte Geschichte, wo man sich erzählt, dass zu jedem Engel auch eine Eisblume gehört und dass es zwei verschiedene Arten von Eisblumen gäbe.» «Und die wären?» «Die einen seien einfach so durch die frostige Kälte entstanden, im Raureif kristallisiert und erstarrt, und die anderen seien von Engeln in einer besonders nebligen, späten Abenddämmerung an die Scheiben gehaucht worden, von himmlischen Boten, so erzählt man sich die Legende seit vielen Generationen. Doch dies ist nicht der einzige Unterschied. Es wird auch angenommen, dass diejenigen Eisblumen, welche vom Frost ihren Ursprung haben, sich berühren liessen, ohne dass sie ihre Existenz verlieren würden. Wohingegen diejenigen von Engelshauch gewisperten bei der geringsten Berührung einem entglitten, zu zerfallen schienen, in unerklärliches Nebelgefüge. Ihre Schönheit und bezaubernde Erscheinung ist so einzigartig, dass es einem Betrachter beinahe die Sprache verschlägt, wenn man ihrer gewahr wird. Sie etwas gründlicher anzusehen, schien jedoch gleichzeitig unmöglich, denn wollte man sie genauer in Augenschein nehmen, sie gar erklären oder mehr noch berühren, entschwanden sie einem aus dem Blickwinkel, schienen sie sich zu verflüchtigen, ihre kristalline Form zu zerbrechen, jegliche Kontur zu verlieren, zu verschwimmen mit ihrer Umgebung und in die glatten Fensterscheiben hinüberzugleiten, als würden sie sich mit diesen in Unkenntlichkeit verschmelzen.

So sagt man bis heute, dass zu betrachten die Eissterne nur mit dem nötigen Abstand und Respekt möglich sei, jedes andere Verhalten jedoch zur unmittelbaren Auflösung derselben führte, dass mit Eisblumen, sollten sie sich an kalten, starren Wintertagen zeigen, mit höchster Sorgfalt und achtsam umgegangen werden musste. Ein etwaiges Erklären, Diagnostizieren oder gar Beurteilen wäre gegenüber den ornamentreichen Sternen weder angebracht noch in irgendeiner Art und Weise überhaupt gerechtfertigt. Diese einzigartigen, wundervollen Winterblüten glichen einem bizarren, unergründlichen Geheimnis, welches sich weder durch Worte noch durch ganze Erklärungen oder wissenschaftliche Abhandlungen beweisen liess, eine mystische Erscheinung des Himmels also.»

Emilie schaute in das von Falten gezeichnete, schrumplige Gesicht ihres Grossvaters, das harte, einfache Leben stand ihm ins Gesicht geschrieben. Seine ernst und auch gleichzeitig gütig dreinblickenden Augen, das schmalkantige Gesicht und sein weiss ergrauter Schnurrbart mit silbernem Haar gaben ihm ein edles und würdevolles Aussehen, wie sie fand, was ihm Respekt und Ansehen zollte, auch wenn im Betrachten anderer er nur ein unscheinbares, schmuckloses Leben geführt hatte. Er war ihr Grossvater, den sie immer still bewundert, umso mehr, da sie ihre früh verstorbene Grossmutter nie kennengelernt hatte.

«Und wie unterscheidet man denn nun die einen von den andern, Grossvater? Wenn ich also einen Stern berühre und dieser entgleitet, also sich auflöst, dann war es einer von den Engeln hingehauchten, und wenn er sich nicht auflöst, sondern bestehen bleibt, dann war er sozusagen ein echter?» «Ein irdischer, meinst du?!» Grossvater wiegte leicht seinen Kopf, «… ja, so könnte man dies sagen. Nur ist das Geheimnis noch viel grösser, weisst du! Manche gehen so weit zu sagen, dass wenn man eine engelsgleiche Eisblüte berühre und diese zum Auflösen bringe, auch gleichzeitig die einzigartige Seele des Engels erlöschen würde. Deshalb Emilie, wage gar nicht erst den Versuch, eine der erstarrten Blüten zu berühren. Schau sie dir mit der nötigen Anerkennung und Wertschätzung an und halte dich an eine gewisse Distanz, geh nicht zu nahe ran und vor allem, versuche nie das Geheimnis der Eisblumen zu ergründen, nimm diese, wie sie sind und sei dankbar, wenn sie sich dir zeigen … denn nicht allen Menschen zeigen sie sich, also diejenigen, welche von den Engeln uns geschenkt sind … doch du kannst davon ausgehen, je mehr Sterne du an einem Fenster siehst, desto mehr dürften himmlische Blüten darunter sein … und dies, Emilie, ist ihr drittes Geheimnis …»

Emilie schaute in die klugen, wie ihr plötzlich schien, auffallend weisen Augen ihres Grossvaters und hörte gleichzeitig still seinen Worten zu, nahm diese in sich auf und wusste im selben Moment, dass sie dessen Ratschlag befolgen würde. Nie würde sie versuchen, dieses mystische Geheimnis zu erklären, noch sich zu nahe an die Kristallsterne heranwagen, noch würde es ihr im Traum einfallen, diese zu berühren. Da würde sie ja unwiederbringlich das Dasein eines Engels nehmen, wie weit schrecklicher würde die Welt dann aussehen, ohne die Liebe und Güte der Engel. Es gäbe keine unsichtbaren Helfer mehr, welche ihre Flügel spannten über Schutzbedürftige, Arme und Kranke. Niemand würde Unheil und Verderben abwenden, bevor diese zum bösen, übermächtigen Verhängnis steigerten. Immensen Schmerz und unsägliches Leid halfen zu lindern und einigermassen erträglich zu machen. Nein, dies würde sie nie tun. So verfielen nach diesen Worten beide in tiefes, jedem sich selber überlassenes, unantastbares Schweigen, wo sich nicht nur die Hände, sondern auch die Gedanken still in deren eigenen Arbeiten verflochten.

Mit der langsam, hereinbrechenden Dämmerung am Abend zogen immer dichter werdende Nebelschleier um das einfache, fast armselige Zuhause von Grossvater, welcher in der Küche begann, ein dürftiges Abendessen zuzubereiten, während Emilie von der warmen, gekachelten Ofenbank durch die erstarrten Fenster zum leuchtenden Mond hinaufschaute. Das silberne, kalkähnliche Mondlicht erhellte das Glas der Scheiben auf einmal derart, dass die Eisblumen plötzlich zu Funkeln schienen. Auch war es, als ob sich die Zahl der Eisblüten unmerklich verdoppelt hätte, kaum noch war irgendwo eine Lücke auf dem gefrorenen Glas zu erkennen … in wunderlicher, unerklärlicher Schönheit gestaltete sich an jedem Fenster im Wohnzimmer ein Sternenmeer in ornamentgezeichneten, gletscherartigen und wundervollsten Eisblüten. «Wow», entglitt es

Emilie staunend, als sie sich verhalten mit bewundernder Haltung umblickte, wie hell die kleine, dürftige Stube von Grossvater auf einmal leuchtete, da mussten aber viele Engel hier gewesen sein! Überirdische, entrückte Wesen, die ihre Herzblüten beim Eindunkeln in stiller Unsichtbarkeit an die Scheiben gehaucht hatten, welch wundervoller Zauber sich plötzlich glitzernd in dem unscheinbaren Zimmer zu entfalten begann und in kaum fassbarer, jedoch freudiger Betroffenheit sich auf dem staunenden Gesichtchen Emilies niederlegte.

Und als Grossvater mit einer ovalen Schüssel warmer, dampfender Kartoffelsuppe ins Wohnzimmer trat, nahm er unmittelbar den hellen, wundersamen Glanz in seiner Stube wahr, schaute liebevoll zu seiner Enkelin, wo eine Gewissheit ihm gewahr wurde, was er immer schon tief im Innersten seines Herzens gespürt hatte. Dass Emilie selbst jenen liebevoll Beflügelten aus sphärischen Welten angehörte und ein einmaliger, mit keinem andern zu vergleichenden wundervoller Engel war …

Vladimir, eine ganz besondere Maus zu Weihnachten

Ein eisiger Wind sauste bitterkalt durch gefrorenes Geäst, welches sich an der alten Fassade des urtümlichen Kirchengemäuers wand, wo soeben flink eine kleine graue Maus von aussen durch das steinerne Loch in der Mauer schlüpfte und zartgliedrige Abdrücke auf dem leicht gefallenen Schnee hinterliess. Derart filigran, dass durch die weiter fallenden Schneeflocken die feinen Spuren bereits wieder verschwunden waren, als Lilly sich kurz vergewissern wollte, ob denn alles im Kircheninnern seine Richtigkeit hatte. Ob all die vielen Vorbereitungen zum morgigen Weihnachtsabend tatsächlich bereitstanden, nichts fehlte oder ob in der Hektik noch was vergessen gegangen war. Ob sie noch etwas besorgen musste, etwas aufzufüllen, eine leere Nische zu gestalten war. Nein, da waren genügend kleine Kerzen, welche bereitstanden, um auf Wunsch der Kirchengänger angezündet zu werden. Das Weihwasser, bis zum Rand aufgefüllt, um sich zu bekreuzigen, bevor man die Kirche nach dem Gottesdienst verliess. Auch lagen ausreichend geschnittene Tannenzweige im grob geflochtenen Weidenkorb, damit ein jeder Besucher sich einen Zweig mit nach Hause in seine warme Stube nehmen oder an die eigene Haustüre hängen konnte.

Lilly hatte nichts vergessen, so schien es, als sich plötzlich ein leises, kaum vernehmbares Piepsen aus einer der hintersten Ecken bemerkbar machte, was sie erstaunt sich umdrehen liess. Was war denn das? Doch nicht etwa eine Maus, hier in der altehrwürdigen Kirche am Heiligen Abend? Dies konnte ja wohl kaum sein? Doch ein nochmaliges Piepsen belehrte sie eines Besseren und schwupp, glaubte sie eine schnell davonhuschende Bewegung in Bodennähe zu erkennen, dann war sie irgendwo zwischen Kirchenbänken und Altartisch entschwunden. Was sollte sie machen, morgen Abend war Weihnachten, die Kirche würde voll von Gläubigen und Andächtigen sein. Eine Maus mitten in der Weihnachtsfeier, völlig undenkbar! Nun, wenn sich ihr Verdacht bestätigen würde, müsste sie sich was einfallen lassen und dies ziemlich rasch, noch bestand ja zumindest die leise Hoffnung, dass dem nicht so war, sie sich verhört hatte oder die Augen ihr eine nur vermeintlich hurtige Regung vorgetäuscht hatten, sie zog sachte die Tür hinter sich zu, verschloss diese und ging nachdenklichen Schrittes nach Hause.

Grosse, runde Pfannkuchen brutzelten in der schweren gusseisernen Pfanne, die Schmelzbutter trieb an den Seitenrändern blubbernde Blasen und ein Duft verbreitete sich in der alten Holzhütte, dass es einem warm und wohlig ums Herz wurde. Mit einem schnellen Griff schubste Lilly die gewichtige Pfanne auf dem Feuer hin und her, hob diese dann ruckartig in die Höhe und überwarf den lockeren Pfannkuchen in die umgedrehte Richtung, bevor sie diese für einen kurzen Moment noch einmal aufs Feuer stellte. Alsdann entnahm sie die knusprig braun gebackenen Fladen der Pfanne, schob sie auf einen weissen nostalgischen Teller und streute genüsslich reichlich süssen Zimtzucker darüber. Auf den warmen Kacheln der Ofenbank machte sie es sich bequem und stopfte sich andächtig einen leckeren Bissen nach dem andern in den Mund. Doch ihre Gedanken schweiften bereits zum morgigen weihnächtlichen Tag, sollte da tatsächlich eine kleine Maus sich eingenistet haben, wie kriegte sie den ungebetenen Gast aus der Kirche raus?

Ein behänder Blick aus dem Fenster am andern Morgen liess Lilly alle Glieder erstarren und die unheimliche, wohltuende Stille, welche über Nacht sich übers Land gelegt hatte, sie sich bestätigt sah. Dicht tanzende Flocken fielen auf die zwanzig Zentimeter Schneeschicht, welche in den nächtlichen Stunden gefallen war, dies bedeutete eine Menge Arbeit bis zum Abend. Sie stürzte sich hastig in die Kleider, setzte eiligst Wasser für Kaffee auf, wusch sich kurz im Bad und schlürfte die heisse dunkle Brühe in einer Schnelligkeit herunter, dass es jeden Zuschauer erstaunt hätte. Eine eiserne Schaufel und Reisigbesen standen griffbereit am massiven Kirchenportal, wo Lilly sich voller Tatendrang das währschafte Werkzeug schnappte und tüchtig loslegte. Als sie den Eingang freigearbeitet hatte und den kurzen, im Sommer moosbedeckten Weg zu pflügen begann, erkannte sie hauchzarte, dünne Spuren. Ah, da war sie wieder, die kleine Maus, welche sich offensichtlich ein altes Kirchengemäuer als ihr Winterzuhause ausgesucht hatte. Wohin diese feinen Fussabdrücke wohl führten? Lilly schaufelte sich den Weg bis zur baufälligen Mauer frei und entdeckte die runde steinerne Öffnung, ein Schlupfloch für ein wärmendes, behagliches Zuhause. Unweigerlich entglitt ihr ein leichtes Schmunzeln und Lilly nahm sich vor, sobald der Schnee um das Gebäude weggeschaufelt war, im Innern der alten Kirche nach dem unerwartet aufgetauchten Loch zu suchen.

Doch kaum den Gedanken zu Ende gedacht, vernahm sie hinter sich, wie bereits gestern, ein feines Piepsen. Noch während sie sich umdrehte, erkannte sie eine winzig kleine Gestalt, in grauen Pelz gehüllt, auf dem federleichten weissen Schnee hockend. Aufrecht, die Vorderfüsschen angewinkelt, schaute sie Lilly mit einem ernsten Blick aus kugelrunden, winzigen Äuglein an. Verharrte ohne jede Regung sekundenlang ganz still, bis es ein erneutes Piepsen hören liess, als wollte es sagen: «Du stehst mir im Weg, ich friere, lass mich bitte durch in die Kirche …» Doch auf die stumm geflehte Bitte antwortete Lilly: «Ah, sonst noch was? Ich weiss, was du willst, doch das geht nicht, morgen ist Weihnachten, die Kirche wird voll von bekannten und fremden Gläubigen wie Besuchern sein. Was glaubst du, wird hier los sein, wenn du mitten in der Predigt über den Boden des Altarbereiches huschst und meinst, du könntest so tun, als ob du hier zu Hause seist?! Die älteren Frauen würden sich kreischend von den Bänken erheben, ein riesiges Durcheinander anrichten und schnellstmöglich mit wehenden Wintermänteln und Hüten aus der Kirche fliehen. Nicht wissend, was los ist, würde dem Pfarrer vor lauter Schreck die Bibel aus den Händen und von der Kanzel zu Boden fallen! Und die Kinder erst! Die würden versuchen, dich einzufangen, ihr Gelächter würde das verängstigte Kreischen der flüchtigen Damen laut übertönen und die unheilvollen Mahnrufe des Priesters, doch Ruhe zu bewahren, verstummen lassen. Der riesige geschmückte Tannenbaum würde ins Wanken geraten und der ganze wundervolle Weihnachtsschmuck in Scherben liegen, zerbrochen, dahin. Und obwohl ich für all das Durcheinander und heillose Chaos, welches du in der Kirche angerichtet hättest, nichts dafür könnte, würde man mir die Schuld dafür geben, eine wirklich einmalige Bescherung!»

Lilly verstummte in ihren prophezeienden Worten, während die niedliche Maus sie immer noch mit weit aufgerissenen, runden liebevollen Knopfaugen anschaute. Schnell drehte sich Lilly um, hievte einen Berg luftigen Schnee auf ihre Schaufel und wollte gerade das Schlupfloch in der Kirchenmauer wieder zustopfen, als der kleine Graupelz kurz vor dem Schaufelschlag vor ihr durchhuschte und im Innern der Kirche verschwand. «Huch … das darf ja wohl nicht wahr sein», entwich es Lilly völlig perplex! «Na warte», unverzüglich warf sie die Schaufel in den Schnee, rannte zum hohen Hauptportal, den kahlen Mauern im Innern des Kirchenschiffes entlang und suchte nach dem vorhandenen Ursprung des Lochs. Je näher sie dem geschnitzten Beichtstuhl kam, desto deutlicher war ein feines Piepsen zu hören. «Aha, jetzt hab ich dich aber!» Mit einer schwungvollen Bewegung zerrte sie den schweren samtenen Vorhang zur Seite und suchte im Innern des Gestühls nach dem unerwünschten Eindringling … nichts! Erneut ein Piepsen, sie drehte sich rasch um und starrte fassungslos in die ihr bereits vertrauten kugelrunden, herzzerreissenden Augen der winzigen Maus, welche auf der hölzernen Kirchenbank gegenüber des Beichtstuhls kauerte und Lilly mit klopfendem Herzen mutig wie tapfer in die Augen schaute. Da konnte sie nicht anders, ein liebenswürdiges Lächeln entglitt ihren Lippen: «Da will mich wohl jemand zum Narren halten, was? Was machen wir denn jetzt mit dir, du, du … Vladimir!» Das Katz-und-Maus-Spiel erinnerte sie an ihren noch jungen Neffen Vladimir, der sich daran freute, sie stundenlang im Haus um die Möbel zu scheuchen und sich zu verstecken. «Die Baumnüsse, genau, damit krieg ich dich!» Es lagen noch welche in einem grau geflochtenen Korb in der Sakristei, wie sie sich schlagartig erinnerte, und Lilly hoffte, dass wenn sie diese holen würde, Vladimir noch hier sein würde. Tatsächlich, die flotte Maus hockte immer noch ganz still auf der Bank, als hätte sie gewusst, dass Lilly zurückkehren würde. Diese indes näherte sich ihr sachte, behutsam und streute ein paar der Nüsse vor seine winzigen Füsschen auf die Bank. Vladimir guckte verdutzt auf das vor ihm liegende Futter und dann zu Lilly hoch. «Nun greif schon zu, oder magst du keine Baumnüsse?» Wie von einem Wirbelsturm ergriffen, stürzte sich der Graupelz darauf, packte das ihm Dargebotene und rannte in einer Windeseile davon, dass Lilly nur noch völlig erstaunt stammelte: «Aber …» und schon jagte sie schleunigst dem Tierchen hinterher und sah gerade noch, wie dieses um die Ecke huschte, durch den Holzrahmen der Tür zur dahinterliegenden Sakristei. Ein verhaltenes Geraschel und Nuscheln liess Lillys Blick zum morschen, antiken Schrank schweifen, wo sie sich fragte, weshalb dieser denn offen stand. Den eisernen Scharniergelenken entwich ein zögerliches Ächzen, als sie der halb geöffneten Tür einen leichten Stoss versetzte. Fahlblasser Lichtschein liess in der hintersten Ecke Vladimir erkennen, inmitten einer Art von Nest, welches er sich scheinbar gebaut und zurechtgebettet hatte. Gerade so, als hätte er tatsächlich vor, den ganzen Winter über zu bleiben, eifrig an den Nüssen knabbernd. Lilly starrte ungläubig in die zaghaft belichtete Ecke. «Hier also hast du dich eingenistet, im Ankleideschrank des Pfarrers, zwischen all den Messegewändern, am Boden neben des Priesters Schuhen!» Beinahe hätte sie laut herausgelacht, als ihr bewusst wurde, dass sie noch eine ganze Menge bis zum Abend zu erledigen hatte. Hastig erhob sie sich und überlegte kurz. Wenn sie dafür sorgen würde, dass Vladimir genügend Nüsse bis am Abend im Schrank neben seiner Schlafstelle liegen hatte, würde dieser mit vollem Magen bis zum Eindunkeln seelenruhig wie friedlich schlafen und kaum auf die Idee kommen, mitten in der Weihnachtspredigt durch die Kirche zu huschen, durch das Loch nach draussen zu schlüpfen und im Schnee nach was Essbarem zu suchen. Sie müsste nur noch den ehrwürdigen Pfarrer darüber informieren, dass er seine Schuhe nach dem Weihnachtsgottesdienst vor den Schrank stellen und nicht zu versorgen hatte. Denn wie sie ihn kannte, war es eine üble Angewohnheit von ihm, diese nach einem Gottesdienst einfach in den alten Kasten zu schleudern, vor lauter Freude, dass Sonntag war und seine Predigt, für welche er oft noch am Abend zuvor bis spät am Schreibtisch sass, hinter sich hatte. Nun denn, das Problem mit dem unerwarteten kleinen Untermieter wäre zumindest bis über die Weihnachtstage gelöst.

Am Weihnachtsabend indes, sich allmählich die Kirche immer mehr mit Besuchern in winterlich fest eingehüllten Mänteln füllte und undeutliches Flüstern sich vor Beginn der festlichen Feier in dem sonst stillen Raum verbreitete. Der hohe glanzvolle Tannenbaum stand weihnächtlich geschmückt links des grossen Altars, silbern geschliffene Glaskugeln glitzerten an dicht benadelten Zweigen, sanfter Geruch von Kerzenwachs und entzündetem Schwefel hing verhangen, ganz fein vernehmbar in der Luft. Das Licht der entzündeten Dochte verbreitete sich kreisförmig um jede einzelne Lichtquelle und liess die stolze, schlanke Tanne erhaben und in einer Feierlichkeit erscheinen, welche nicht nur die Augen der Kinder zum Glänzen brachte, sondern auch diejenigen von erwachsenen Kirchgängern. Leise verhalten übte der Organist die letzten schwierigen Oktavensprünge auf den Tasten der Orgel, ebenso stimmte mit sachtem Summen sich der Weihnachtschor auf das bevorstehende Ereignis ein. Alles war bereit …

Lilly sass zuvorderst neben dem Chorgestühl auf einer bescheidenen alten Holzbank, wie es sich für eine Mesmerin gehörte, und liess bewundernd den Blick über den dezent geschmückten Weihnachtsbaum schweifen. Wohltuende Wärme und so etwas wie stiller Stolz breitete sich in ihrem Herzen aus. Sie konnte zufrieden sein mit ihrer Arbeit und an den vielen bedächtig dasitzenden Besuchern wusste sie, dass auch diese sich von einem feierlichen Rahmen geborgen umhüllt fühlten. Nach einem einstimmenden Text des Priesters auf die vor ihm liegende Weihnachtspredigt hob der Chor zu einem gesangvollen, berauschenden Einschub an. Und noch während der zahlreichen hohen und tiefer liegenden Stimmsalven, welche so wunderbar ineinander glitten, nahm Lilly in der fast unscheinbaren Nische im Winkel neben sich, welche an der Wand zur Sakristei lag, einen undeutlichen Schatten war. Was war denn das? Eine dunkle schmale Gestalt zeichnete zarte Umrisse in der von Kerzenlicht erfüllten Öffnung! Oh Gott, das war Vladimir! Was machte er denn da? Aufrecht dasitzend, wie bei ihrer ersten Begegnung, die Vorderfüsschen angewinkelt, sass er still und versunken da und schien der Melodie des Chors zu lauschen. In einer Andacht, dass Lilly mit weit aufgerissenem Blick die graue Maus unablässig fixierte. Ohne den Kopf zu wenden, schielte sie mit ihren Augen zu all den zum Bersten gefüllten Kirchenbänken, ob irgendjemand auf Vladimir aufmerksam geworden war, ihn eventuell entdeckt hatte, was jedoch nicht der Fall zu sein schien. Als der Chor jedoch nach einem längeren Piano zu einem immer lauter werdenden Crescendo anhob und auch noch der Rhythmus etwas schneller wurde, schien auch Vladimir aus seiner Versunkenheit zu erwachen. Lilly erkannte unter innerlicher Erstarrung, dass er scheinbar seinen rechten Fuss rhythmusgleich zur Melodie des Chors hob und wieder senkte. Fast hätte sie sich mit der flachen Hand vor den Mund geschlagen. Dies konnte ja wohl kaum wahr sein! Eine musikalisch begabte Maus mitten in der Weihnachtsfeier, fehlte nur noch, dass er in die Hände klatschte! Sie hoffte inständig, dass er nicht plötzlich aus der Nische hervortrat, über den ganzen Kirchenboden losrannte und einen bravourverdächtigen Stepptanz auf dem kalten Steinboden hinlegte! Ihr Herz pochte bis zum Hals, zu atmen wagte sie kaum noch. Ihre Augen in Richtung Himmel verdrehend, schickte sie rasch ein stumm flehendes Eilgebet nach oben. «Lass ihn da weggehen, bitte, er soll sich wieder in den Schrank zurückziehen ...» Vor ihrem Innern sah sie bereits die festlich geschmückte Tanne verdächtig wanken und die zauberhaften Silberkugeln in einem kümmerlichen, glanzlosen Scherbenhaufen vor sich liegen, was für eine Weihnachtsfeier! Ihre Befürchtungen drohten wahr zu werden, wie schrecklich! Doch nichts dergleichen geschah und als der Chor in einem weiteren Piano endete, stellte auch Vladimir seine rhythmischen Taktbewegungen ein, fand sich in einer ruhigen Kauerstellung wieder, still und leise, als ob er in vollster Aufmerksamkeit der anschliessend folgenden Predigt des Pfarrers lauschen würde. Und als Lilly ein weiteres Mal ihren Blick zur steinernen Nische schweifen liess, war die kleine graue Gestalt vollends verschwunden.

Nachdem der Pfarrer in seiner treuen Gemeinde am Schluss der Feier unzählige Hände geschüttelt hatte und nach den nicht enden wollenden, besten Wünschen für ein neues Jahr, war es still geworden in der feierlichen Kirche. Der unverkennbare Geruch von ausgepustetem Schwefel lag noch schwer in der Luft, ebenso jener von herbem Weihrauch und Myrrhe. Die wundervollen Orgelklänge hatten an den Kirchenfresken ihr stilles Echo gefunden, waren leise, klanglos verstummt. Im Schatten der beleuchteten Sakristei lag das Glitzern der festlichen Silberkugeln und Schimmern von Lamettafäden, wo Lilly letzte Handreichungen von Aufräumarbeiten vornahm, nachdem der Pfarrer sich auch bei ihr mit einem kräftigen Händedruck, Worten des Dankes und einem gesegneten Weihnachten verabschiedet hatte.

Der ungebetene Eindringling, welcher sie heute Morgen noch auf liebliche Art und Weise zum Narren hielt, hatte ihr keine Schwierigkeiten bereitet. Bevor sie nach Hause ging, warf sie noch einen letzten Blick in den alten Kasten und siehe da, Vladimir schien in seinem Nest aus wenig Stroh, trockenem Heu und irgendwo gefundenen Papierschnipseln friedlich zu schlafen, sein Schwanzende um seine hagere Gestalt zu einem Kreis gewunden. Wo er all das Material nur hergeschleppt hatte? Liebevoll betrachtete Lilly staunend den winzigen Graupelz. Es hatte kein fürchterliches Gekreisch von davonstürzenden Damen aus der Kirche gegeben, der predigende Priester hatte bis zuletzt seine Bibel in Händen gehalten und die Kinder brauchten nicht nach Vladimir zu springen, um ihn einzufangen. Nein, er hatte sich still, ja gar vorbildlich verhalten. Ja man hätte fast sagen können, und darüber wusste einzig und allein Lilly Bescheid, er habe während eines kurzen Augenblicks an der Weihnachtsfeier in verhaltener, äusserst diskreter Weise teilgenommen. Und als Lilly mit ihren inzwischen müde gewordenen Augen noch einmal über das niedliche Tierchen streichelte, bevor sie den Heimweg antrat, schien es beinahe so, als würden die Mundwinkel unter der grauen Schnauze sich zu einem seligen Lächeln leicht anheben.

In ihren ausgedienten, weichen Mantel schlüpfend, schlang sie sich nachdenklich ihren Winterschal, eine längere verirrte Haarlocke rauszupfend, um ihren schlanken Hals. Sie würde dafür sorgen, dass sie beim jeweiligen Schneeschaufeln das Loch im Gestein der Mauer jederzeit frei hielt, damit Vladimir ein- und ausgehen konnte, wie es ihm beliebte, und ihm immer einen genügenden Vorrat an Nüssen hinlegen. Auch würde sie dem würdigen Geistlichen mitteilen, dass sie das Verräumen seiner Schuhe von nun an selber übernehmen würde, da sie diese nun jedes Mal gleich nach der Predigt noch etwas zu polieren gedachte. Sie konnte ihm ja unmöglich sagen, dass er mit seiner umwerfenden Schleudertaktik, wie er sein Schuhwerk so achtlos in seinem Garderobenschrank verstaute, sonst unerwartet eine kleine graue Maus treffen könnte. Eine ganz besondere noch dazu. Mehr noch, eine liebenswert musikalische Maus, wie es sie nur einmal und nur am Weihnachtsabend in ihrer Kirche gab, einfach bezaubernd und himmlisch …

DER VERLORENE SILBERLÖFFEL

Von einem Gefühl tiefer Verlorenheit und unsäglich bestürzter Trauer erfasst, stand Julien im nasstrüben Winterwetter, mit seinen strammen ein Meter achtzig, völlig in Schwarz gekleidet, mit geneigtem Kopf am Rande des freigeschaufelten Grabes, und blickte zu Roses schlichtem, von Schneeflocken berieseltem Sarg hinunter. Von seiner Hutkrempe fiel weisser Schnee, ergoss sich zu seinen dunklen Lederschuhen und den Strauss wundervoller weisser Rosen in den Händen haltend, warf er diesen in einer einzigen, schwungvollen Bewegung in die Tiefe des ausgehobenen Erdlochs. «Adieu Rose … und danke für alles», flüsterte er leise. Ein paar wenigen Anwesenden, vor allem älteren Nachbarn Roses die Hände schüttelnd und sich vom Priester verabschiedend, verliess er den stillen Ort der letzten Ruhe, ging in erschütternder Niedergeschlagenheit und gebeugt zwischen verwittert vereisten Grabsteinen, schmalen, mit Kieseln bestreuten Wegen und mächtigen Alleen nie enden wollender Ahornbäume dem Ausgang des Friedhofs entgegen. Wie er die Schwelle des Tors überschritt und den Eingang dieser letzten Friedensstätte hinter sich zuzog, das glatte, kalte Eisen sich quietschend ins Schloss einklinkte und er die ansetzenden Schneehauben auf den beidseitig flankierenden Steinsäulen besah, wurde ihm nur allzu deutlich bewusst, dass er denjenigen Menschen verlor, welcher ihm am meisten bedeutet hatte.

«Hallo, brauchen Sie Hilfe?» Der Schneefall schien etwas nachgelassen zu haben, Julien beugte sich aus dem runtergekurbelten

Wagenfenster, wobei er die geduckte Gestalt einer zierlichen, schmalen Frau mit üppigem Lockenwirrwarr am Strassenrand vor sich sah, welche sich am Rad ihres Wagens zu schaffen machte. Als sie sich umdrehte, ruhten zwei klar dreinblickende, dunkelblaue Augen in den seinen. Mit einer schnellen Handbewegung strich sie sich eine durchnässte, lockige Strähne aus dem Blickfeld und erhob sich. «Oh … hallo! Danke, aber ich hab bereits die örtliche Garage angerufen, es sollte jeden Moment jemand vorbeikommen, trotzdem vielen Dank!» Julien deutete ein leichtes Kopfnicken an und meinte: «Ok, also dann alles Gute und auf Wiedersehen!» Er beschleunigte seinen Wagen, wobei er noch einmal kurz einen Blick in den Rückspiegel warf, sich nicht erinnernd, jemals solch tiefblaue Augen gesehen zu haben, und fuhr weiter Richtung Norden, wo Tante Roses Haus stand, das er in einer knappen Viertelstunde erreichen würde.

Es schien ihm eine Ewigkeit her, hier gewesen zu sein, als er vor den Mauern seines ehemaligen Daheims stand, den Schlüssel umdrehte, die Klinke zur Eingangstür vorsichtig runterdrückte und mit gespannten Augen ins düstere Innere der Halle spähte. Irgendwo musste ein Lichtschalter sein, sodass er sich tastend an den Wänden vorarbeitete und den Schalter kippte. Weiches Licht durchflutete die Halle und ergoss sich über die gerankten Blumenmotive der Tapetenwände, die Stufen der Wendeltreppe hinauf, bis sein Blick an der massiven Eichenbrüstung der Galerie hängen blieb. Sich weiter in den im Erdgeschoss liegenden Räumlichkeiten umschauend, erschauderte er von der kalten Unterkühlung der Zimmer, eine lieblose, leere Ungemütlichkeit schlug ihm entgegen und liess ihn heftig frösteln. Entschlossen schritt er zum Kamin, griff nach dem eisernen Schürhaken wie Besen und säuberte grob die Feuerstelle. Legte vom Holz, das in Scheiten gespalten ordentlich im Weidenkorb lag, hinein, zerknüllte ein paar Seiten Zeitungspapier, entzündete diese und brachte das Feuer zum Lodern. Während er sich umsah, rieb er sich heftig über den aufsteigenden Flammen die Hände. Es würde eine Zeitlang dauern, bis die Wärme sich im grossen

Wohnzimmer verteilt hätte, sodass er nach oben ging, um sich in den andern Zimmern umzusehen.

Vom Blick in sein früheres Schlafzimmer erfasst, scheinbar uralte Erinnerungen ihm entgegenschlugen. Nach dem tödlichen Unfall seiner Eltern, welcher ihn mit fünf Jahren zum Waisen machte, erhielt er hier bei seinem Onkel und Tante Rose ein neues Zuhause, wo er jedoch vor lauter leidvollen Tränen und überkommendem Schmerz kaum Schlaf fand. Diesen ebenso Monate und Jahre danach vermisste, und in bebender Angst verharrte, wenn er des Onkels Schritte beim Nachhausekommen die Treppen hinaufpoltern hörte und dieser eine seiner vielen, unermüdlichen und widerwärtigen Streitereien mit seiner Tante anfing. Sie völlig zu Unrecht wegen seiner eigenen Unzufriedenheit über sich selber der misslichsten Verfehlungen bezichtigte und nicht selten mit lautstarkem, krachendem Türknallen und erheblichem Gepolter das Haus wieder verliess, um im Wirtshaus seinen Unmut bis zur lähmenden Besinnungslosigkeit zu ertränken. Jeweils schnell die Treppe hinaufhuschend, stand Rose dann hilflos zitternd und elendiglich eingeschüchtert vor seiner Tür und flüsterte: «Julien, schläfst du schon?» Minuten später sah er sich in den Armen seiner Tante eng umschlungen, nicht wissend, wer nun wem mehr Trost spendete, und wie Rose immer wieder beteuerte, der Onkel meint es nicht so. Mit zunehmendem Alter verliess Julien allerdings das kindliche Vertrauen in die mildernden Worte Roses. Das unbändige Verhalten seines Onkels verriet ihm in jeder seiner provokativen Gebärden eine zunehmend erhöhte, aggressive Gewaltbereitschaft, eine aufkeimende Boshaftigkeit kristallisierte sich mit den Jahren des übermässigen Alkoholkonsums aus seinem ungehaltenen Wesen, gegenüber welchem er immer weniger bereit war, stumm zuzusehen. Hinzu kamen die täglichen, mit eiskaltem Hohn bespickten Demütigungen, ein zynisch bitterer Sarkasmus, welchen er jeweils nach Feierabend zu Tisch unerbittlich über ihn ausliess und grossmütig die Fragwürdigkeit seines Hierseins über ihn ausschüttete. Wo

Rose seine ganze, uneingeschränkte Liebe wie die zu einer leiblichen Mutter galt, hatte sein dauernd streitseliger Onkel, welchen stets ein übler Schwall von Alkoholgeruch und latenter Missgunst umgab, seine ganze, verabscheuende Abneigung.

Nur die Liebe und Dankbarkeit zu seiner Tante und gleichzeitig später sein Beschützerinstinkt ihr gegenüber, wo die Boshaftigkeit ihres Mannes immer wieder nahe an der Grenze zu wütenden, übergreifenden Tätlichkeiten lag, liess ihn so lange in dem alten Haus verharren. Bis schliesslich ein schrecklicher Unfall, oder, wie es Julien aus heutiger Sicht betrachtete, eher Güte des Schicksals, dem ganzen Leid ein jähes, unvorhergesehenes Ende setzte. Als er vorhin die Treppe hinauf in den oberen Stock ging, überkam ihn noch einmal das schreckliche Bild an jenen Tag, wo sein Onkel mit seltsam verrenkten Gliedern bewegungslos am untersten Treppenansatz dalag, nachdem er einmal mehr spät nach Mitternacht nicht nur angeheitert, sondern völlig betrunken wie benebelt in lautem Gepolter, gefolgt von erstickten, würgenden Lauten, die Treppe runtergestürzt war. Hörte wieder die verzweifelten Schreie Roses im Ohr, als sie sich nur im Nachthemd zitternd und unter Schock über ihren Mann gebeugt hatte und immer wieder seinen, Juliens, Namen rief, sodass er sich schliesslich aus seiner inneren Starre löste, sein Schlafzimmer verliess und Rose ihm gebot, rasch einen Notarzt zu rufen. Ein grausiger Anblick, welcher ihm damals, selbst als junger Erwachsener, noch monatelang im Nacken sass und tief bis in nächtliche Stunden verfolgt hatte.

Jahre später erforderte ein mehrjähriges Bauprojekt einen längeren Auslandaufenthalt, sodass der Kontakt zu seiner Tante nur noch telefonisch wie brieflich möglich war. Er blickte in gepflegte und saubere Räume, wie er es nicht anders von Rose kannte, nur etwas loser Staub hatte sich an antiken Kommoden, Schrankleisten, glatten Bettkanten und dem Glas von Glühbirnen festgesetzt und durch die Fensterscheiben sah er auf hell schneeverhangenes Geäst der hohen Lindenbäume in Roses Garten. Doch die Wärme Roses schien

bereits entwichen, mit ihrem stillen Hinscheiden entschwunden, sodass eine seltsame, gebrochene Leere die liebevoll gehegten Räumlichkeiten überschattete. Den Dachboden kurz betretend, vergewisserte er sich, dass sämtliche Luken geschlossen waren und begab
sich über schmale, fast senkrecht steile Treppenstufen wieder ins
Erdgeschoss, wo das entzündete Feuer im Kamin bereits seine Wirkung tat. Als er die Küche betrat, blieb sein Blick zuerst an einem
der vielen Töpfe hängen, und er setzte kurzerhand Wasser für Kaffee auf. Durch das Fenster blickte er über den weit angelegten Garten hinaus, sah sich dort als kleiner Junge spielend rumtollen, im
Sommer mit einem Buch auf einer Decke im weichen Gras liegen
und durch das dichte, lauschige Blätterwerk des wuchtigen Ahorn-
baumes in die Wolken zum Himmel hochschauen.

Er nahm das kochende Wasser vom Herd, goss sich eine Tasse
ein und setzte sich damit vor den Kamin. Mit dem Schürhaken sto-
cherte er gedankenverloren in letzten, verglühenden Holzsplittern
und grau versengter Asche. Das Holz war von einer dürren Ausge-
prägtheit, sodass es schon fast gänzlich verbrannt war und er noch
weitere, gröbere Scheite dazulegte, sich wieder in den alten Lehn-
sessel setzte, in die lebhaft flackernden Flammen starrte und sich
irgendwo zwischen dem Jetzt und Erinnerungen verlor. Der Notar
hatte ihm nach Roses Begräbnis eröffnet, dass das schmucke Anwesen, das Haus mit dem wundervoll angelegten Garten ganz zu
seinen Gunsten überschrieben würde, da die Ehe seitens seiner
Pflegeeltern kinderlos geblieben war und somit keine eigenen Nachkommen vorhanden seien. Im Nachhinein schien es ihm selber er-
staunlich, dass er sich nie Gedanken darüber gemacht hatte, was
nach dem Ableben seiner Tante mit der grosszügigen Liegenschaft
geschehen würde. Was sollte er denn damit anfangen? Seine Arbeit
hatte ihn stets die letzten Zeitreserven gekostet, sodass er sich weder einen engeren Freundeskreis noch die Beziehung zu einer Le-
benspartnerin hatte aufbauen können. Er war zu Roses Beerdigung
hierher zurückgekommen, wo sich zwei Wochen zuvor sein drei-

jähriger Architektenauftrag in England aufgelöst hatte. Ursprünglich hatte er vorgehabt, nach seiner Rückkehr hier in der Nähe seiner Tante eine kleine Wohnung zu beziehen und sich dann in aller Ruhe nach einer neuen Arbeitsstelle umzusehen. Doch nun hatte das hübsche kleine Gut seine Besitzerin überlebt, was von Rose übrig blieb, verweilte bald nur noch in seinen lieben Erinnerungen an diese Frau, welche ihm stets mehr als nur liebevolle Tante war, häufig war er gar der Ansicht, dass er nie eine bessere Mutter hätte haben können. Laut den Worten ihres Arztes sei sie am Abend zuvor eingeschlafen und am Morgen einfach nicht mehr erwacht. Konnte das Leben einem am Ende einen schöneren Tod bescheren? Wohl kaum … und nun sass er hier und wusste nicht, ob er dieses weitläufige Haus mit den sieben Zimmern wirklich als das ihm übertragene Erbe annehmen, ja sich hier gar einnisten und niederlassen sollte oder nicht.

Übernahm man mit einem Haus nicht auch unweigerlich seine Vergangenheit? Sämtliche gelebten Vorkommnisse, all die unterschiedlichsten Energien und Erinnerungen von Menschen, welche darin gelebt hatten? Ja, sagte er still zu sich selber, nachdem er eine warme Federdecke aus seinem Zimmer im Obergeschoss geholt und sich damit aufs einladende Sofa gelegt hatte, man würde mit Bestimmtheit das Haus mit den vielen unauslöschlichen Erinnerungen als Erbe mit antreten. Alte Gemäuer waren voll der vergangenen, erlebten Geschehnisse, hallende Wände flüsterten einem das Echo ihrer tief gehüteten, verworrenen Geheimnisse und längst vergessene Geschichten wie bizarren, mysteriösen Geräusche entgegen. Umso lauter, wenn man alleine darin lebte und in der Finsternis der Nacht jedes Knarren und plötzliche Gieren gespenstische Züge anzunehmen drohte. Er hörte den wütenden Wind schürfend um die kantigen Ecken pfeifen, über die steil abfallenden Dachziegel heulend fegen und irgendwo bebte zitternd ein loser Fensterladen. Kürzlich einsetzender Schneefall rieselte hörbar an die Scheiben und liess Julien schliesslich über die Schwelle des Wachzustandes in jene des Schlafes hinübergleiten, während zwischen staubigen Kohleresten die letzten Verglühungen des Feuers knisternd erloschen. Kurz zuvor hatte ihm die hohe, blassvergilbte Stuckdecke im weichen Widerschein des Feuers noch ein bitter-höhnisches Lächeln seines Onkels zugeschanzt; gleichzeitig erinnerte die ihn wärmende Decke an Roses umarmende Geste aus den Kindertagen. Ja, man erbte von einem Haus nicht nur das Echo von Tränen und erlebtem Leid, sondern auch erfahrene Liebe, Güte und Geborgenheit … Morgen, morgen würde er sich entscheiden.

Ein plötzliches, metallisches Geräusch liess Julien verwirrt mitten in der Nacht hochfahren, vertieft lauschend und schliesslich die Decke wegschlagend durchquerte er die Eingangshalle, sich einen Weg durch die Finsternis suchend, dem Klang des immer lauter werdenden Lärms folgend, sah er sich selber endlich dem Halbdunkel der Küche gegenüber und starrte wie benommen auf die zitternde, rasselnde Schublade neben dem Spülbecken. Stirnrunzelnd tastete er sich nach dem Lichtschalter und erkannte, dass neben dem scheppernden Schubfach sämtliche weitere Schränke sich ruhig verhielten. Langsam trat er näher und wie er gerade im Begriff war, die Küchenschublade zu öffnen, verharrte diese überraschend in eintöniger Stille. Brüsk hielt Julien inne, zog rasch seine Hand zurück und starrte gebannt auf das Schubfach. Dämmriges Mondlicht schweifte den Schubladenknauf so, dass er es doch wagte, langsam danach zu greifen und das Besteck preisgab. Vor ihm lag Roses Silberbesteck im nächtlichen Glanz des Mondes, geschwungene Suppenlöffel, reich verzierte Gabeln und nostalgische, scharf geschliffene Messer, grössere Schöpflöffel wie kleine, zierliche Kaffee- und Teelöffel in einfachen Silberornamenten. Ordentlich eingebettet in die zugehörigen Fächer, als ob kurz davor nie ein scheppernd-schüttelndes Geräusch existiert hätte. Julien schloss langsam die Schublade, schaute sich müde sowie ratlos in der Küche um und ein Blick durchs Fenster verriet ihm, dass der Mond in einer weissblassen Sichel den wilden, vom nassen Schnee gepeitschten Garten in eine geradezu gespenstische Szene tauchte. Ein plötzlich tieffliegender Nachtvogel spaltete den bizarren Anblick, liess Julien erschrocken zusammenfahren, ins Wohnzimmer zurückgehen, und erst nachdem die vermisste Wärme in seine Glieder zurückkehrte, fand Julien auch seinen Schlaf wieder.

Durch den Weihnachtsmarkt schlendernd deckte Julien sich anderntags mit dem Nötigsten an Essbarem ein. Völlig überrascht stand er plötzlich vor einer Unmenge an dunklen gedrehten Locken einer grazilen Gestalt und blickte innerhalb weniger Stunden zu seinem eigenem Verzücken und beinahe sprachlos bereits zum zweiten Mal in tiefblaue Augen, wie er sie nie vorher gesehen hatte. «Nanu, Sie schon wieder … hallo, was macht Ihr Wagen?» «Oh, hallo … der ist in der Werkstatt, dauert wohl eine Weile … und Sie, sind Sie auf der Durchreise?» «Das weiss ich noch nicht … das heisst, ich wollte mich eigentlich heute entscheiden, und da …» weiter kam er nicht mehr, sah plötzlich das Schild auf der Tischplatte des Marktstandes seines freundlichen, femininen Gegenübers … «Still gelegene kleine Wohnung oder drei Zimmer gesucht …», und meinte dann spontan: «Sie suchen eine Wohnung?» «Ja, ich hab vor, mich hier niederzulassen, da ich einmal wöchentlich am Marktgeschehen teilnehme und die Gegend einfach hinreissend ist. Eine kleine Wohnung oder auch nur drei Zimmer, das wäre auch möglich. Aber da Sie nur auf Durchreise sind, dürften Sie wohl auch niemanden hier kennen, der was Ähnliches vermieten würde, oder etwa doch?»

«Was wären denn Ihre Ansprüche punkto Komfort und Grösse der Zimmer?» «Also ich verkaufe hier zwar altes, gediegenes Silber aus Räumungen und Erbschaften, doch lebe ich selber eigentlich ziemlich bescheiden, was Luxus anbelangt. Die Zimmer sollten hell und lichtdurchflutet sein, im Winter gut beheizt, mit Duschgelegenheit und Abstellmöglichkeit für meinen Wagen.» Julien betrachtet die junge Frau in ihrer schmächtigen Gestalt hinter all den glänzend polierten Silberwaren, Schüsseln, Besteck und Kasserollen. In einfacher, jedoch adrett verspielter Kleidung harmonierte diese feminine Persönlichkeit wundervoll mit dem alten Silber, und die kaum zu bändigenden, über schulterlangen Locken hielt sie mit einer Stoffrosette seitlich zurückgebunden. Ausserdem versprühte sie eine ansteckende Natürlichkeit und hatte ein offensichtlich frohes Gemüt. So fragte er weiter: «Wie lange dauert denn dieser Markt heute?» «Wie bitte?» «Wie lange Sie heute hier am Stand zu stehen haben ... vielleicht wüsste ich doch was für Sie!» «Wirklich ...? Bis um sieben, dann muss ich auf den Zug, mein Wagen wird vor drei Tagen kaum fertig sein.» «Was halten Sie davon, wenn ich Sie um sieben abhole, ich zeige Ihnen die Räumlichkeiten und fahre Sie dann anschliessend nach Hause?!» «Das ... das wäre fantastisch!» «Ok, bis später also!» Julien verabschiedete sich, verstaute seine Einkäufe im Wagen und fuhr einmal mehr Richtung Norden.

Es war spät geworden, nachdem er Laurine vor dem Zuhause ihrer Grossmutter abgesetzt hatte, denn die Heimfahrt hatte sich als tückisch erwiesen. Erneuter, eisiger Schneefall verwandelten die Strassen in eine blanke, rutschige Eisfläche, eine gesteigerte Konzentration seinerseits war gefragt, schliesslich liess er sich todmüde auf dem Sofa nieder. Seine letzten Gedanken galten der jungen Frau vom Weihnachtsmarkt, liessen ihn nicht gleich einschlafen. Sie war hellauf begeistert von dem alten Haus, den drei grossen Zimmern zum Garten hinaus liegend, der anmutigen Küche, welche beinahe derjenigen ihres jetzigen Zuhauses bei ihrer Grossmutter entsprach. Sie würd es sich noch überlegen und die Wohnmöglichkeit gerne noch einmal bei Tageslicht besichtigen, was gestern Abend nicht möglich war. Julien hatte eingewilligt, in drei Tagen hätte sie den Wagen aus der Werkstatt zurück und könnte selber vorbeischauen, er würde hier sein, wie er ihr versicherte, und glitt mit bleierner Müdigkeit in den Schlaf.

Doch kaum von tieferen Schatten der dunklen Nacht erfasst, vernahm Julien wie von Weitem in schläfrigem Dämmerzustand ein aufgeregtes Rasseln, metallähnlich im Laut, klappernd und bedrohlich. «Was war denn das?» Seine Uhr zeigte ihm zwanzig nach Mitternacht vorbei. Übernächtigt und mit halb geöffneten Augen tastete er sich torkelnd Richtung Küche, aus welchem das klirrende, rappelnde Geräusch ihm entgegenkam, immer lauter wurde. Den Lichtschalter vorsichtig betätigend zerriss grelles Licht die finstere Küche, liess Julien ein, zweimal blinzeln und er starrte angewurzelt, völlig entgeistert auf die Küchenschublade links vom Spülbecken: «Oh … mein Gott!» Das Schubfach schepperte dermassen vehement und ungestüm, dass es jeden Augenblick auseinanderzubrechen, gar zu bersten drohte, wobei sich Julien des immer heftigeren Krachs bewusst die Ohren zu hielt. Im selben Augenblick warf sich die Schublade aus den Scharnieren, schleuderte ungehemmt ihren ganzen, leuchtend silbernen Inhalt in alle Richtungen, sodass er sich sofort intuitiv duckte. Wahllos spuckte das Fach abwechselnd Silberlöffel sowie Gabeln und Messer in hohem Bogen von sich, welche laut scheppernd über die kalten Steinfliesen schlitterten und schliesslich an der seitlichen und der gegenüberliegenden Wand verstummt liegen blieben. Er wusste nicht, wie lange er bereits ohnmächtig dagestanden und dem spukähnlichen Spektakel fassungslos zugesehen hatte, doch war es ihm, als ob es unmöglich sei, dass die Küchenschublade so viel Besteck zu fassen vermochte. Nach Minuten bebenden, lauten Krachs kehrte langsam Ruhe ein, so, als hätte Julien nie Grund gehabt aufzustehen. «Was sollte denn das eben?» Seine Stimme war nur noch der Hauch eines Wisperns, verdattert und desorientiert besah er das glänzende Durcheinander auf dem Boden und beschloss, es erst morgen wegzuräumen. Gerade als er das Licht löschen wollte, schmetterte die Schublade mit einem einzigen lauten, überraschenden Knall zu, der Julien so erschrocken herumfahren liess, dass er laut aufschrie. «Jetzt reichts aber … Schluss damit!!» Nichts rührte sich mehr danach, die Küche war von einer lautlosen Stille, dass man den filigransten Espressolöffel dahingleiten gehört hätte. Erschüttert über seinen eigenen angsterfüllten Ausruf, blickte er in der Eingangshalle unsicher um sich, ob sich irgendwoher sonst noch etwas bemerkbar machte, doch es herrschte absolute Totenstille. In die fast unglaubliche Ruhe noch eine Weile hineinhorchend, vernahm er wenig später den hohen Klang des Pendels der antiken Standuhr im Wohnzimmer, welches nur einen einzigen Schlag von sich gab …

Nicht im Mindesten ausgeruht und mit einem Ziehen in den Knochen begab sich Julien am andern Morgen unter eine ausgiebige erfrischende Dusche. Als er kurz danach an der Schwelle zur Küche stand, glitzerte ihm ein einsam daliegender Silberlöffel im Licht erwachenden Morgengrauens auf den nackten Steinfliesen entgegen. Allerdings nur ganz schwach, denn er war fast gänzlich von einer schwarzen Patina überzogen. Wo er eigentlich geglaubt hatte, das ganze Besteck einsammeln zu müssen, welches sich beim gestrigen, nächtlichen Spektakel nach Mitternacht ereignet hatte. «Seltsam, es war doch nicht nur ein Einziger gewesen?» Er schritt auf den Löffel zu, bückte sich und ein plötzliches Erkennen zeichnete sich auf seinen Gesichtszügen. Es war der Löffel der Zuckerdose und da es davon nur einen einzigen gab, war dieser ganz besonders reich mit Ornamenten und Verzierungen ausgestattet, ein kleines Juwel unter den übrigen Silberlöffeln, wie Rose zu sagen pflegte. Als kleiner Junge waren all die grossen silbernen Suppenlöffel zu wuchtig für ihn, weshalb Rose ihm jeweils diesen beim Essen zuteilte, was sich auch nicht änderte, als er bereits sein Studium besuchte. Schlagartig wurde die Erinnerung an jenen furchtbaren Tag wach, als er bei einer der endlosen Litaneien und Demütigungen seitens seines Onkels gegenüber Rose dessen ausholende Hand gerade noch rechtzeitig vor einem heftigen Schlag aufzuhalten vermochte. Es war jener Tag, an dem er die niederträchtigen, ungerechten Angriffe dieses Mannes endgültig zutiefst satt hatte, das Wort für Rose zu ergreifen wagte und dem wütenden Despoten zu widersprechen. Sein Onkel reagierte dermassen ausser sich über die Dreistigkeit, sich ihm zu widersetzen, dass er ihm wutentbrannt eine schallende, schmerzende Ohrfeige verpasste, nach dem silbernen Löffel griff, mit einem heftigen Handschlag diesen laut klirrend durch die Küche warf und mit unverkennbarer Drohung schrie: «Du hast wohl die Weisheit mit den Löffeln gefressen, wie? Dass du es nie … nie wieder wagst, das Wort gegen mich zu ergreifen. Du kannst froh sein, hier all die Jahre ein Zuhause gehabt zu haben!» Danach war er völlig ausser sich hitzig aufgestanden, hatte den Stuhl mit ganzer Wucht von sich geschleudert und das Haus in tobendem Zorn mit riesigen Schritten verlassen. Rose und er bekamen ihn ganze drei Tage nicht mehr zu Gesicht, doch sein Onkel hatte wohl untergründig gespürt, dass mit ihm, dem herangewachsenen Julien, mittlerweile ein zweiter kräftiger Mann im Haus war, und wagte nie wieder, auch nur den Anschein einer Hand gegen Rose zu erheben. Der silberne Löffel jedoch blieb seit jenem Tag verschwunden … gerade so, als ob die Kindheit Juliens endgültig vorbei sei …

In Gedanken versunken schritt er zur Küchenschublade, öffnete sie und erblickte genau wie am Abend zuvor schön geordnete Fächer, voll mit dem Glanz von fein poliertem Silber. Er betrachtete den Löffel in seiner Hand und meinte nachdenklich: «Was willst du mir sagen … was? Scheinbar gehörst du nicht in diese Schublade», ging in sein früheres Zimmer und verstaute ihn im Schubfach seines Schreibtisches.

Nachdem Laurine sich das Haus und die zu mietenden Zimmer gegen Ende der Woche noch ein weiteres Mal im Licht eines hellen, klaren Wintervormittages angeschaut und zugestimmt hatte, hatte Julien sie kurzerhand zum Mittagessen eingeladen, um sie etwas näher kennen zu lernen, bevor beidseitig ein Vertrag unterzeichnet wurde. Es stellte sich heraus, dass Laurine als Jugendliche, wenn immer es ihr möglich war, Grossmutter im Antiquitätenladen mitgeholfen hatte, da ihr Grossvater früh verstorben war. «Eine Leidenschaft also bereits in jungen Jahren, könnte man sagen», stellte Julien fest. «Ja genau, es sind nicht nur die alten Stücke an und für sich, es steht nicht nur der Schreiner dahinter, sondern mit den Jahren wechselten ja auch die Besitzer, die Orte, die vielen damit zusammenhängenden Geschichten, was einem ein Schrank so alles erzählen könnte?! Genauso ist es mit alten Häusern, nicht wahr?»

Seltsam, waren dies nicht beinahe dieselben Worte und Gedankengänge, welche ihn vor ein paar Tagen ebenfalls überkamen? Julien blickte in diese tiefblauen Augen, welche von einer Lebendigkeit sprühten und dennoch eine Ruhe ausstrahlten, wie sie ihm noch nie untergekommen war. Er schien eine Frau vor sich zu haben, welche mit beiden Beinen fest auf dem Boden stand. Ihre Freude und lebhafte Erzählweise waren nicht diffus entrückt, sondern real und gefestigt, indem sie ihre Leidenschaft kreativ in die Tat umsetzte und das Geschäft ihrer Grosseltern weiterführte. Ihr Marktstand war so etwas wie ihr Schaufenster, gelebte Werbung für ihren Laden voller Nostalgie im nahegelegenen Städtchen. «Und daraus entwickelt, oder sagen wir mal spezialisiert hat sich Ihre Passion zum Silber?!» Laurine blickte ihm geradewegs in die Augen: «Sie haben es auf den Punkt gebracht. Jedes Mal, wenn ich abgetragenes, verwischtes Holz neben silbernem Glanz sehe, schaue ich ein zweites Mal hin. Es dünkt mich das Schönste unter den Edelmetallen, wirkt nicht protzig und überheblich, so wie ich dies bei Gold empfinde, nein, Silber hat einen ganz eigenen stillen, unaufdringlichen, sehr edlen Glanz. Ausserdem verfügt es über eine enorm hohe Verformbarkeit, worauf die wundervolle Ornamentik so vieler Gegenstände beruht, eine zusätzliche, künstlerische Veredelung des Ursprungsmaterials sozusagen.»

«Und all dies viele Silber erstehen Sie bei Nachlässen oder wie kommen Sie dazu?» «Ja, zu zwei Drittel, dann gibt es natürlich die Laufkundschaft, welche Einzelstücke direkt im Laden meiner Grossmutter vorbeibringt, ebenso bin ich selber Kundin, besuche regelmässig stattfindende Anlässe und Brocantes, selten auch Antiquitätenmessen.» Julien musterte erneut die zarte Erscheinung seines Gegenübers und hatte das Gefühl, zwischen den gesprochenen Zeilen immer mehr in ein Wesen einzutauchen, welches fern jeder

Oberflächlichkeit und Schnelllebigkeit war, sich in der Gesellschaft dieser verhaltenen und doch aufmerksamen, stillen Präsenz sehr wohl zu fühlen. «Ich erinnere mich, dass meine Tante ihr Silber immer in einem heissen Wasserbad reinigte, ausgelegt mit Alufolie und tüchtig Salz dazustreute, um die angelaufene, schwarze Patina zu nehmen.» Laurine entfuhr ein Schmunzeln. «Ja, richtig, diesen Silbersulfidbelag, der sich aus der Erosion der Luft in Zusammenhang mit Silber ergibt, meine Grossmutter und ich machen es genauso, es ist die günstigste Art und Weise, Silber davon zu befreien.» Sie lachte und ihre weichen Lippen verzogen sich seitlich zu winzigen Grübchen, was ihr mit dem unergründlichen Blau ihrer Augen und den luftig dunklen Locken noch einen eigenwilligeren, ganz besonders seltenen Charme verlieh. Julien blinzelte, schwieg dann eine Weile und sagte schliesslich: «Was meinen Sie, könnten Sie sich vorstellen, die drei Zimmer zu beziehen? Ich habe vor, vorausgesetzt Sie stimmen zu, im Erdgeschoss ein kleines Bad einzubauen, sodass Sie Ihr eigenes hätten. Das grosse Zimmer wäre das gemeinsame Wohnzimmer und die oberen Räume wären mein Wohnbereich, so hätten Sie fast das ganze Erdgeschoss für sich. Laurine schaute den Mann an, der vor wenigen Tagen ihren Weg gekreuzt hatte und meinte dann: «Es wäre ein Fehler, es nicht zu tun!» Julien neigte seinen Kopf leicht seitlich, wobei er sie nicht aus den Augen liess, und meinte: «Ich meinerseits würde niemanden finden, der mehr in das Haus meiner Tante gehörte denn Sie!» Beide Gesichter überkam ein Lächeln und in stillem Einvernehmen bekräftigten sie ihre Worte per Handschlag!

Die Dezembertage wehten so manch dicke Flockenpracht über den Garten und weckten bei Julien längst vergessene, uralte Kindheitserinnerungen, wo er zusammen mit Rose hinter dem Haus in einer Fülle von Pulverschnee rumtollte und sie gemeinsam um den höheren Eismann wetteiferten. An Stelle von Rose war nun eine andere Frau hier, eine jedoch, deren Eigenschaften sich denen von Rose als durchaus ebenbürtig erwiesen. Laurine hatte eine Begabung, dem verlassenen Haus neues Leben zu schenken, was ihn sehr an die liebevolle Art seiner Tante erinnerte. Mit etwas Farbe und dazu passenden neuen Stoffgarnituren in edler Schlichtheit sowie Nippsachen aus ihrem eigenen Fundus verlieh sie den Zimmern ihren eigenen, dezenten Geschmack, ohne an der wirklichen Ursprünglichkeit von Roses Daheim zu rühren. Julien half Laurine, die letzten Kisten vom Keller in ihre Atelier-Werkstatt zu bringen, wie sie eines der Zimmer nannte, wo sie Vorbereitungen für ihre Märkte traf und einiges an unterschiedlichem Material griffbereit lagerte.

«Wow, das ist ja ganz schön schwer, was haben Sie denn da in dieser Kiste drin?» «In dieser Kiste …? Hier hab ich mein wertvollstes Silber … ein äusserst edles mit Monogramm … na ja, ganz so wertvoll dürfte es nicht mehr sein, denn es fehlt ein Löffel, ein ganz bestimmter … sonst hätte ich es längst verkaufen können. Aber was heisst schon wertvoll? Für mich persönlich ist weder der Preis noch Feingehalt des Metalls für eine wertvolle Beurteilung wichtig, sondern die ästhetische, augenscheinliche Ausstrahlung eines Gegenstandes. Ob er mich so, wie er in seiner Art Wirkung zeigt, irgendwo berührt und in Resonanz zu mir steht und nicht der blosse Wert, eine Prägung oder ein Markenzeichen. Damit kann ich nichts anfangen, muss mich allerdings der Kundschaft wegen, sehr zu meinem eigenen Leidwesen, damit auseinandersetzen. Doch ehrlich, was beschert einem ein teurer, scheinbar wertvoller Gegenstand, wenn er ohne jeglichen Liebreiz ist?» «Dies könnten Worte meiner Tante sein», entgegnete Julien, musste lächeln und meinte dann, «Sie haben überhaupt eine ganze Menge gemeinsam, meine Tante Rose und Sie!» Laurine hielt in ihrer Arbeit inne: «Rose? Ihre Tante hiess Rose?» «Ja? Hatte ich dies nicht bereits erwähnt?» «Ich kann mich nicht erinnern …», irritiert und überrascht löste sie schnell Klebbänder von der Kiste und öffnete diese. Wickelte das feine Seidenpapier vom Besteck und streckte Julien einen Suppenlöffel geschmeidig feinen Silbers hin. Bei näherem Hinschauen konnte Julien kaum glauben, was er sah. «Woher haben Sie dieses Tafelsilber?» «Vor etwa einem Jahr stand eine ältere liebenswürdige Dame an meinem Stand und fragte mich, ob ich nicht Interesse hätte an einem ganzen Set von Silberbesteck, sie wüsste, dass ihr Sohn sich nichts aus dem Silberplunder machen würde, wie sie ironisch meinte, es wäre bezaubernd in seiner Art, jedoch mit dem einen Makel, dass ein spezieller Löffel, derjenige, welche zu einer Zuckerdose gehörte, fehlen würde. Wie sie es mir später zeigte, war es wirklich von einer ausserordentlichen Schönheit, was die Ornamente betraf, dazu mit dem Monogramm Roses, was heute kaum mehr zu bezahlen wäre. Und da die freundliche Dame mir ein wirklich faires Angebot machte, willigte ich ein, es zu nehmen, auch wenn der eine Löffel fehlte. Man weiss nie, ob man bei Hausräumungen doch noch auf ein vermisstes Fundstück stösst, schon oft sind mir ganz kuriose und die wunderlichsten Dinge bei Auflösungen und Erbschaften widerfahren.»

Nicht die Tatsache, dass Tante Rose das Silber verkauft hatte, erstaunte ihn, sondern dass diese junge Frau Rose begegnet war, und Rose ihn selber, Julien, als ihren Sohn bezeichnet hatte. Einen leisen Stich ins Herz versetzte es ihm, dass er bei ihrem Tod nicht zugegen gewesen war, ja … sie hatte ihn immer als ihren eigenen Sohn gesehen, wenn auch nicht leiblicher, und er sie als seine Mutter … sachte legte er das Besteck in Laurines Hände zurück. «Es ist wirklich einmalig und traumhaft», sagte er und stumm zu sich selber, dass Rose es irgendwo in einem geheimen Fach gehütet haben musste. Wahrscheinlich mit wohlweislicher Vorsicht seines Onkels gegenüber, aus Angst, er könnte das wundervolle Silber sinnlos an seine Sucht verscherbeln, hüllte sie sich jedoch darüber und auch über den fehlenden Löffel in Schweigen. Bevor er sich diesen Abend schlafen legte, zog er allerdings aus seiner alten Schreibtischschublade den kürzlich des Nachts auf kalten Steinfliesen gefundenen, schwarz patinierten Silberlöffel. Und wie er nun etwas mit seinem rechten Daumen über das warme Edelmetall rieb und genauer hinschaute, erkannte er ganz deutlich unter der dunklen

Patina feine Linien eines Monogramms … dasjenige von Rose … unverwechselbar!

Im grossen, behaglichen Wohnzimmer stand am Heiligabend eine stattliche, schlanke Tanne bis zur Decke reichend, wie es Julien aus Kindertagen eigentlich nie anders gekannt hatte, etwas, das sich auch Rose von ihrem Mann nie hat verbieten lassen, ein wunderschöner, traumhafter Christbaum. Nachdem Julien und Laurine gemeinsam die Mitternachtsmesse besucht und vor der Haustür eifrig dicke Schneeflocken von ihren Wintermänteln und gefütterten Stiefeln geklopft hatten, sassen sie nun jeder in einem Sessel einander gegenüber und tranken im Licht von glänzend geschmückten Zweigen, welche an Liebreiz von Nostalgie nicht zu überbieten waren, am lodernden Feuer vor dem Kamin heissen Glühwein und knabberten süsses Weihnachtsgebäck. Jeder schien in seine eigenen Gedanken versunken, bis schliesslich Laurine sich erhob und unter den Zweigen des Weihnachtsbaumes ein Geschenk hervorholte. «Ich bin da ganz unerwartet auf etwas gestossen, dass dich vielleicht freuen könnte, Julien … frohe Weihnachten!» Julien, ganz überrascht, blickte zu Laurine und dann wieder auf das gebundene Paket in seinen Händen. «Na, mach es auf!» Er entfaltete das noch Verborgene und hielt einen silbernen Bilderrahmen mit einem alten Schwarz-Weiss-Foto in Händen, welches unverkennbar dem Haus seiner Tante glich. «Im Antiquariat bestätigte man mir meine Ahnung, dass es sich tatsächlich um das gleiche Haus handle, scheinbar wurde es zu jener Zeit vom damaligen Architekten selber bewohnt … da soll noch jemand sagen, dass es keine Zufälle gibt!» Julien wusste nicht, was er dazu sagen sollte, doch die Freude stand ihm unübersehbar ins Gesicht geschrieben: «Ist das wirklich zu fassen? Unglaublich!», und sich überschwänglich bei Laurine bedankte.

Das war die Gelegenheit, sein eigenes Präsent für Laurine von der Kommode neben dem Kamin zu holen und es ihr zu überreichen. «Ich denke, es ist etwas, das du lange gesucht, doch nicht gefunden hast und dir hiermit sozusagen in die Hände fällt … um es genauer zu sagen, selbst mir so ergangen ist … es ist mir im wahrsten Sinne des Wortes zugeflogen!» Laurine vermochte sein verschmitztes Lächeln und sein flinkes Augenzwinkern nicht zu deuten, doch sie würde es bestimmt gleich wissen, zog an dünnen zarten Bändern, schob mattes Seidenpapier zur Seite und sah sich hellem, dezentem Silberglanz und geschwungener Ornamentik mit Monogramm gegenüber. Sie verharrte starr mit offenem Mund, bis schliesslich so was wie ein leises Flüstern über ihre Lippen kam: «Rose … aber … wie kommst du denn zu diesem Löffel?» Julien betrachtete das von unaussprechlichem Staunen erfüllte Antlitz dieser wundervollen, zierlichen Frau und lächelte in sich gekehrt. «Dies, liebste Laurine, würde ich dir dies tatsächlich erzählen, würdest du es mir nie glauben … denn erst als ich ihn in heissem Wasser gebadet und anschliessen tüchtig poliert hatte, konnte ich mir wirklich sicher sein, dass es der von dir gesuchte sowie derjenige ist, welche zu Roses Tafelsilber gehört. Es scheint so, als ob es Dinge gibt, die sich nicht versetzen lassen, gerade so, als ob sie an einen ganz bestimmten Ort hingehörten, auch wenn die Besitzer selber wechseln …» Laurine betrachtete Julien lange und schweigsam, doch sein Lächeln blieb ein versonnenes, gehütetes Geheimnis, das er vielleicht … vielleicht irgendwann einmal preisgeben würde.

JENER FRIEDFERTIGE BETTLER UNTER DEM ALTEHRWÜRDIGEN TURM

Kristallartiger eisiger Raureif klammerte sich seit Tagen beharrlich an totem, erstarrtem Geäst, jeder noch so alten baufälligen Mauer, schmucklosen hölzernen Fensterleiste und skelettähnlichen, dürren Baumgestalten. Es war kalt, bitterkalt! In drei Tagen war Weihnachten, man spürte es in jedem verborgenen Winkel, an leuchtend geschmückten Fassaden, glanzvollen Lichtern, an der deutlichen Schwingung, am hastig emsigen Treiben, in der Luft! Anstelle der vorweihnachtlichen Besinnlichkeit und Stille, achtsame Momente auf eine festliche Zeit, hetzten die Menschen in den engen Gassen und verschwenderischen Geschäften mit leidig mürrischen Gesichtern durch die Altstadt. Getrieben von unersättlichem Kauf- und unnötigem Konsumrausch, dem offiziellen Zwang zu beschenken, irrten sie mehr wahllos denn wirklich durchdacht und mit dem Herzen bei den zu Beschenkenden durch die Ladenketten auf den steinbesetzten Strassen.

Lucias Weihnachtskarten waren längst geschrieben und die wenigen Geschenke, welche sie zu geben vermochte, lagen mit Liebe eingewickelt und gebunden auf der antiken Kommode in ihrem Schlafzimmer bereit. Was noch fehlte, waren ein paar frische Zutaten für Weihnachtsgebäck, Milch und Rahm für einen würzigen, beherzten Lebkuchen. So kam es, dass sie sich nicht von dem Gerangel der Stressgeplagten einlullen liess, sondern geradewegs mit innerer Ruhe durch das eilige Getümmel ihren Weg ging und ihr Blick auf jenen freundlichen Bettler fiel, welcher seelenruhig unter dem Gestein des mittelalterlichen Turms stand und ihr seit jeher längst bekannt war. Einer unter jenen vielen, nur, dass er etwas anders war als die meisten. Er hielt sich nie in einer Gruppe auf, man traf ihn immer nur alleine, manchmal an Orten, wo kein anderer Bettler sich hinstellen würde. In verwinkelten, einsamen Seitengässchen, unter niedrigen, trocken geschützten Lauben. Oft jedoch stand er unter dem alten ehrwürdigen Festungsturm der mittelalterlichen Stadt, so wie heute. Mit einer stoisch besonnenen Gelassenheit, gekleidet in abgetragene, immer die gleichen schäbigen Lumpen hoffte er in bescheidener Zurückhaltung auf ein paar wenige Batzen. Wenn Lucia ihn jeweils so still in seiner ganzen Erbärmlichkeit da stehen sah, hatte sie sich oft gefragt, was diesem Menschen für ein Schicksal widerfahren, dass er zum Betteln gezwungen war.

So unsäglich mit sich selber beschäftigt, würdigten ihn die zahllosen, vorüberhastenden Menschen kaum eines Blickes. Im Gegenteil, beschämt schaute man möglichst rasch wie irritiert weg, wandte sich von ihm peinlich berührt ab. In vielen Gesichtern las man eher missbilligenden Argwohn, unterdrückten Widerwillen gegenüber jemandem, der so unnütz im Weg herumstand und es auch noch wagte, um Geld zu bitten, dies war eher verabscheuungswürdig, ein Schandfleck in dieser ihrer Stadt und angesehenen Gesellschaft. Es war eine jener lieblosen Szenerien, welche Lucia bereits des Öfteren auf dem Weg zur Arbeit in den Gassen beobachtet hatte und jetzt in dem heillosen Durcheinander und Gehetze kurz vor Weihnachten und dem unerwarteten, ruhig dastehenden Anblick des Bettlers, sich beinahe in doppelter Intensität, fast greifbar die Luft verdichtete. Man sollte nicht denken, dass übermorgen bereits Heiligabend war, denn da ging so manch eine nobel gekleidete Dame frisch frisiert aus einem Salon erhobenen Hauptes und vollgepackt mit Taschen aus Luxusgeschäften an ihm vorbei, so einige gut gekleidete, eitle wichtige Männer. Lucia beobachtete deren beschämendes Verhalten, von Abscheu und Gleichgültigkeit gezeichnete Mimik und fragte sich, wie viele dieser Menschen wohl in vorbezogenen Krediten leben würden, sich schwindelerregende, teure Ferien leisteten und vor lauter masslosem Konsumverhalten und übersteigerter sinnloser Geltungssucht total verschuldet und tief in ihrem Herzen von einer bodenlosen Traurigkeit beseelt waren! Wie viel geblendeter Schein, Lüge und Trug, Arroganz und völlig unangebrachte Überheblichkeit da all die belebten, weihnächtlichen Strassen kreuzte. Wo es an innerem Halt fehlte, brauchte es scheinbar eine äussere, umso glanzvollere Fassade! Wer nichts hat, konnte keine glatte Fassade errichten, im Gegenteil, es war um einiges ehrlicher und mutiger, in aller Öffentlichkeit zu bekennen und deutlich sichtbar zu machen, dass man nichts hatte, gar nichts. Vielleicht selber gar völlig schuldlos ein Schicksal erlitten hat, von welchem sich viele andere Menschen gebeugt und niederdrücken liessen, oder sich in die Hände öffentlicher Unterstützung begeben hätten. Dieser Bettelnde jedoch stand immer noch da, in einer unaufdringlichen, stillen Bescheidenheit, welche Lucias Herz rührte.

Sie erinnerte sich daran, dass sie zumindest immer ein Dach über dem Kopf und genügend warme Nahrung hatte. Wie die heutige Mahlzeit und sein Lager für die Nacht für diesen Menschen wohl aussehen mochten? Man solle sein Glück mit andern Menschen teilen, heisst es, denn es würde tausendfach zu einem zurückkehren. Wen sie dieses Jahr zu Weihnachten an ihrem eigenen bescheidenen Glück teilhaben lassen würde, war ihr unter den brüchigen, mürben Mauern des stattlichen Turmes längst klar geworden, als sie noch in diesen Gedanken versunken unvermittelt vor dem ruhigen, friedfertigen, jedoch stark frierenden Bettler stand. «Häufig war es mir nicht möglich, Ihnen etwas zu geben, es reichte kaum für mich und mein Kind, heute kann ich es, frohe Weihnachten!» Bereits hatte sie sich wieder zum Gehen gewandt, nachdem sie ihm zuvor eine zusammengefaltete Note in seine kalten, nackten Hände gedrückt hatte, als sie seine völlig unerwartete Überraschung und Freude deutlich spürte. Überschwänglich hörte sie ihn rufen: «Danke, vielen Dank ...», und wie er ringend nach den richtigen Worten suchte, «und … und auch frohe Weihnachten … ganz herzlichen Dank!» Im Gehen drehte Lucia sich noch einmal um und lächelte still zurück. «… und herzlichen Dank!» Die Worte hallten noch lange in ihren Ohren nach und in der Erinnerung nahm sie das Leuchten seiner dankbaren Augen mit nach Hause! Wie oft im Leben hatte sie ein einfaches Danke von so genannt gut situierten, gebildeten Menschen dieser Gesellschaft vermisst. Und wie viel begeisterte Freude und anerkennende Dankbarkeit strömte als Glück in ihr eigenes junges Herz zurück, von einem von der feinen Gesellschaft ausgestossenen, geächteten Menschen, welchen niemand auch nur des geringsten Blickes für würdig hielt!

WEIHNACHTEN
AUF GUT «LES ARBRES»

Im Spiegel des Frisiertisches, im Ankleideraum eines der vielen Zimmer auf dem Anwesen von Gut «Les Arbres» nahm Luise ihre eigene Gestalt, ihr Gesicht wahr und blickte in ein Antlitz mit zarten hohen Wangenknochen, hell schimmernden Augen, umrahmt von luftigem, kinnlangem, feinem dunklem Haar. Ein offenes, freigelegtes Dekolleté mit feingliedrigen Schulterblättern, welches in einem schwarzen Bustier in Rebrodespitze mit stoffbezogener doppelreihiger Knopfleiste hervorlugte und in schmaler Taille endete. Ihre eben angebrachten teuren Diamanten in Tropfenform funkelten ihr im Spiegelglas und Kerzenschein entgegen, tauchten ihre graziöse Figur in einen festlichen, atemberaubenden Anblick. Wie anders sie sich selber nun wahrnahm, nach nur knapp zwei Monaten, wie unglaublich viel sich verändert hatte, nicht nur ihre Ausstrahlung, ihr Wesen, ja ihr ganzes Leben. An die hundert Gäste waren heute Abend, am zweiten Adventssonntag geladen, wo ihr die Verantwortlichkeit der Dekoration zum Anlass vom Hauseigentümer vor acht Wochen übertragen wurde … und ihre Gedanken schweiften zurück zu jenem Moment, wo sie fröstelnd in der Kälte auf den steinernen Stufen vor dem imposanten Eingangstor stand, nur mit einem ledernen, abgegriffenen Koffer in der Hand wartete, bis man ihr die Tür aufmachte, wo sie zuvor dreimal mit dem Eisenbügel an das alte, fast morsche, jedoch immer noch massiv wirkende Holz geklopft hatte. Niemand schien sie gehört zu haben, ihr Blick schweifte zur hohen, starken Linde, welche im fallenden Wiegen der Schneeflocken von säuselnder Novemberluft durchzogen fast so etwas wie Zerbrechlichkeit bekam. Einen stillen Zauber im Hinblick auf die kommende Vorweihnachtszeit.

Sie hatte sich mit nicht allzu grosser Hoffnung auf eine ausgeschriebene Stelle in der Tageszeitung beworben und war überrascht, als man sie dennoch kontaktierte, ob sie Zeit hätte vorbeizukommen auf Gut «Les Arbres» und sich vorzustellen, allenfalls gleich mit der Arbeit zu beginnen, sollte man gegenseitig zur Übereinstimmung gelangen. Also hatte Luise ihre wenigen Habseligkeiten in den alten, schäbigen Koffer gestopft und stand nun unerwartet vor einem mächtigeren Gebäude, als dass sie sich dies erahnt hätte. Ein plötzliches tiefes Knarren entglitt den Angeln und vor ihr stand schwarz gekleidet ein älterer, graumelierter Herr, in steifer, strenger Haltung: «Sie wünschen?» Als ob sie in ein weit zurückliegendes Jahrhundert versetzt worden wäre, sagte Luise sachte, jedoch mit fester Stimme: «Guten Tag, Luise Ambèr ist mein Name, ich bin angemeldet, würden Sie bitte Herrn von Stetten melden, dass ich hier bin.» «Gewiss mein Fräulein, treten Sie doch ein bitte.» Die Tür schloss sich etwas weniger geräuschvoll und Luise tankte als Erstes von der wohltuenden Wärme im Innern der grosszügigen, weiten Halle. Sah sich von einem hellen, stattlichen Raum umgeben, in Weiss und Grautönen, hohen, blattsilberberankten Spiegeln, glänzenden Bodenplatten, und von der Decke hing ein übergrosser Lüster mit unzähligen, geschliffenen Glassteinen. Eine alte Truhe mit fünf Schubladen, reich verzierten Doppelgriffen zum Öffnen stand linksseitig von Luise, auf der sich ein erhabener, fünfarmiger Leuchter befand. Daneben eine oval geschwungene Glasschale, gefüllt mit Tannzapfen, die nach Harz rochen, kleine und grössere von der Art der Föhrentanne im Schlossgarten. Ein erdiger Geruch nach Holz lag in der Luft, was sich in der Wärme der entzündeten Flammen noch intensivierte und in weicher Herbheit in der Halle verteilte. Luise schloss ihre Augen, zog den herrlich magischen Duft in ihre Lungen und sah sich selber in der wundervollen Eingangshalle stehen.

«Sie sind Fräulein Luise Ambèr?» Erschrocken öffnete sie die Augen und sah sich einem nicht gerade unattraktiven Mann Mitte vierzig gegenüber, der sie mit forschendem Blick, jedoch wohlwollendem Gemüt in Augenschein nahm. Eine dunkle, schlanke Erscheinung, mit scharf markantem Gesicht, jedoch weichen Zügen. «Oh, entschuldigen Sie bitte, ja genau, ich komme wegen der Stelle. Dann sind Sie Herr von Stetten?» «Der bin ich, kommen Sie, ich zeig Ihnen die Räumlichkeiten, am besten gleich das ganze Haus. Sind Sie gut gereist, Fräulein Ambèr?» «Oh ja danke, die Fahrt führte durch fast geheimnisvolle Wege.» «So, finden Sie», sagte er und machte eine einladende Bewegung, ihm zu folgen, wobei sie zuerst durch ein schmales Zimmer schritten, den Speiseraum mit einem beinahe nicht enden wollenden Tisch mit drei hohen Armleuchtern und rundherum stehenden Stühlen. Im Anschluss daran befand sich die Küche, altmodisch grosszügig angelegt, in deren Mitte der Herd, das unvergleichliche Herzstück, stand. Unverzichtbare Küchengeräte wie Kühlschrank und Backofen schienen allerdings aus neuerer Zeit zu stammen.

Auf der gegenüberliegenden Seite befand sich das Arbeitszimmer des Gutsbesitzers. Neben ein paar mit Akten gefüllten Regalen und diversen verschliessbaren Schubladenpulten in Anthrazitgrau gehalten stand in der Mitte diagonal ein antiker, massiver Holztisch, mit eher schmaler Tischplatte, worauf eine kleine Büste in der linken Ecke ihren Platz hatte. Ebenso mehrere aufeinandergestapelte Bücher und sortierte Schriftdokumente lagen, die darauf hinwiesen, dass es einiges zu erledigen galt. Gegenüberliegend erkannte Luise einen eintürigen, sehr hohen Glasschrank mit in Jugendstil gefassten Holzornamenten. Edle Schriftstücke mit aufwendiger, kunstvoll lieblich bearbeiteter Miniaturmalerei wechselten die Tablare mit diversen Gläsern, gefüllt mit unterschiedlichen Federnkielen von Gänsefedern, groben wie feinen Pinseln, ebenso eine Palette von metallenen Breitband- und Spitzfedern. Grau- und Blauschattierungen füllten eckige Tintenfässer, etikettiert und kursiv beschriftet, diverse Stempel und die dazugehörigen Farbkissen, ebenso Wachsprägungen von alten Siegeln. Auch ein niedriger Stapel Büttenpapier lag hinter einem der Tintengläser, anmutend, zum Schreiben und verführerischen Zugreifen. Es schien, als ob hier rare Überbleibsel eines Skriptoriums ihres Wertes vollste Anerkennung und Wertschätzung in behütetem Rahmen erhielten. «Wundervoll, dieser Glaskasten, schreiben Sie gerne, Herr von Stetten?» Philipp von Stetten blickte zum besagten Schrank und sagte: «Ja, ich schreibe in der Tat gern, obwohl es sich bis anhin mehrheitlich um Dokumente und Verträge des Gutes wegen handelte und nicht irgendwie in poetischer Art und Weise. Die Vitrine stand ursprünglich in der Bibliothek, ein naheliegendes Schaustück in Ergänzung zu den vielen Büchern von Urgrossvater und seiner Liebe zur erlesenen Ästhetik. Als ich Les Arbres übernahm und wirklich gedachte, das Gut zu verwalten, beschloss ich, den Schrank hier in mein Büro zu stellen, er kam hier besser zur Geltung, da die vielen Bücher ihn beinahe zu erdrücken drohten.» Als er mit seinen Ausführungen geendet hatte, schaute er Luise an. «Und Sie, schreiben Sie, Fräulein Ambèr?» «Manchmal ja, wenn die Zeit es erlaubt … Gedichte und Notizen in mein Tagebuch.» «Ach ja? Um was für Gedichte handelt es sich denn?» «Meist sind es Weihnachtsgedichte oder Betrachtungen aus der Natur.» «Na, davon gibt es in Les Arbres ja mehr als genug, wir befinden uns weit von der Stadt entfernt.» «Ja, die Landschaft ist wundervoll.» «Kommen Sie, das Wohnzimmer haben Sie noch nicht gesehen, es liegt in der Mitte des Gebäudes zum Garten hinaus», und er führte Luise durch die Tür des Arbeitszimmers zum mittleren Flügel.

Das Wohnzimmer schien das bisher grösste, weitläufigste Zimmer, mit flügelartigen Türen zur Veranda hinaus, wo man im Garten hoher Buchsbaumkugeln gewahr wurde, welche sich unter den fallenden Schneeflocken in winterlichen Zauber zu hüllen begannen. Ein dezent eingerichtetes Ambiente in hellen Sandfarben und Grautönen, stilvoll mit klaren Linien ausgestattet, umfing Luise, als sie den Raum betrat und sie wurde sogleich von einer tiefen, wohltuenden Ruhe und Behaglichkeit ergriffen.

Im Kamin knisterte angenehm leise ein Feuer, um welches zwei sich gegenüber stehende Sofaecken mit grossen, weichen Kissen standen. Ein alter Überseekoffer, auf welchem eine massive Glasplatte lag, belegt mit diversen älteren wie neueren Zeitschriften, diente als Salontisch. Mehrere silberne Kerzenständer in unterschiedlicher Höhe und Beschaffenheit mit weissen Kerzen waren dessen einzige, noble Zierde. Ein hoher, breiter antiker Holzschrank bildete eine Rückenfront zum einen Sofa, dahinter befand sich den ganzen Raum durchteilend eine moderne Glasfront, die den Durchblick in die angrenzende Bibliothek gab und einen atemberaubenden Anblick bot. Eine Unmenge von Büchern in weissen, bis zur Decke reichenden Gestellen füllten das hintere Zimmer bis zu den Verandatüren. In regelmässigen Abständen standen auf hohen, grau gestrichenen Holzsockeln in Stein gehauene Büsten oder solche aus Gips gegossen. «Wow, dies ist ja unglaublich, haben Sie die alle gelesen?» Herr von Stetten lächelte über Luises echte Bewunderung. «Kaum, dann müsste ich weit mehr als dreihundert Jahre alt sein. Nein, die von Stettens wohnen in der vierten Generation auf dem Gut «Les Arbres», mein Urgrossvater war ein leidenschaftlicher Leser und Sammler des alten Antiquariats, doch viele der Bücher waren Werke aus noch früherer Zeit, und als er Les Arbres in Besitz nahm, brachte er es nicht übers Herz, diese wegzuwerfen. Er behielt sie alle, sehr zum Leidwesen seiner Frau, meiner Urgrossmutter.» «Ach ja? Warum denn?» «Urgrossmutter war scheinbar das genaue Gegenteil von ihrem Mann. Jung und lebenshungrig wie sie war, zog es sie zu rauschenden Partys und Bällen von Adelshäusern und gesellschaftlichen Anlässen, war beinahe der verschwenderischen Spiel- und Kaufsucht erlegen und wohl auch so manchem Liebesabenteuer. Nirgends hielt es sie lange, und in den weitläufigen Mauern von Les Arbres schon gar nicht. Sie drohe zu vereinsamen, wenn sie nicht ab und zu Luft in der Aussenwelt zu schnuppern bekam, liess sie ihren Gatten wissen und nicht zuletzt auch spüren, was sollte so jemand mit antiquarischen Büchern anfangen? Sie war weder für ein Leben auf Les Arbres geschaffen noch für die Ehe.» Luise folgte still lauschend den Ausführungen Herrn von Stettens und betrachtete seine feinen, zugleich markanten Züge und erspürte den ehrlichen Charakter dieses Mannes, ein Adelsmann durch und durch, wie es ihr schien. «Und wie kam ihr Grossvater damit zurecht, ihr Urgrossvater, meine ich?» «Überhaupt nicht, er hatte Urgrossmutter aus Liebe geheiratet, wie es hiess, doch wohl zu spät erkannt, dass er wahre Liebe mit dem trügerischen Schein von Äusserlichkeit und körperlicher Anziehung verwechselt hatte und zu spät sich wirklich bewusst wurde, was sich hinter der Schönheit von Urgrossmutter tatsächlich für ein Charakter verbarg. Er hat sich mehr und mehr in seine geliebte, jedoch auch etwas einsame Welt von unzähligen Büchern zurückgezogen, wenn er mit dem Verwalten des Gutes nicht noch ziemlich ausgelastet und beschäftigt gewesen wäre, hatte Mutter immer gesagt, wäre er vor Gram wahrscheinlich um einiges früher gestorben.» «Und die soll ich jetzt alle neu ordnen, sozusagen katalogisieren?» fragte Luise und machte eine ausschweifende Bewegung in Richtung der immensen Büchergestelle, welche insgesamt einer kleineren Bibliothek glichen. «Sie haben es erfasst, genau, dies wäre die eine Hälfte der Arbeit, weshalb ich Sie nach Les Arbres gebeten habe.» «Und die zweite?»

Philipp von Stetten schritt etwas näher zu den hohen Fenstern zur Veranda, blickte in den Garten hinaus und die leicht tanzenden Schneeflocken, welche immer mehr Besitz zu ergreifen schienen von den weitläufigen Rasenflächen, sich wie eine weiche Daunendecke auf das Gras legten. Sein Blick glitt in die Ferne zu den sanft wogenden Hügeln, als ob seine Gedanken sich dort verloren hätten und sich im gefrorenen Geäst einnisten würden. Schliesslich drehte er sich bedächtig um und sprach weiter. «Meine Frau ist vor fünf Jahren verstorben, an einer schlimmen Erkältung, Lungenentzündung, von welcher sie sich nie wieder richtig erholt hatte. Sie hielt sich oft auf dem gefrorenen kleinen Weiher auf, der sich hinter den Wäldern von Les Arbres befindet, war stundenlang eislaufen, damals im Winter vor fünf Jahren und hatte dort», er zögerte kurz, «einen ihrer weiteren Geliebten kennengelernt … es schien, als sei ich in die Fussstapfen von Urgrossvater getreten, der denselben Typ Frau geheiratet hatte wie er. Nichts hielt sie auf Les Arbres, gar nichts, nicht mal meine Liebe. Ja, ich hatte sie geliebt, trotz allem, so sehr, dass ich ihr jede ihrer Vergehen, Ausrutscher, vermeintlichen Liebesaffären oder wie auch immer man ihr Verhalten bezeichnen wollte, verziehen habe. Als sie in jenem Winter vor fünf Jahren am Fieber verstarb, glaubte ich zu zerbrechen, ich war beinahe so weit, Les Arbres zu verkaufen, wollte all die geliebten Erinnerungen daran von mir wegschieben. Doch dann kam ein Unglück zum andern. Meine Mutter verstarb nur zwei Monate danach an einer schlimmen Grippe und der tüchtigste meiner Männer auf dem Gut verunglückte schwer im Sommer beim Holzfällen. Die Geschäfte liefen mehr schlecht denn recht, ja gar mies und ich musste selber mit anpacken. Und das war gut so, ich schuftete von früh morgens und suchte abends zum Umfallen müde mein Zimmer auf. Die viele Arbeit half mir über den schmerzlichen Kummer und den traurig erfahrenen Verlust hinweg, von welchem ich glaubte, nicht damit zurechtzukommen. Ich hatte schlichtweg nicht die Zeit, um mich zu beklagen, zu jammern oder in eine lang andauernde, lethargische Trauer zu versinken. Nicht nur die Zeit, sondern auch die Arbeit heilt Wunden, wussten Sie das?» Er schaute zu Luise, die ihm still zugehört hatte, nahm ihre zarte schlanke Gestalt wahr und erkannte ihre sanften Gesichtszüge, den weichen, tröstlichen Glanz in ihren Augen. «Ja, dies ist mir bewusst», sagte sie leise. «Und wie ging es dann weiter?» Er blickte nachdenklich zu Boden und fuhr fort: «Es kamen andere Zeiten, jene, wo die Geschäfte wieder besser liefen und ich irgendwann erkannte, dass ich Les Arbres niemals verkaufen könnte. Nicht, nachdem ich so viel investiert hatte. Es waren nicht nur die Finanzen, nein, mein ganzes Herz schlug für Les Arbres. Ich war

wie mein Urgrossvater, liebte dieses Anwesen mit all seiner Baufälligkeit, dem alten brüchigen Mauerwerk, den vielen lichtdurchfluteten, hellen Zimmern, dem grosszügig angelegten Garten und all
den vielen, unglaublich stattlichen, wundervollen Bäumen, welchen
das Anwesen seinen Namen verdankte.»

Erneut verfiel Philipp in stille Versunkenheit. «Doch eines hat
Les Arbres immer gefehlt, eine Frau, welche diesem Heim und Gut
Leben einhaucht, es mit Geschmack und Stil einrichtet, ein liebevolles Gespür für die Räume entwickelt, sie ausstattet mit so was
wie Herz und den Zimmern eine Seele verleiht.» Als er geendet hatte
und geradewegs in Luises Augen schaute, ergriff sie eine seltsame
Beklommenheit. «Dies wäre die zweite Aufgabe, angefangen zuerst
bei der diesjährigen Weihnachtsdekoration. Ich habe vor, endlich,
nach fünf Jahren, wieder Gäste auf Les Arbres zu empfangen, es
wären an die hundert. Meinen Sie, Sie würden dies schaffen bis dahin?» Luise schaute ihn mit grossen offenen Augen stumm an und
sagte nichts. Dann schlug sie die Augen nieder und es schien, als ob
sich die Gedanken in ihrem Kopf überschlagen würden. Dies war
in sieben Wochen, das war knapp, viel Arbeit, eine Menge Überstunden, doch es wäre zu schaffen. Dann schaute sie auf in die warmen,
dunklen Augen von Herrn von Stetten. «Es dürfte knapp werden,
aber wenn ich die Arbeit in der Bibliothek im Moment als zweitran-
gig betrachten dürfte und morgen mit den Vorbereitungen für Weihnachten gleich begänne, könnte ich mir vorstellen, dass die Zeit
reichen würde … ich würde es gerne versuchen, Herr von Stetten,
hab ich freie Hand in der Dekoration und Gestaltung?» Ein Lächeln
umspielte Philipps Gesicht und breitete sich immer mehr über die
Wangen aus. «Sie haben vollkommen freie Hand, Luise», sagte er
und die Freude aus seiner Stimme war ihm deutlich anzumerken,
«willkommen auf Gut ‹Les Arbres›!»

Von der ausgeblasenen Kerze auf Luises Nachttisch hing noch
leichter Schwefelgeruch in der Luft. In warme, mit Rosenranken-
Motiv besetzte Duvets gehüllt, lag sie auf dem Rücken, schaute zur

Decke in ihrem kleinen Zimmer, welches eher einer adrett eingerichteten Suite glich, und fand keinen Schlaf. Sie hatte sich nach einer neuen Stellung umgesehen und sich für diesmal etwas Schönes, Auserlesenes gewünscht. Nicht das alltägliche Einerlei einer Hausangestellten, sondern etwas ganz Besonderes. Und nun sah sie sich damit konfrontiert, dass sie mehr als dies hatte. Sie nächtigte in einem wunderschönen Zimmer, auf einem traumhaften Gut, in einer idyllischen Gegend. Ländlich und abgeschieden, zurückversetzt in eine andere Zeit, in der Stille und Ruhe vorherrschend waren. Einem Gutshof, welcher von unzähligen Bäumen umgeben war, manche so alt und gross, dass deren Geäst bis zu den obersten Fenstern hinaufragte, welche ihr ein Gefühl von Geborgenheit und Schutz gaben.

Nach der Besichtigung des wunderschönen Wohnzimmers und der damit verbundenen respektablen Bibliothek hatte Herr von Stetten ihr noch das dezent gehaltene Musikzimmer und den grossen Saal gezeigt. Sie hätte sich kaum eine noch grössere Aufwertung der herrschaftlichen Zimmer erträumen lassen, doch als sie den Festsaal betrat, welcher nur für auserlesene, seltene Anlässe diente, verschlug es ihr beinahe Atem wie Sprache. Er entsprach etwa der Hälfte des rechten Flügels des gesamten Gebäudes und wo eine hohe, bis zur Decke reichende Fensterfront zum Garten hinaus lag, befand sich gegenüber eine einzige, mit Spiegeln flächendeckende Wand, was dem Raum eine geradezu riesige Dimension und Stattlichkeit verlieh. Fünf riesige Kronleuchter glitzerten wie unter tausenden von funkelnden Glassteinen in der Mitte der stuckbesetzten, beinahe pompösen Decke. Mehrere Reihen von mit Jacquardmustern bezogenen Stühlen flankierten die Wände und standen auf einem glänzend polierten Parkett. In regelmässigen Abständen thronten zwischen den Stuhlreihen runde Kronleuchter auf langen, hohen Eisenstangen und erinnerten an eine vergessene Epoche aus der rauen, harten Ritterzeit. Im Vergleich dazu mutete das Musikzimmer eher bescheiden und in einer Kargheit an, als ob man hier unter dem geistigen Studium von Musiknoten sich nicht von weltlicher Üppigkeit und ausgelassenen Festivitäten ablenken lassen wollte. So standen denn in dem hellen, eher kleinen Raum ein moderner, schwarzer Flügel, mehrere Koffer, die Geigen und Violinen enthielten, zwei Oboen und eine Querflöte, was auf klassische Musikrichtung hindeutete.

Zuletzt führte sie Herr von Stetten noch durch die oberen Zimmer, wobei es sich ausschliesslich um kleinere wie grössere Gäste- und Schlafzimmer handelte sowie deren integrierte Waschräume. Sorgfältig gebettet, in wunderschöne, weisse Damastdecken und mit duftendem Zubehör für die sauberen Badezimmer. Stilvolle Beleuchtungen harmonierten mit langen, wallend luftigen Fensterverhüllungen und ausreichend gestapeltem Holz, um die Kamine in den einzelnen Zimmern genügend zu wärmen. Dennoch wirkten die Zimmer kühl, etwas befremdend und wenig einladend und Luise hallten wieder die Worte ihres neuen Arbeitgebers in ihren Ohren nach, wo er nach einer Angestellten suchte, welche den Zimmern so was wie eine Seele zu geben vermochte, diese mit Liebe einrichtete.

Als Herr von Stetten ihr das Okay gab zur selbständigen Gestaltung des Einrichtens für die bevorstehenden Weihnachtsfeierlichkeiten, musste sie sich eigentlich nur kurz überlegen, ob es zeitlich zu realisieren wäre, innerlich hätte sie jauchzen können vor Freude über diese Art der Möglichkeit, hier arbeiten zu dürfen. Nie hätte sie sich einen solch wunderschönen Arbeitsplatz je erträumen lassen. Sie hätte hier keine Badezimmer zu schrubben, mühselige Teppiche und raue Böden zu saugen, schmutziges Geschirr zu waschen oder Wäsche zu bügeln, nein, hier wäre sie einzig und allein für ein wohlwollendes, behagliches Ambiente für die bevorstehenden Weihnachtsfeierlichkeiten zuständig und durfte sich der Bücher annehmen. Bücher, wo sich je nachdem eine ganze Welt zwischen zwei Buchdeckeln befand, aufregend lehrreich und spannend. Der Bibliothek würde sie sich gleich im neuen Jahr widmen, wo sie einiges an Arbeit zu investieren hätte, die über Monate dauern würde, doch eine gewaltige, erfahrungsreiche Herausforderung war. Morgen würde sie sich die Räumlichkeiten noch etwas genauer anschauen, sich ein Budget erstellen und dann in die Stadt fahren, um sich in diversen Geschäften umzusehen, was an Weihnächtlichem schon einzukaufen möglich war, allenfalls sich von ein paar Schaufensterdekorationen und Zeitschriften inspirieren zu lassen. Von der ungeahnt plötzlichen Wendung in ihrem Leben und den auf sie einsprudelnden Gedanken glitt sie müde immer mehr hinüber in einen tiefen Schlaf.

Am andern Morgen wurde sie vom Geräusch eines davonbrausenden Autos geweckt, sprang zutiefst erschrocken, eventuell völlig verschlafen zu haben, hastig aus den warmen Decken ans Fenster und wurde von einem prächtig hellen Schneeweiss fast geblendet, welches sich über Nacht in einer beachtlichen Zehn-Zentimeter-Schicht nicht nur über die Kieselsteine in der Auffahrt gelegt hatte, sondern auch Hecken und Sträucher mit zierlichen Hauben versah und das Geäst der Bäume in weisse Hirschgeweihe verwandelt hatte. Wo die nahen Äste der Bäume vom Raureif in weisser Erstarrung erschienen, glichen die schneebedeckten Hügel in der Ferne weichen, glitzernden Matten. In die Stille getauchte, lautlose Versunkenheit umgab das Anwesen und Luise empfand es beinahe als eine vergessene, entrückte Zeit.

«Wundervoll …», hauchte sie staunend und schlüpfte rasch in bequeme warme Kleidung, nachdem sie ausgiebig geduscht, ihr dunkles Haar getrocknet, etwas Lidschatten, Wimperntusche und losen Puder aufgetragen hatte. Unten im Speisesaal begegnete sie der Köchin. «Herr von Stetten ist bereits zur Arbeit in die Stadt gefahren, er lässt Sie grüssen und Ihnen einen schönen Tag wünschen, es ist jedoch alles gedeckt für das Frühstück!» «Oh, vielen Dank, Madame.» Luise setzte sich an den reich gedeckten, einladenden Tisch, sah sich verstohlen mit heimlicher Freude um und griff dann hungrig und tüchtig zu. Sie konnte sich nicht erinnern, jemals so grosszügig gefrühstückt zu haben, und nachdem sie der Haushälterin ein paar Beschreibungen aus vergangenen, veranstalteten Weihnachtsfeiern auf Les Arbres hatte entlocken können, konnte sie sich in etwa ein Bild der entsprechenden feudalen Festlichkeiten machen. Auch würde sich noch etwas Weihnachtsschmuck auf dem Dachboden befinden, welchen sie mit Sicherheit hervorholen und zur Gestaltung benützen dürfe.

In den darauffolgenden Adventswochen stürzte sich Luise dermassen in die Arbeit, dass sie abends nur noch todmüde zu Bett fiel. Auf dem weitläufigen Dachboden lagerte sie ihre vorbereiteten Schätze zur Weihnachtsdekoration, bevor diese definitiv zum ersten Advent an ihren Platz gestellt werden konnten. Diverse verstaubte Gegenstände auf dem Estrich boten ihr genügend Grundmaterial als Ausgangslage zur weiteren gestalterischen Verarbeitung und beinahe grenzenlosen Spielraum zur Entfaltung ihrer Fantasie. Ihr Arbeitgeber Herr von Stetten sah dem bunten Treiben mit aufrichtigem Interesse, stiller Bewunderung sowie Achtung Luise gegenüber zu, welche er immer mehr zu schätzen lernte. Nicht nur in ihrer Art und Weise, wie sie ruhig und überlegt, doch auch mit anpackendem Eifer sich engagiert und mit einer bewundernswerten Tüchtigkeit an die Arbeit machte, sondern auch, wie sie es schaffte, ohne sich dessen bewusst zu sein, immer mehr mit ihrer stillen, sanften Wesensart auf ihn einzuwirken, sie in seiner Gedankenwelt einen stetig wachsenden Platz einnahm und sich mit seinem Wesen zu verflechten begann. In einem Mass, dass er sich ihre zarte Präsenz sehnlichst herbeiwünschte, wenn sie sich für Besorgungen ausserhalb des Gutes von Les Arbres befand oder er selber aus geschäftlichen Gründen notgedrungen abwesend war. So kam es, dass er eines späten Abends in Gedanken versunken mit einer Tasse Tee vor dem Kamin sass und die Worte der Köchin nicht registrierte, als diese ihn fragte, ob er noch was brauchen würde, sie erst wahrnahm, als sie vor ihn hintrat. Ihn ein zweites Mal fragte und erst, als sie ihn mit einem seltsam wissenden Lächeln anschaute, bevor sie sich zur Ruhe begab, wurde ihm bewusst, dass er sich selber nicht länger etwas vormachen konnte. Seine Gefühle für Luise hatten mittlerweile eine Tiefe angenommen, welche weit über das Empfinden gegenüber einer Angestellten hinausgingen. Mit ihrer stillen Präsenz, mit der sie sich beinahe lautlos im Hause des Gutes «Les Arbres» aufhielt, jedoch je länger, je mehr sichtbare Veränderungen ihres vielseitigen und tüchtigen Schaffens in den Räumlichkeiten zu Tage brachte, wusste er plötzlich, er liebte diese Frau aus ganzem Herzen.

Eine Woche vor dem ersten Advent hatte Luise alles fertiggestellt, nur noch wenige Kleinigkeiten gab es auszuführen, welche jedoch im Zusammenhang mit dem Platzieren der Dekorationsgegenstände standen und erst vorgenommen werden konnten, wenn das Fest unmittelbar bevorstand. Um der vorangegangenen, intensiven und arbeitsaufwendigen Zeit einen Moment der Ruhe einzuräumen, lud Herr von Stetten Luise zu einem vorweihnächtlichen Konzert mit Harfen und Geigenklängen und einem anschliessenden Abendessen ein. Als sie beide eingedeckt mit schönen Erinnerungen an unvergessliche Momente in die Einfahrt von Les Arbres zurückkehrten und in der Parkanlage vor den imposant beeindruckenden Gesteinsmauern von Les Arbres standen, fiel in hauchzarten Flocken tanzender Neuschnee zu Boden. Ein schwacher Schimmer von Kerzenlicht und der Geruch nach Tannzapfen empfing sie beide, als sie ins Entree traten. Herr von Stetten nahm Luise den Mantel ab und als danach beide still in den Augen des Gegenübers einen Moment zu versinken drohten, sich Luise irritiert schnell abwenden wollte, hielt Herr von Stetten sie jedoch sanft am Arm zurück: «Luise, … Danke, es war ein wundervoller Abend …» Und als Luise nichts erwiderte, er in ihren hellen Augen jedoch unverwechselbar ebenso Gefühle von Liebe an ihn widergespiegelt sah, konnte er nicht anders, nahm sie in die Arme, küsste sanft ihre zarten Wangen und übersäte ihr ganzes Haar mit Liebkosungen, bis beide sich verloren im Rausch von lang ersehnten Zärtlichkeiten. Von diesem Moment an wusste Philipp von Stetten, dass er die Liebe seines Lebens gefunden hatte und ihn nichts daran hindern würde, Luise am bevorstehenden Weihnachtsball als die angehende neue Herrin auf Gut «Les Arbres» vorzustellen. Beide zusammen hatten sie sich danach an die letzten Vorbereitungen herangewagt und sich in wiederholten, liebevollen Berührungen und kleinen Gesten tieferer Zuneigung wiedergefunden, einem Strahlen in beider Augen, dankbaren Blicken und gegenseitigem, liebevollem Respekt und Achtung.

Und nun sass sie hier, vor dem Spiegel im Ankleidezimmer, betrachtete ihr vertrautes und doch so verändertes Antlitz und erkannte sich selber beinahe kaum wieder. Ihre Gesichtszüge hatten eine Weichheit angenommen, welche zu vibrieren und von innen heraus zu leuchten schien, die Liebe hatte sie gänzlich und vollkommen in ihrem Wesen verändert … Die dunkle Glocke vom Entree der geräumigen Eingangshalle war zu hören und die Stimme ihres zukünftigen Gatten Philipp klang zu ihr herauf: «Luise, die ersten Gäste treffen ein, komm, lass sie uns begrüssen …» Der Klang von Philipps Worten fand liebevollen Widerhall in ihrem Herzen, der sie in tiefe Geborgenheit hüllte: «Ich bin gleich so weit!», rief sie freudig, tastete nochmals kurz nach ihren wertvollen, glitzernden Ohrringen, lächelte nicht ohne sichtlichen Stolz und mit innerer Zufriedenheit in ihr verwandeltes Spiegelbild, wo sie die Erkenntnis darin vertieft sah, dass ihr Leben endlich, nach all den vielen Mühseligkeiten und traurigen Tiefschlägen eine wundervolle Wendung genommen hatte …

Thomas' Haus und die Engel

14

Der junge Schreiner Thomas kniete auf seinem Stück Land, ein paar Quadratmeter Erde, welche ihm gehörten und in die seine bitter geweinten Tränen fielen. Das Fleckchen, auf welchem er so traurig darbte, befand sich in seinem lauschigen Garten, wenige Schritte von der hinteren Hausfront entfernt. Als er aufblickte, sah er in eine halb zerfallene Ruine, das Dach seines Hauses vom böenartigen Windsturm weggerissen, der am Abend zuvor schonungslos über die Felder hinweggefegt und die darunterliegenden Mauern teilweise kläglich zum Einstürzen gebracht hatte, kaum noch fähig, sich selber zu tragen. Es war das dritte Mal, dass er dieses Jahr sein Haus repariert hatte. Zuerst überkam das mit Holzschindeln besetzte Dach im Frühling eine sintflutartige meterhohe Überschwemmung, im hitzigen Sommer erlag es den Flammen eines Funken sprühenden Feuers und jetzt im Herbst heftig dahinfegenden, stürmischen Windböen.

Die viele körperlich schwere Arbeit machte sich in seinem malträtierten Kreuz und seiner schiefen Hüfte bemerkbar, seine Hände sichtlich gezeichnet und vernarbt von den vielen schmerzenden Blasen und Schwielen, seinen leidenden Rücken hielt er nur noch geduckt. Wie wenn dies alles nicht genug gewesen wäre, verstarb sein langer, treuer Begleiter, sein Hund Finn, und er glaubte, die Verwurzelung zum Boden sowie den innern Halt gänzlich zu verlieren. Machtlos gegen so starke, gnadenlose Naturgewalten, schrie er laut und voll bitter schmerzerfülltem Zorn zum Himmel, verfluchte den damals stark gefallenen Regen, das lodernde Feuer wie den gewaltigen Wind und nicht zuletzt die scheinbar trostlose, verbannte Erde, auf welcher er einst sein bescheidenes Heim gebaut hatte.

Selbst wenn er es schaffen würde, die eingestürzten Mauern noch abzustützen, die runtergefallenen Sichtbalken erneut zu legen und das Dach noch vor dem nahenden Winter wiederum zu decken, müsste er damit rechnen, dass er Gefahr liefe, dass der Schnee es einzudrücken drohte. Doch hatte er eine andere Wahl? Was blieb ihm denn noch? Das Armenhaus in der Stadt kam für ihn nicht infrage und seine jüngere Schwester im Dorf würde neben ihrer eigenen Familie keinen zusätzlichen Platz zu vergeben haben. So kniete er noch eine ganze Weile in Gedanken und als seine Knie vom langen Kauern zu schmerzen begannen, erhob er sich in bedächtig schmerzlicher Langsamkeit. Als er sich mit müden schweren Gliedern schlafen legte, überkam ihn ein ruhelos nervöser Schlaf, und wie er sich hin und her wälzte, sich sachte flüsternd ein Traum in ihm festsetzte.

Auf weiter Wiese, da stand sein Haus, das er einst gebaut mit lieblichem Garten, luftig tanzende Schmetterlinge zierten die Kräuterbeete und schwangen sich leicht beflügelt darüber hinweg. Doch im Frühling floss eine gewaltige Welle über das Gut und riss die nicht mehr ganz festsitzenden Schindeln vom Gebälk der Grundmauern. In der schwül gleissenden Hitze des darauffolgenden Sommers fing das Dach plötzlich Feuer und liess die Schindeln als schwarz verkohlte, kümmerliche Reste und Staub auf dem Holzgestühl zurück. Die neue Bedeckung hielt nicht lange, da eines Nachts Mitte Oktober ein heulender Wind übers Land fegte, der im Nu sämtliche Schindeln davonschlittern liess, die Dachbalken vollkommen freilegte und die ganze Abdeckung erneut ersetzt werden musste. Am Boden vor seinem Haus kniend sah er sich selber weinend, kraftlos und ausgezehrt von dem vielen Leid und über ihn gekommenen Unglück. Er war der Erschöpfung nahe, ausgelaugt, völlig am Ende seiner Kräfte, all der nutzlosen Anstrengungen, wo er immer wieder mühselig von Neuem begann, endgültig mürb. Da sah er, wie erste Schneeflocken sachte zu Boden sanken, sich auf die Erde setzten, auf welcher er seine bitteren Tränen weinte, seinen Mantelkragen benetzten und seine dunkelbraunen Haare nässten. Trotz des vielen Schnees, welcher immer stärker in grösseren Flocken vom Himmel fiel, rührte sich Thomas, vollkommen gefangen in seiner qualvollen Trauer, nicht von der Stelle. In seiner Versunkenheit vertieft sah er nicht, wie Engel sich um ihn und sein zerfallenes, malträtiertes Haus scharten, ihre Flügel weit ausbreiteten, lückenlos, so, dass keine einzige Schneeflocke hindurch kam, einem gewaltigen, himmlischen Schild ähnlich, dicht und undurchdringlich. Da unter den schützenden Flügeln kein Schnee mehr fiel und diese auch die schneidende Kälte fernhielten, erwachte Thomas schlaftrunken aus seiner Lethargie und hörte, was die Engel zu ihm sagten: «Es ist vorbei Thomas, du hast genug gelitten, dich eingesetzt und gekämpft. Im kommenden Winter wird dir kein Leid widerfahren. Im Gegenteil, er wird dir zum Segen werden, du wirst sehen! Also geh hin und decke das Dach ein letztes Mal!» Weiter berichteten die Engel nichts, sondern verharrten stumm über Thomas' Haus. Dieser nahm die mit klarer Bestimmtheit gesprochenen Worte in sich auf, sah das in sich ruhende Bild mit den edelmütigen Engeln und ihren weit ausgebreiteten Schwingen, wie ein Schutzschild um sein Haus stehen gegen all die harschen Gewalten der Natur, stoisch, felsenstark und unerbittlich!

In wandelnder Benommenheit aus seinem Traum erwachend, blieb er noch einen Moment liegen, erhob sich alsdann, vor seinem innern Auge die ihm im Schlaf zugetragenen Bildfragmente, nahm ein kurzes Frühstück zu sich und machte sich an die Arbeit. Zuerst stützte er die eingefallenen Mauern ab, bevor diese gänzlich zu Bruch kamen, und mischte anschliessend feines Gesteinsmehl und porösen Ziegelsplitt zu Mörtel, griff zu Lehm und rumliegenden Steinen, die er noch finden konnte, und legte Hand an die brüchige Mauer. Fünf ganze Tage besserte Thomas an den Grundfesten seines Hauses, bis diese sich ihm in einem Anblick gleicher Höhe zeigten. Danach begann er, das grobe Holzgebälk, welches ihm der Sturm diesmal gütigerweise nur weggerutscht, in seiner Ganzheit jedoch noch gelassen hatte, wieder auf die Mauern zu hieven. Mit breiten Bodendielen, die er aus dem zuhinterst liegenden Zimmerboden brach, denn anderes stand ihm nicht mehr zur Verfügung, begann er notdürftig das Gebälk abzudecken, sodass er wenigstens vor dem nächsten grossen Unwetter geschützt war.

Einen Teil des restlichen, hinter dem Haus lagernden Brennholzes spaltete er zu feinen Schindeln. Als er endlich nach mehreren Tagen Arbeit an der Schlagaxt damit beginnen konnte, die Schindeln stufenartig auf den Dachbalken zu verlegen, beschwerte er sie fortwährend mit kleinen Stücken von Felsbrocken, die er am Rande seines Grundstückes gefunden und unter mühseliger Anstrengung nach Hause geschleppt hatte. Nach fast sieben Wochen war er endlich fertig, schaute vom Garten hinauf zum Giebel des Hauses und erblickte dasselbe Dach, welches er nun zum vierten Mal in den letzten Monaten dieses Jahres neu gedeckt hatte. Es würde kalt werden, klirrend kalt diesen Winter, das spürte er und begann sich zu überlegen, ob er noch was tun könnte, damit das Dach diesmal auch wirklich hielt, doch was? Die wenigen, unzureichenden Mittel, welche er noch besass, mussten genügen fürs Essen, damit er den Winter überstand, und für neues Brennholz, das Einzige, was noch blieb, war zu beten.

Als schliesslich der Winter unaufhaltsam herannahte und mit bissig frostiger Kälte vor der Tür stand, wusste Thomas, dass er mit seinem untrüglichen Gefühl richtig gelegen hatte, es war eiskalt und schneite seit zwei Tagen ununterbrochen. Trotz der Eiseskälte stieg er in regelmässigen Abständen auf eine Leiter und fegte die Holzschindeln des Daches mit einem gröberen Reisigbesen, so gut er konnte, frei. Jede Nacht jedoch, wenn er sich zur verdienten Ruhe niederlegte, sah er die vielen beschützenden Engel aus seinem Traum vor sich, wie sie unerschütterlich, vor Kraft strotzend in einem Kreis um sein Haus standen, mit beachtlich ausgebreiteten, weiten Flügelschwingen, so dicht, dass nicht eine Schneeflocke hätte auf das Hausdach fallen können. Wachten die ganze tiefe Nacht hindurch und den darauffolgenden langen Tag.

In den ersten Dezembertagen wurde Thomas von einer heftigen Erkältung und einer heimtückischen Grippe ergriffen, so sehr, dass er das Bett nicht verlassen konnte, und ihn die Befürchtung überfiel, dass die Schindeln unter der Last des stark gefallenen Schnees doch noch nachgeben würden. Da hörte er ein leises Klopfen an der Tür und wie jemand seinen Namen rief. Eine junge Frau stand zaghaft näher tretend unerwartet in seinem Zimmer, und Thomas erkannte, dass es eine Freundin seiner Schwester aus dem Dorf war, Lia. «Ich wollte mal nach dir sehen, Thomas, wie es dir geht. Deine Schwester sagte, du liegest im Bett und bräuchtest eventuell Hilfe, sie selber konnte nicht kommen. Wie geht es dir?» Thomas schaute Lia mit wachsendem Erstaunen an, das leichte Fieber, welches ihn noch im Bett hielt, liess seine Augen müde und glänzend matt erscheinen. Mit etwas heiserer Stimme meinte er: «Es geht mir einiges besser, zum Aufstehen hab ich jedoch noch nicht die Kraft, aber wenn du mir einen Tee machen könntest, wäre ich sehr dankbar dafür.» Wie geschwächt er tatsächlich immer noch war, spürte er, als er sich wieder in die Kissen zurückfallen liess. Etwas später hielt ihm Lia eine dampfende Tasse Tee sowie mehrere Scheiben Zwieback und Toast in einem Teller hin. «Ich denke, dies sollte reichen, ich mach dir noch eine warme Suppe zum Abend», damit verschwand sie wieder in der Küche und Thomas hörte nur noch eifriges Klappern von Geschirr und Schneiden sowie Rüsten von Gemüse. Bevor Lia den Heimweg antrat, fragte Thomas sie noch, ob sie gesehen habe, wie viel Schnee denn auf dem Dach liege, dass er sich sorgen würde und dieses nicht ein weiteres Mal instand setzen möchte. «Es liegt kaum Schnee auf dem Dach, Thomas, jedenfalls nicht in der Art, dass es reichen würde, dieses zum Einsturz zu bringen, und diese Nacht fällt kein Schnee mehr. Du hast erstaunliches Glück, weisst du. Im Dorf unten sind bereits mehrere Dächer unter der erdrückenden Last des Schnees eingefallen, auch waren ein paar der Bewohner von der Lawine betroffen, die vorgestern Nacht in gewaltigem Donnern heruntergestürzt war. Dem Bauer Johann hat es die ganze linke Hausfront weggerissen und dem Andreas sein ganzes Anwesen zugedeckt, sodass er erst gestern Mittag sich freischaufeln und das Haus verlassen konnte.» «Eine Lawine, das ist ja schrecklich?! Und der Weg zu mir hoch war nicht zugeschneit?» «Nein, kaum, wie gesagt, du hattest unheimliches Glück.» Thomas lag völlig ermattet in den Federkissen, starrte in einer kleinen Ewigkeit mit scheinbar leerem Blick stumm zur Zimmerdecke, bis ein kaum hörbares Flüstern seinen Lippen entwich: «Das waren die Engel …» «Was meintest du?», fragte Lia und hielt ihr Ohr näher zu Thomas. «… Engel», gab dieser leise geschwächt zur Antwort, bevor er kraftlos gänzlich in den Kissen zu versinken drohte und sich erschöpft dem Schlaf überliess.

Weihnachten feierte Lia nicht in ihrer kleinen Wohnung im Dorf, sondern bei Thomas, in seinem abgelegenen, geschützten Zuhause im Wald. Nachdem es ihm sichtlich besser ging und er offenbar mit so viel Glück vom Himmel bedacht wurde, halfen beide überall im Dorf mit, wo zusätzliche Hilfe dringend nötig war. Müde, ihrer letzten Kräfte beraubt, jedoch mit enormer innerer Zufriedenheit und glücklich, sassen sie am Heiligabend vor dem knisternd leuchtenden Kaminfeuer, auf der steinernen Umrandung davor eine Vielzahl kleiner wie grösserer entzündeter Kerzen. Tief in die Arme eines jeden andern gekuschelt und eine warme Decke um sich geschlungen, blickten die Liebenden in die brennenden Flammen, das helle Licht, und fühlten sich in wohlige Geborgenheit gehüllt.

Lia kam so oft es ihr möglich war hoch zu Thomas, auch dann, als der Winter nachliess. Der Frühling ganz allmählich zaghaft seine Fühler auszustrecken begann und erste, zarte Boten der neu aufkeimenden Jahreszeit sich in den ausgeruhten Rabatten vor dem Haus zeigten. Die milden wärmenden Sonnenstrahlen geniessend, sassen Thomas und Lia vor dem Haus auf der hölzernen Bank, mit den Rückenflanken an die Mauer des Hauses gelehnt, und schauten über die vielen geschwungenen, blassen Schattierungen der weichen Hügelketten talwärts. Der schlimme, harzige Winter war ausgestanden und all die ängstlichen Befürchtungen Thomas' waren nicht eingetreten. Mehr noch, zu seiner Seite sass eine liebenswürdige junge Frau, welche er um nichts mehr würde missen wollen. Und wie er den Duft des ersten frisch geschnittenen Grases einatmete, besann er sich des Traumes vor Dezember und erinnerte sich an die Worte der beschützenden Engel: «Es ist vorbei Thomas, du hast genug gelitten, dich eingesetzt und gekämpft. Im kommenden Winter wird dir kein Leid widerfahren. Im Gegenteil, er wird dir zum Segen werden, du wirst sehen!»

ENGELSLOCKE, GLASSCHERBE UND KANDISZUCKER: DREI WUNDER FÜR LISA

Mit kalten Händen, in der einen ihre leuchtende Petroleumlampe, die andere fest auf der eisernen Türklinke, öffnete Lisa das hohe, in diagonal verlaufender Holzverkleidung gezimmerte Eingangsportal und schlüpfte, unter dem ächzenden Stöhnen der ins Schloss fallenden Tür, ins warme Innere der kleinen Kapelle. Die eiserne Lampe leicht in die Höhe gehoben, ergoss sich deren Licht über die Wände, tauchte den kleinen, sonst so kahl wirkenden Raum in sanft leuchtende, wohltuende Geborgenheit. Wärme und Licht durchfluteten die düster vor ihr liegende Dunkelheit und durchbrachen weich die Finsternis. Einen Moment lang blieb Lisa noch auf der kalten Steinschwelle stehen und betrachtete selbstvergessen, mit grossen, dunklen Augen den idyllisch unwirklich scheinenden Innenraum und setzte sich dann auf einen der vordersten Bänke, an den Platz, wo sie schon so viele Stunden und ihr teure Augenblicke verweilt war.

Draussen wehte leicht säuselnd der frostige Dezemberwind über die schneebedeckten Dachziegel hinweg, strich mit gespielter Leichtigkeit durch die fast zu Eis erstarrten Zweige, das Geäst von Bäumen und hohen Tannen. Leise und ganz behutsam bedacht rieselte kalter Schnee vom Wind getragen an die nackten Scheiben, wo sich die einzelnen Flocken in den feinen Holzleisten zur Ruhe setzten. Indes der Wind sachte durch die stellenweise losen Fensterscheiben strich und ein hauchzartes Klirren hinterliess. Wohlige Wärme und tiefe Zufriedenheit schlummerte in Lisas Herzen, wenn sie ihre wachen Augen in dem kleinen, zart erleuchtenden Raum umherschweifen liess, es war Heiligabend, der 24. Dezember. Geistesabwesend kehrten ihre Gedanken zurück an jenen Tag, an welchem alles begonnen hatte. Damals … damals neigte sich der beinahe drückend heisse Sommer seinem Ende entgegen und die ersten herbstlichen Anzeichen liessen sich nicht länger verleugnen, sondern eilten zügigen Schrittes unaufhaltsam vorwärts. Lisa entdeckte die brüchige, beinahe halb verfallene Kapelle eines bereits kühl fröstelnden Spätsommerabends, unweit ihres winzigen, schlichten Häuschens, welches sie schon seit einiger Zeit zusammen mit ihrem Mann hier in dieser etwas abgeschiedenen Gegend bewohnte. Unwissend der Existenz eines zweiten auf diesem einsamen Gelände stehenden Bauwerkes, befiel Lisa damals eine unabwendbare Neugierde. Einem unaufhaltsamen Gefühl folgend, drängte es sie vorwärts, dieses ihr unbekannte Anwesen zu erforschen. Von den fast gänzlich mit grünem Efeu berankten und überwachsenen Mauern wucherte wildes Grün eifrig am unteren Rand des aus verschiedenen Rotschattierungen bestehenden Ziegeldaches der Dachrinne entlang, bis hinauf zur stolzen Giebelspitze. Auch als Lisa vor der halbgeöffneten Tür stand, machte das kleine Gotteshaus immer noch nicht den Eindruck eines geweihten Ortes, der Stille und des Gebets. Nur wenn man die Tür selber betrachtete und mit gespannter Aufmerksamkeit ins Innere zu spähen versuchte, liess sich erkennen, dass es sich hier wirklich um eine früher wohl oft besuchte kleine Kirche handelte.

Als Lisa sachte die halbgeöffnete Flügeltür aufstiess, durchdrang die beinahe unheimlich wirkende Stille ein dumpfes, düsteres Knarren und ein unüberhörbares Ächzen entglitt den rostig, in Schlaf versunkenen Türangeln. Zutiefst erschrocken vom plötzlich unerwarteten Einbruch in die vermeintliche Ruhe, wäre sie beinahe über die Schwelle ins Innere der Kapelle gestolpert. Gleichzeitig spürte sie, wie sie von jedem Gefühl der Lebendigkeit verlassen wurde und Gedanken von sterbendem Schweigen sich ihrer bemächtigten. Unwillkürlich schreckte sie zurück und ihr Blick blieb an der sie vorher so erschreckenden Tür starrend hängen, denn sie konnte sich nicht erklären, weshalb diese nicht zurück ins Schloss fiel. Da entdeckte sie an der Decke, fast genau in der Mitte des Türbogens, ein weit gähnendes, tief schwarzes Loch, aus welchem ein grober Strick herabhing und an der Innenseite der Tür sein Ende fand, um so deren Zuschlagen zu verhindern. Die Tür selbst liess sich von innen mit einem grossen, massiven Eisenriegel verschliessen. Scharniergelenke, verzierte Eisenbeschläge, welche wie suchende Fühler sich auf dem Holz des Portals ausdehnten, beschränkten sich nicht nur auf die Angelpunkte, sondern erstreckten sich weit über das massive Holz des Portals.

Weit herabhängende Blätter sowie feine, hölzerne Zweige, welche sich an der Mauer neben der Eingangstür verschlungen und in Hunderten von verzweigenden und rebenartigen Ranken entlang wuchsen, kleideten das Eingangstor in einen Umhang romantischen Hauches wie verträumt herbstlicher Verhüllung. Und es erschien Lisa, als ob die im Wind leicht wiegenden und raschelnden Blätter sowie das weiche, milde Sonnenlicht die einzig noch lebende Verbindung über die Schwelle hinweg von der Aussenwelt ins Innere der Kapelle seien.

Lisas Augen schweiften zurück in das nicht ganz geheuerliche Dunkle. Kalte, von modrigem Geruch erfüllte feuchte Luft strömte ihr entgegen, liess sie erschauern und ein unbehagliches, nicht erklärbares Gefühl ergriff sie. Die milchigtrüben Fensterscheiben, von unsäglichem Staub und arger Mattheit befallen, vermochte wahrscheinlich nicht einmal ein noch so starker Sonnenstrahl zu durchbrechen und ins Innere zu leuchten, um der fürchterlichen Dunkelheit wenigstens etwas von ihrer unheilvollen Düsternis zu nehmen. Von ungläubigem, fassungslosem Staunen ergriffen, schweifte ihr Blick über die Wände und die spärlich dürftige Einrichtung sowie deren verwahrlosten Zustand. Sie konnte sich nicht erinnern, jemals einem heiligen Ort, und schien er noch so klein und unscheinbar, so einsam verlassen und unbehütet begegnet zu sein.

Die Zeit, Wind und ungestümes Wetter schienen hier unauslöschlich, für immer Spuren hinterlassen zu haben, welche kaum oder nur durch eine gründliche Behebung der heillosen Schäden wieder instand zu stellen wären. Riesige, von groben Rissen gespaltene, dicke Steinplatten bedeckten den Boden. In den Ritzen der nicht ganz dicht zusammengefügten Steine hatte sich mancherlei Unrat wie Blätter, feines Gehölz, gröbere Sandkörner und gar verlorene Vogelfedern angesammelt. Vom Wind mancher süsser Sommer und stürmischer Herbste verweht, hinübergeglitten über die leicht erhöhte Steinschwelle am Türeingang, wo niemand es für nötig hielt, nach einem Besen zu greifen. Verschnörkelte, mit dickem Staub und grösseren und unzähligen kleineren Spinnweben behangene Holzbänke sowie ein mächtiger, aus dunklem Marmor gemeisselter Altartisch füllten den kleinen Raum. Die kalt wirkenden, kahlen Wände konnte man kaum mehr als weiss bezeichnen. Durchzogen von einer fleckenartigen, schichtweise aufgetragenen Kalkschicht, schienen sie vielmehr in sich in tausend Stücke zu zerbröckeln und drohten jeden Moment hilflos, kaum mehr im Besitz ihrer Kräfte, sich gegen Wind und Böen zur Wehr zu setzen, zusammenzufallen. Die Decke schien noch am wenigsten an Stolz ihrer Farbe eingebüsst zu haben, doch war sie von unzähligen Rissen durchzogen und der weisslich, verblasste Farbanstrich zeigte sich an bestimmten Stellen in gräulichen, aderartigen Erhöhungen. Im Zentrum der leicht gewölbten Decke befand sich eine aus Stein gemeisselte Rosette, an deren innerstem Punkt eine gebieterische, aus altem Eisen gänzlich verrostete Krone hing und an drei festen, groben Ketten zu einem grösseren Ring mit sieben Kerzenhalterungen führte. Obwohl das Ganze einen eher kläglich traurigen Eindruck ausstrahlte, schien früher einmal eine unbändige Kraft und ein unvergänglicher Stolz von dieser Beleuchtung ausgegangen zu sein. In der Nähe des Altars, welcher auf einer erhöhten Steinplatte stand, schmückten zwei mittelgrosse, weisse Engelfiguren zur linken und rechten Seite die Wände. Unmittelbar über dem Altartisch hing an der kalkgetünchten Wand ein schlichtes Holzkreuz mit dem verhüllten Jesus und die Aufschrift J.N.R.J. tragend. Mit groben Eisennägeln blutig geschlagenen Handinnenflächen und Füssen, sein Haupt umwunden mit einer mehrfach geflochtenen Dornenkrone und den leidenden, schmerzvollen Blick zum Himmel gerichtet.

Von da an kam Lisa öfters her, um sich, müde von der Arbeit des Tages, auszuruhen und in stillem Gebet zu verharren. Eines Tages schleppte sie Besen und Schaufel sowie Schrubber, Eimer und etliche Tücher mit sich, in der festen Absicht, diesen ihr inzwischen lieb gewordenen Ort in neuem Licht erstrahlen zu lassen. Sie erschauerte innerlich, wenn sie daran dachte, es könnte trotz der Stickigkeit des Staubes dennoch ein lebendes Getier oder eine schnell davonkrabbelnde Spinne aus dem vielleicht nur totgeglaubten Zustand aufwachen. Die kleine Kapelle musste jedoch schon seit Jahrzehnten in niemandes Besitz mehr sein, denn sie erkannte bald die Unmöglichkeit, dass auch nur eine Spinne noch in all dem Schmutz und der Verstaubtheit es wünschen würde, hier zu leben. Von dichtem Staub bedeckte und dadurch zu einem feinen, zerreissbaren Spinngewebe tuch- und gazeartig gewobenen Gebilde hingen die Netze scheinbar durchsichtig und unbefestigt von einer verwinkelten Ecke zur anderen. Lebende Insekten, Fliegen und winziges, libellenartiges Getier schien sich einmal zu nahe an das trügerische Netz gewagt zu haben, verfing sich heftig zappelnd in den feinen, zarten Fängen und kämpfte verzweifelt um seine Freiheit, obwohl dieser von Panik erfüllte Überlebenskampf schneller zum eigenen beängstigenden Tod führte. Jetzt hingen sie leblos, verstummt, zum Teil schmerzlich verkrüppelt eingebettet von weiteren Spinnfäden überzogen im eigenen Grab. Ahornsamen wie zarte zerbrechliche Flügel lagen verstreut auf dem staubigen, mit einem feinen Riss durchzogenen Fensterbrett, sowie drei alte Hölzer, welche früher wohl einmal zur Sperrung des Fensters dienten. Teile von Baumrinden, Nadelhölzern, Pflanzen und Blumensamen vom Windstoss durch die offen stehende Tür geweht, fanden wahllos einzeln oder in Gruppen zerstreut ihren neuen Platz auf der Fensterbank.

Manch luftige Staubwolke liess Lisa in ein erbarmungswürdiges Husten ausbrechen und die aufgewirbelten Staubteile hinterliessen deutlich erkennbare Spuren auf ihrem hellen Gesicht, ermatteten immer mehr die Farben ihrer Kleidung und liessen ihre feingliedrigen schmalen Hände dunkel und schmutzig erscheinen. Die morschen Bänke und Fensterbretter fegte sie mit einem nassen Schrubber sauber, trocknete sie und brachte das matte Holz mit wachsgetünchten, baumwollenen Tüchern wieder zum Glänzen. Stolz, als ob ihres neuen Gewandes und jugendlicher Frische bewusst, schienen die blanken Sitzgelegenheiten nun im Raum zu stehen, erhaben und eigenständig, sich vom weissen, blättrigen Kalk der Wände abhebend. Die mittlerweile sauberen Fensterscheiben liessen das milde, weisse Herbstlicht ungehindert hindurchströmen und die Kapelle in warmer Helligkeit erleuchten. Nach einem stark gesalzenen und mit Essig angereicherten Wasserbad erstrahlten die beiden Kerzenständer in neuem Silberlicht und zierten glanzvoll die dunkle, marmorne Tischplatte des Altars. Trotz mehrmaligem Waschen und sanftem Rubbeln schien es unmöglich, dem einst kostbaren Altartuch seinen ursprünglichen Zustand zurückzugeben und schliesslich zerfiel es in unzählige Einzelteile. Dies veranlasste Lisa eines Abends, in ihrem eintürigen Kasten nach einem Stück Stoff zu greifen, ihrem einzigen, wirklich kostbaren Gegenstand, welchen sie in ihrem jungen Leben besass. In unzähligen Stunden, wenn sie abends mit ihrem Mann zusammen vor dem flackernden Kamin sass und sie ihre Nadel flink über das weisse, mit feinen, glänzenden Noppen durchsetzte Leinen führte, fertigte sie in unermüdlicher Arbeit ein neues Tuch, schmückend und ziervoll, mit feiner Stickereiarbeit.

Ja, all dies war vor wenigen Wochen und Monaten gewesen, und heute? Heute, jetzt an Heiligabend lag das neue, fein dekorativ gearbeitete Altartuch ausgebreitet auf dem Tisch und hüllte diesen in zarte, stoffliche Verschleierung. In den beiden wie neu silbern glänzenden Kerzenhaltern zwei weisse, graziös schlanke Kerzen, deren brennende Dochte von kreisförmigem Licht umgeben waren und

156

deren Schein sich mit demjenigen ihrer eisernen Petroleumlampe vermischte. Leises Knistern und der Duft von süsslichem Kerzenwachs unterstrich den optischen Eindruck.

Augenblicklich der verstrichenen Zeit bewusst werdend, musste sie sich nun beeilen, wollte sie noch gemeinsam mit ihrem Mann bei brennendem Kerzenlicht, ein paar Nüssen, etwas Glühwein und leisen Weihnachtsklängen Heiligabend feiern. Es war nicht viel, was sie besassen, doch sie waren glücklich und eines Tages würden sie bessere Zeiten sehen, Zeiten, wo sie endlich neue Glasfenster kaufen konnten, welche die zerbrochenen ersetzten und sie besser vor Wind und Kälte schützen würden. Vielleicht würde es auch reichen für ein paar Ballen zusätzlichen Stoff, um daraus die lang ersehnten Kleider und Decken zu nähen. Und schliesslich bräuchte sie nicht mehr zu überlegen, woher und womit sie eine warme Mahlzeit auf den Tisch zaubern konnte.

Gerade als sie sich zum Gehen wenden wollte, erschien wie aus dem Nichts ein brillantartiges Glitzern aus einer Ecke des Fensterbrettes neben ihr. Mit weit aufgerissenen Augen und vor Staunen kaum atmend, griff Lisa zu ihrer Petroleumlampe, ohne diese zu beachten, trat näher, um sich die Erscheinung genauer zu besehen. Ein unförmiges, frisch zerbrochenes Stück Glas lag ganz in der besagten Ecke, so sauber und rein, als wäre es eben vom Himmel gefallen. Wie unter einem Bann stehend, streckte Lisa ihre Finger nach der gläsernen Scherbe aus, berührte die leicht rosa, perlmuttfarben schimmernde Oberfläche, auf welcher selber kein einziges Staubteilchen oder sonstiger Unrat zu entdecken war. Vorsichtig legte sie das zauberhafte Glasstück in ihre warme, feine Hand. Noch nie, so schien es ihr, hatte sie ein ähnliches Glas, noch nie so viel Reinheit und Schönheit aus einem Gegenstand leuchten sehen.

Kaum hatte sie den Gedanken zu Ende gedacht, drang unweit von ihr ein leises, aber deutliches Erklingen an ihre Ohren, so, als wäre der Wind gerade eben durch ein gläsernes Glockenspiel geweht. Lisas Augen folgten dem Klang und ihre Augen trafen auf eine weisse Haarlocke, welche auf der erhöhten Stufe zum Altartisch lag. Hell, weiss, so weiss in der Art, als wäre sie einer heiss glühenden Kerzenflamme entsprungen, mit einem leicht zartgoldenen Glanzschimmer. Einer Engelslocke ähnlich, dachte Lisa, hob die Locke auf und legte sie zusammen mit dem edlen Stück Glas in ihre blaue Schürze. Als dies geschehen, wurde sie von einem sanften, melodienhaften Säuseln ergriffen und wunderbar entzückt von dem süssen Lied drehte sie sich wie im Tanze einmal um sich und schaute geradewegs auf ein durchsichtiges Säckchen, vollgefüllt mit unzähligen von kleinen Kandiszuckersteinchen, welches erstaunlicherweise genau auf der Stelle stand, wo Lisa stets auf der Bank ihren Platz hatte. Sprühend leuchtende Funken schienen von dieser dritten Kostbarkeit auszugehen, so unwiderstehlich schön, dass Lisas Finger danach verlangten, sie das Säckchen wie verzaubert langsam aufhob und es zu den anderen beiden Dingen in ihre saubere Schürze legte. Ungläubig und voller Bewunderung betrachtete sie ihre edlen Schmuckstücke und dachte im Geheimen, dass dies an ein Wunder grenzen müsse. Neben all der Baufälligkeit und dem Schmutz, welcher anfangs hier drinnen hauste, schienen diese Dinge nicht hierherzugehören, sondern aus einer andern, viel schöneren Welt zu stammen. Gedankenversunken griff sie nach ihrer Petroleumlampe, schritt zum Portal der Kapelle und öffnete langsam die Tür. Kalter, eisiger Wind blies ihr ins Gesicht, sodass sie schnell den Weg nach Hause antrat.

Als Lisa sich ihrem beinahe eingeschneiten Haus, aus dessen Kamin dichter Rauch quoll, näherte, erkannte sie ihren Mann auf der Türschwelle stehend. «Komm schnell, Lisa, wo warst du nur so lange?! Komm und sieh dir das an!» Überrascht von so viel freudiger Erregung und deutlich spürbarer, froher Erwartung im Verhalten ihres Mannes, bemühte sie sich emsig, noch schnelleren Schrittes sich durch die bereits beträchtlich angestiegenen, im Schein ihrer Lampe glitzernden Schneemassen zu kämpfen. Hinter geschlossener Tür befiel sie Schrecken und unsagbares Staunen zugleich, unfähig, sich auch nur im Geringsten zu rühren oder ein einziges Wort über die Lippen zu bringen. Ihr Mann jedoch, längst einen Arm um ihre schmalen Schultern gelegt, stand mit leuchtenden und dankbaren Augen neben ihr und blickte zusammen mit Lisa ins hell erleuchtete, gänzlich verwandelte Wohnzimmer.

Im einfachen Kamin knisterte warm und in sprühenden Flammen ein glühend leuchtendes Feuer, seinen hellen Schein weit verbreitend im Raum verteilend. Am Boden neben dem Kaminsims türmte sich fast bis zur Decke reichend gutes, bereits in feine Scheite gespaltenes Brennholz, ausreichend für einen ganzen kalten Winter lang. Die kleine Wohnstube leuchtete hell und warm. Kein einzig kühler Windzug liess die bittere Kälte ausserhalb dieser vier bescheidenen Wände erahnen. Dies liess Lisas Blick zu den Fenstern schweifen und ihre dunkeln Augen weiteten sich noch mehr, als sie erkannte, dass die Glasscheiben neu, von einer perlmuttartigen Schimmerung sowie von unerklärlicher Schönheit und sanftweichem Glanz waren.

Ihren Blick weiterziehend, blieb sie an der massiven Holztruhe hängen, unweit des Fensters stehend, welche offen, den Deckel an die Wand gelehnt und bis zum Rand gefüllt mit weissen, wunderschönen Baumwollballen war. Eine riesige, kuschlig weiche Federdecke lag oben auf und fiel schräg bis zum Boden hinab, daneben, wie zufällig, eine weisse, leicht golden schimmernde Haarlocke. Fast angsterfüllt wanderten Lisas Augen zum runden Tisch, um ihre Befürchtungen, oder vielmehr fast unglaublichen Erwartungen dort tatsächlich bestätigt zu sehen.

Und wirklich, ein mit blankem Geschirr und glitzerndem Besteck üppig reich gedeckter Tisch bot sich ihrem offenen, faszinierten Anblick. Ein dampfender, weisser Topf, ein grosser, gläserner Krug mit Glühwein und in der Mitte eine kleine Schüssel, gefüllt mit Kandiszucker, und wie zur Krönung, verbreitete eine schmale, grazile Kerze ihr mildes, gedämpftes Licht über dem festlich geschmückten Tisch. «In der Küche sind die Regale und jeder Kasten bis zum Platzen gefüllt mit nahrhaften und genügenden Vorräten für den ganzen Winter, Lisa … ist das nicht wundervoll?!» Lisa vernahm unwirklich und wie aus weiter Ferne herkommend die freudige Stimme ihres Mannes und nur ganz langsam vermochte sie zu begreifen, was geschehen war. Sie blickte auf und schaute geradewegs in die sie schon lange betrachtenden Augen ihres Angetrauten. Ohne ein Wort zu erwidern, senkte Lisa berührt ihren Blick, hob langsam die Schürze und entblösste ihre in der Kapelle gefundenen Kostbarkeiten, um sie ihrem Mann zu zeigen. Doch sie hielt nur ein feines Stück Stoff in ihren leicht zitternden Händen. Keine perlmuttschimmernde, reine Scherbe, weder eine golden glänzende Haarlocke noch ein einziges, glitzerndes Kandiszuckersteinchen, nichts … denn die Schürze war leer!

DIE WUNDERLICHEN STIEFEL DES SANTA CLAUS

In einem fernen Land, weit weg von dem hiesigen, gibt es keine Weihnachtsmänner oder Samichläuse, sondern man nennt sie da Santa Claus! Diese sind meistens nicht gerade von schlanker Statur, sondern eher etwas rundlich, wohlgenährt und treten immer in einem roten zweiteiligen Mantelkostüm mit abschliessenden, weissen Pelzbordüren auf. Mit dunklem, breitem ledernem Gürtel und Metallschnalle sowie schwarzen, grossen Stiefeln. Diese sind mit hohen, runden Fusskappen und dicken Sohlen mit Winterprofil versehen. Dazu tragen sie eine passende Zipfelmütze, unter welcher sich ihr schlohweisses, gelocktes Haar verbirgt. Leicht geschwungen im selben Farbton wölbt sich ein Schnurrbart über die erhöhten Pausbacken und um den Mund und das Kinn säumen sich lange, bis zur Brust reichende Barthaare. Die klugen wachen Augen stecken nicht selten hinter einer feinen Drahtbrille mit kleinen, runden Gläsern.

Ein Santa in jenem weit entfernten Land ist fast ausschliesslich mit einem alten nostalgischen Schlitten unterwegs, gezogen von zwei bis mehreren tüchtigen Gesellen, den galoppierenden Rentieren. Unser Weihnachtsmann dieser Geschichte entsprach nicht ganz der Originalfassung eines Santa Claus, um es etwas deutlicher zu sagen, eigentlich ganz und gar nicht. So trug er zwar ebenfalls ein rotes Mantelkostüm mit schwarzen Stiefeln, war jedoch etwas weniger beleibt in seiner Statur, auch eine in runden Gläsern gefasste Brille suchte man vergebens, doch wenn er lachte, wölbten sich seine rundlichen Wangen so fest, dass vor lauter Lachfältchen seine gutmütigen Augen dahinter verschwanden. Vor allem jedoch war er nicht mit Schlitten und Rentieren in der Luft unterwegs, sondern man begegnete ihm motorisiert. Seiner schwarz-silbernen Harley Davidson und einem sportlich, gediegenen Seitenwagen, welchen er brauchte für all die vielen Geschenke. Ausserdem fuhr sein vierbeiniger treuer Freund James, ein kurliger, langhaariger Dackelmischling, immer mit, denn ohne ihn ging gar nichts. Schliesslich war er verantwortlich für das Festhalten des gezurrten Riemens, welcher Santa um die dichte Plane schlug, damit all die hübschen Pakete nicht von seinem Fahrzeug fielen. So sah man zur Weihnachtszeit in jenem kleinen Städtchen ein ganz wunderliches Duo unterwegs. Wenn die beiden abends zu den wartenden Kindern fuhren, war bereits von Weitem im Mondschein ein Aufblitzen des Chroms der rasant vorbeifahrenden Maschine zu erkennen. Unter dem einen, kleineren Helm schlabberten im zügigen Fahrtwind zwei lange behaarte Ohren hervor und unter dem zweiten, grösseren, waren die Haare weiss und schienen kein Ende zu nehmen. Manchmal, wenn die beiden etwas spät dran waren, zeigte der Tacho der Harley etwas zu viel Tempo an, die Kurve jedoch, die kriegten beide immer gerade noch im richtigen Moment, denn schliesslich sollten ja auch die Geschenke heil bei den Kindern ankommen.

Ausserdem hatten zusätzlich zwei ganz besondere Gesellen in seiner Waldhütte ein Zuhause gefunden, doch davon wusste der Santa bis jetzt nichts. Hierfür war er viel zu sehr mit dem Lesen der unzähligen Weihnachtswunschlisten beschäftigt, dem Bereitstellen und Verpacken der Geschenke. Die zwei Untermieter, von welchen hier die Rede ist, hatten es faustdick hinter den Öhrchen, denn es waren zwei winzige Mäuse. Anstatt dem Santa Claus tatkräftig unter die Arme zu greifen, verstanden die beiden es meisterlich, auf immer nur erdenkliche Weise ihn zu ärgern und in übelste Bedrängnis zu bringen, dies allerdings nicht ohne Grund.

Das erste Kennenlernen von Santa Claus bzw. ihre erste Begegnung mit dem älteren heiligen Mann war denn auch, als sie beide in dessen Stiefeln genächtigt hatten und eines Morgens kurz nach dem Erwachen aus den hohen Schuhen zu schlüpfen gedachten. Da erschraken sichtlich nicht nur Santa, sondern auch beide Graupelze, denn als der alte Mann im Begriff war sich zu bücken, um die Stiefel anzuziehen, lugten die beiden Mäuse direkt in seine grossen, runden Augen. Er, Santa Claus jedoch, stiess vor Schreck einen Schrei aus und wäre beinahe rückwärts hingefallen. Die beiden Mäuse ebenfalls über die unerwartete Begegnung zutiefst erschrocken, verliessen fluchtartig ihr ungewöhnliches Nachtlager und stieben in Windeseile in zwei verschiedene Richtungen davon. Erst am Abend, als Santa mit polternden Schritten müde heimkehrte, seine Stiefel auszog und neben sein Bett stellte, trafen sich die beiden pelzigen Nagetiere unter dem Bett des Santas wieder.

«Was meinst du», fragte die kleinere der beiden, «müssen wir für heute Nacht ein anderes Lager suchen?» «Sieht fast so aus, denn gerade als ich über den Holzboden huschte, sah ich, wie er beide Stiefel bis zum obersten Rand mit Zeitungspapier ausstopfte, er hat sie voll dicht gemacht.» «Das wäre eine ziemliche Arbeit für uns beide, all das Papier wieder rauszunehmen! Vielleicht könnten wir, wenn Santa schlafen gegangen ist, bei ihm unter die Decke kriechen, selbstverständlich ganz zuunterst, bei den Füssen?»

Dieser schlief unruhig in der kommenden Nacht. Den Grund hierfür konnte er kaum wissen, ja nicht mal erahnen. Es war, als würde an seinen Füssen immer wieder was rumnesteln, sodass er mehrere Male erwachte und von einem himmlischen Schlaf weit entfernt war. Die zwei kleinen Graupelze indes beklagten sich am andern Morgen, der Santa hätte sie die ganze Nacht hindurch immer wieder mit seinen Füssen im Schlaf gestupst und sie hätten deshalb kaum ein Auge zugetan. Die kleinere der beiden war darüber nicht nur unterschwellig erzürnt, sondern in einer Weise derart schlecht gelaunt, dass sie sich zu einem neckischen Gegenschlag entschloss.

«Was machst du denn da», fragte die Grössere, als Santa noch schlief und sah, wie die kleine Maus an seinen hohen Stiefeln herumnestelte. «Na, nach was siehts denn aus?» Die dicke gröbere schaute dem seltsamen Treiben der kleineren zu, wie sie die schwarzen Schnürsenkel, eine Öse um die andere, durch die Löcher zog und freilegte. «So wie`s aussieht, kann Santa nachher seine Stiefel nicht mehr binden?!» «Genau!!» Die zarte Graue zog so eifrig an den Stiefeln des Santas herum, dass man allein an ihrer behänden Geschwindigkeit ihre untergründige Wut herausspürte. Dabei schien sie so verbissen in ihr Treiben, dass sie sich immer wieder angestrengt mit ihrer feinen Zunge über die Lippen strich und ihre Schnauzhärchen nervös erzitterten. Die grössere Maus betrachtete sie eingehend. «Du meinst es wirklich ernst, nicht wahr?» «Natürlich! Ich hab mich jetzt die ganze Nacht genug geärgert … ich will wieder in diesen Stiefeln nächtigen und in Ruhe schlafen können.» Die grössere sagte nichts, doch vom plötzlichen Eifer der kleineren angesteckt, begann sie umgehend, sich an den zweiten Schuh des Santas zu machen, bis dieser in leeren, gähnenden Ösenlöchern dastand. Als sie beide das Schuhwerk des Santas so nebeneinander stehend betrachteten, ohne die Schnürsenkel zum Binden der Stiefel, diese ihnen beinahe nackt entgegenstarrten, schauten sich beide an und verfielen in heilloses Gelächter!

Als Santa Claus wenig später erwachte und nach einem kurzen Frühstück sich ankleidete, war er doch sehr erstaunt über seine eigenartigen Stiefel und konnte sich nicht im Mindesten erklären, wie es hierzu kam. Das Bellen seines Langhaardackels gebot ihm, sich zu beeilen, dass es Zeit war aufzubrechen, und da dies seine einzigen Stiefel waren, musste er rasch handeln. Er besann sich seiner riesigen Schachtel mit Geschenkbändern, holte diese hervor und suchte nach einem geeigneten Band. Doch da Schwarz nicht die Farbe war, mit welcher er üblicherweise seine Geschenke verpackte, besah er sich unschlüssig seine vor ihm liegende Auswahl. Von rosa, grün, rot, violett, silbern, gold und weiss waren alle möglichen Farben vorhanden, doch Braun und Blau fehlten, diejenigen Farben, welche noch am wenigsten aufgefallen wären! Schliesslich entschied er sich zu dem satten Rot, weil es von allen verbleibenden Bändern dasjenige war, welches am besten mit dem Mantel harmonierte, und während er die Bänder mit der Schere zerschnitt und in seine schwarzen Stiefel einfädelte, brummelte er in seinen langen weissen Bart kaum verständliche Worte: «Ein Santa Claus mit roten Schnürsenkeln, das darf ja nicht wahr sein … in meinem ganzen Leben ist mir noch nie eine solche Peinlichkeit untergekommen!»

Spät abends, als die beiden Mäuse unter dem Bettgestell den Santa nach Hause kommen sahen, erschien er ihnen etwas müder als an den Vortagen. So müde und still, dass er sich nicht mal mehr ein nahrhaftes Abendessen zubereitete, sondern sich nur noch in seinen alten, wippenden Schaukelstuhl fallen liess. Das, so wusste James, sein ergebener Freund, war jeweils seine Stunde, die nur ihm und Santa gehörte. Der alte Mann erzählte dann jeweils seinem lieben Gefährten, was er alles den Tag durch mit den Kindern erlebt hatte. Ausserdem bekam er selten so viel an Zuwendung durch die sanft streichelnde Hand seines Meisters wie in jener einen Stunde. Heute jedoch klang allein die Stimme seines geliebten Herrn so traurig, dass er immer wieder zu Santa hochschaute: «… also ein Mädchen, sag ich dir James, das hat mich mit seinen hellblauen Augen und blonden Locken angeschaut, ich sage dir … sein Blick glitt immer wieder von meinem Gesicht hinunter zu meinen Stiefeln und dann wieder zu meinen Augen. Es sagte kein Wort, doch es war ihm deutlich anzumerken, dass es sich wohl für einen Santa kaum gehörte, mit roten Schnürsenkeln vor die Kinder zu treten, denn die Stiefel eines richtigen Santa Claus hatten schwarz zu sein, auch die Schuhriemen. Noch nie in meinem ganzen Leben hab ich mich dermassen abgrundtief geschämt. Am liebsten wäre ich im Boden verschwunden!» James, der seinem Herrn selbstverständlich nicht mit Worten antworten konnte, gab jedoch hin und wieder ein mitfühlendes Winseln von sich.

Auch am nächsten Abend stopfte Santa seine Stiefel mit Zeitungspapier. Die zweite Nacht verlief beiderseits nicht weniger unruhig als die erste und als am Morgen die kleine Maus sich mit einem gedehnten Gähnen streckte, sah sie, dass ihr Begleiter bereits aufgestanden war und irgendwas wild herumhantierte. «Nanu, du bist aber früh dran heute?» Die grosse Maus bastelte ungelenkig an einem Stück Papier herum, blickte nicht mal auf, so verärgert schien sie zu sein und erwiderte: «Wundert dich das? Oder hast du etwa schlafen können?» Die kleinere runzelte die Stirn, aha, daher wehte der Wind … und so sagte sie: «Nicht besser als gestern … na los, sag schon, was machst du da?» Die Grosse schnitt verbissen riesige wie kleinere Zacken in ein gefaltetes Stück Zeitung. Beinahe zornig sagte sie: «Sieht man das nicht! Santa wird sich heute noch einiges mehr über seine Stiefel wundern, das sag ich dir! In der Scheune steht eine weisse Spraydose, würdest du mir diese bitte holen?» Mit fragendem Blick, doch ohne einen Laut von sich zu geben, kroch das zarte Graugeschöpf leise unter dem Bett hervor und schlich auf seinen winzigen Füsschen in die Scheune. Als es zurückkehrte, sah es gerade, wie sein Freund das dünne Papier entfaltete und grössere wie kleine, ausgeschnittene Sterne preisgab. «So, und jetzt», sagte dieser, «halte bitte die Zeitung über die Stiefel von Santa Claus, damit ich die Sterne sprayen kann!» Fassungslos starrte die kleine Maus die grössere an. «Du willst doch nicht etwa … nein, also das kannst du dem Santa nun wirklich nicht antun!» «Warum denn nicht! Wer hat denn angefangen mit dem Ganzen oder hab ich dich etwa gestern an deinem Vorhaben gehindert? Na los, mach schon!» Nach wenigen Minuten betrachteten die beiden ihr neuestes Werk! «Und wie findest dus?» Die kleinere der beiden neigte abwiegend ihr Köpfchen zur Seite und meinte vorsichtig: «Na ja, wie ein weisser Sternenhimmel auf pechschwarzem Hintergrund!» «Hhmm … ziemlich treffend würde ich sagen!» entgegnete die grössere bestätigend. Beide blickten sich schelmisch an und konnten sich ihres listigen Kicherns kaum erwehren.

Heute war Santa etwas später dran als gestern, als ob er mehr Schlaf benötigt hätte, doch als er bereits fertig gekleidet in seine

Stiefel steigen wollte, traf in beinah der Schlag. «Was ums Himmels Willen … wie kommen die Sterne denn auf meine Stiefel? Ich kann doch unmöglich so vor all die Kinder hinstehen, und die Eltern erst!» Doch es blieb ihm gar nichts anderes übrig, es waren seine einzigen und die Zeit eilte, eigentlich hätte er längst unterwegs sein sollen.

Wie er endlich vor der Schar Kinder stand, bemerkte eines zu ihm: «Du trägst aber ganz spezielle Stiefel, Santa?!» Der heilige Mann zuerst verlegen über die direkte Anrede des Jungen, räusperte sich dann und meinte etwas verunsichert: «Ja … nicht wahr? Ganz spezielle, genau wie du sagst, solche Stiefel trägt nicht jeder Santa, hhmm?!» «Nein, wirklich nicht», meinte der aufgeweckte Junge, «eigentlich sehen die noch echt cool aus!» «Cool, so, sagt man dem so!» Santa, der sich nicht sicher war, ob er die Bedeutung dieses Wortes richtig verstanden hatte, lächelte verlegen, drückte dem Jungen ein Geschenk in die Hand und wandte sich an ein Mädchen neben ihm. «Und du meine Kleine, findest du meine Stiefel auch cool?» Das kleine Mädchen schaute ihn mit grossen ungläubigen Augen an und antwortete mit zartbesaiteter Stimme: «Hhmm, ich hätte die Sterne allerdings rot besprayt Santa, dann würden sie zu den Schnürsenkeln passen, wäre noch etwas schöner gewesen …» «Hhmm», meinte der alte Mann nachdenklich, musterte das Kind kopfnickend und stimmte ihm zu: «Ich werd es mir merken für nächste Weihnachten», hauchte er dem klugen Mädchen ins Ohr … er konnte ja nicht gut sagen, dass es nicht seine Idee war, im Gegenteil, er hätte nur zu gerne gewusst, wer dahintersteckte …

Als der Santa heute nach Hause kam, flog in einem ausholenden Schwung seine Zipfelmütze gegen den Garderobenhaken, zog er mit einem leisen Singsang seinen roten Mantel aus und als er sich zu den Stiefeln runterbückte, um diese auszuziehen, betrachtete er sie und meinte: «‹Cool› hatte der Junge gesagt, kommt doch immer drauf an, von welchem Standpunkt aus man etwas betrachtet», und stellte die beiden Stiefel zufrieden neben sein Bett. Sein knurrender Magen erinnerte ihn an seinen riesigen Bärenhunger und so stellte er sich gleich an den einfachen Herd. Nachdem er tüchtig zugeschlagen hatte und sein Bauch etwas rundlicher, fülliger erschien, fiel er mit einer bleiernen Müdigkeit in die Matratzen, wobei er ganz vergass, seine Stiefel mit Zeitungspapier auszustopfen.

Im Flüsterton hauchte die winzigere der beiden Mäuse: «Hast du gesehen, der Santa hat seine Stiefel diese Nacht nicht dicht gemacht, das ist unsere Gelegenheit auf eine ruhige Nacht, sag ich dir, kommst du mit?» Die beiden rannten, was ihre Beinchen hergaben, krabbelten in die hohen Stiefel und als Santa am Morgen erwachte, hörte er ein leises Fiepen. Erst nach längerem Suchen und intensivem Hören merkte er, dass die Laute aus seinem ledernen Schuhwerk kamen, wurde sich seines eigenen Malheurs bewusst und murmelte völlig zerknirscht in sich hinein: «Das sind sicher diese spitznasigen Viecher … was mach ich jetzt nur?!» James sass bereits im Seitenwagen seines Motorrades und bellte ungeduldig. «Ja, ja … ich komm ja gleich!» Obwohl er wusste, dass er kein Paar zweite Stiefel besass, öffnete er seinen Schrank. Da fiel sein Blick auf ein Paar grob gestrickte Hüttenfinken, mit schwarzen Ledersohlen und rot-schwarz gestreift, ein Überbleibsel seines Vorgängers. Santa gab ein unüberhörbares Seufzen von sich: «Na ja, … die sind wenigstens in der Farbe passend», seufzte noch einmal und schlüpfte schnell hinein. James bellte laut und haltlos, als er seinen Meister sah, und kaum hatte dieser auf seiner Harley Platz genommen, hört man bereits ein dunkles Brummen von Motorengeräusch um die Kurven jagen! Endlich vor den vielen Kindern stehend, schämte sich Santa dieses Jahr bereits zum dritten Mal, und als er am Abend darauf müde nach Hause kam, sich in seinen alten, ausgedienten Schaukelstuhl setzte, langsam und bedächtig über das Fell von James strich, hielt er in seiner Linken einen Wunschzettel, wie er ihn all die Jahre noch nie in Händen gehalten hatte.

«Liebes Christkind, als ich gestern vor Santa Claus stand, ihn in seinem wunderschönen, roten Mantel betrachtete und ihm meinen Wunschzettel überreichen wollte, erschrak ich doch sehr, als ich

Santa in blossen, einfach gestrickten Finken vor mir stehen sah. Langsam begann ich meine Notiz mit all den aufgelisteten Wünschen in meiner Hand zu zerknüllen, ging schweren Herzens nach Hause und schrieb einen neuen. Santa Claus ist wirklich ein grossmütiger Mann, um all die Wünsche seiner Kinder zu erfüllen, leistet er sich selber scheinbar keine neuen Stiefel. Ich verzichte dieses Jahr auf mein eigenes Geschenk und wünsche mir ein Paar neue Stiefel für Santa Claus.» Santa starrte ungläubig auf die Zeilen, welche er in seinen nicht mehr ganz jungen Händen hielt. Das war eindeutig zu viel dieses Jahr. Zuerst die immer aufs Neue verwandelten Stiefel, deren Verwandlung unergründlich erschien und damit für ihn einhergehende Demütigungen und nun eine direkte Konfrontation mit dem Schreiben eines Kinderwunsches, welches zugunsten von ihm, Santa, auf die Erfüllung seiner eigenen Sehnsüchte verzichtete … und ehe er sich's versah, kullerten ihm riesige Tränenperlen seine Wangen herunter. James begann zu winseln und leckte sie ihm eifrig von den rot angehauchten Wangen. «Hör schon auf, James», stiess die rührende Anhänglichkeit seines Gehilfen sanft von sich, kraxelte aus seinem Lehnstuhl, schritt an den Trog in seiner bescheidenen Küche und schüttete sich tüchtig mehrere Handvoll Wasser ins Gesicht. «Heute ist Weihnachten, da wird doch wohl kaum geflennt, oder?!» Sagte Santa mit forscher Stimme, mehr zu sich selber denn zu seinem vierbeinigen Freund. «Komm James, lass uns ein paar Runden im Wald drehen».

Bereits begannen sich triste Schatten an der kleinen Holzhütte des Santas abzuzeichnen. Es schien, als würde es heute schneller eindunkeln, als die beiden von ihrem weihnächtlichen Spaziergang nach Hause kamen, auch hatte die Kälte massiv zugenommen. Wie sie zur Haustüre schritten, schien irgendetwas den Eingang zu versperren. Seine Augen weiteten sich, vor dem Türeingang bot sich ihm vorerst ein nicht zu erkennendes Bild, welches sich jedoch immer deutlicher abzuzeichnen begann, an Umriss und Schärfe zunahm, je näher er hintrat. Kaum fassbar, standen wunderschöne, schwarze hohe Lederstiefel auf dem grauen Teppich. In Erinnerung an seine alten, abgenutzten und ausgedienten, hatte er bereits vergessen, wie gut genähtes Lederschuhwerk aussehen konnte und staunte mächtig über das perfekte Handwerk. Das Paar Stiefel roch herrlich nach frisch eingewachstem Leder, sogar die Schuhriemen waren schwarz, und von einer Festigkeit, sodass sie beim Binden nicht so schnell reissen würden, wobei er leise in sich hineinlächelte. Nicht nur deren Aussehen betrachtete Santa bewundernd, sondern vor allem auch über deren Inhalt war er nicht weniger erstaunt. Denn die Stiefel waren bis zum obersten Rand gefüllt mit verpackter, feinster süsser Schokolade. James war ebenfalls näher getreten und beschnupperte vorsichtig den neuen Gegenstand. Voller Freude erwiderte Santa: «Das ist für einmal nicht für dich James, so wie's aussieht, war das Christkind persönlich hier. Komm, lass uns reingehen und feiern!»

Kaum drinnen in der behaglich warmen Stube, vernahm Santa ein feines, kaum vernehmbares Fiepen. Nur, dass es diesmal noch zarter und etwas lauter erschien. Da sah er auch schon drei kleine Mäuschen, gefolgt von zwei grösseren, ungelenkig aus seinen wunderlichen, schwarz-roten Stiefeln herauskraxeln, schüchtern um sich schauen und zaghaft über den alten Holzboden kriechen. James neben ihm hockend, schaute zu Santa hoch und winselte. «Na, wer hätte dies gedacht, dass meine listigen Untermieter ein Mäusepärchen ist», meinte Santa leise zu ihm, kraulte seine langen Fellohren, holte aus der Küchennische eine Handvoll Nüsse und streute diese vor die vielen kleinen Füsschen und neugierig schnuppernden Nasen. Setzte sich zufrieden in seinen Lehnstuhl und betrachtete zusammen mit James, in seine starken Armen gekuschelt, die winzige Mäuseschar. Nie im Leben wäre ihm in den Sinn gekommen, diese wegzuscheuchen oder aus seiner warmen Holzhütte in die frostige Kälte der angrenzenden Scheune zu vergraulen, denn schliesslich verdankte er diesen kleinen Tierchen seine nagelneuen, glänzend polierten, perfekten Santastiefel.

Nächstes Jahr bräuchte er sich weder ob seinem wunderlichen Schuhwerk zu schämen noch nach passenden Schuhriemen zu suchen noch diese mit roten Sternen zu besprayen, nein, bestimmt nicht. Auch gäbe es keine erstaunten, grossen, verdutzt dreinblickenden Kinderaugen, welche ihn über das Aussehen seiner seltsamen Stiefel mit fragenden Blicken bedachten. Die Kinder würden ihn bewundern, so wie immer, und dies von Kopf bis Fuss. Zusammen mit James schaute er in die Flammen des brutzelnden Kaminfeuers, wobei sein bewundernder Blick immer wieder zu den daneben stehenden, neuen, prächtigen Schuhen schweifte und die heissen Gluten des Feuers einen rötlich schimmernden Glanz auf dem schwarzen Leder spiegelten …

ZWEI KERZEN
FÜR DAS KALTE HERZ
DER EINSAMEN GRÄFIN

In leicht geduckter Haltung griff Mara nach dem letzten Wäsche-korb, in welchem sorgfältig die gebügelten Kleider, Bett- und Tisch-wäsche der gealterten, angeschlagenen Gräfin lagen, um sie in den oberen Zimmern zu verstauen, der letzte Korb für dieses Jahr. Sie erhob sich mit einem leisen Seufzer, stützte ihre Hand ins schmer-zende Kreuz und schaute durch die mit kristallinem Reif angehauch-ten, sonst nackten Scheiben bis zum schmiedeisernen Tor. Hier begannen sich unter der vorzeitig hereinbrechenden Abenddämme-rung erste lockere Schneeflocken ins Eisengeflecht zu setzen und, von Weitem betrachtet, sich ein wunderschönes weisses Ornament zu zeichnen.

Weihnachten, endlich, wie hatte sie sich diese Tage herbeigesehnt. Für einmal zu Hause sein zu dürfen, nicht frühmorgens in unchrist-licher Zeit bereits nach draussen in die Kälte zu eilen, um rechtzei-tig ihren Dienst auf dem hiesigen, stattlichen Gut anzutreten. Sechs Tage die Woche arbeitete sie unermüdlich auf dem mächtigen Land-sitz, sorgte für Ordnung, Sauberkeit und ein frisch gepflegtes Er-scheinungsbild der Wohnräume, auf dem grossen Gutshof, unweit der Stadt, in welcher sie selber ein bescheidenes Zuhause hatte und ihre kranke, bettlägrige Mutter pflegte.

«Mara, wo sind Sie denn, ich brauche Sie hier oben!» «Ja, ich komme …», mit einem tiefen Atemzug drehte sich Mara müde und ausgelaugt weg vom Fenster und wurde durch den herrschenden Tonfall der Worte ihrer immerzu mürrischen Vorgesetzten ungnädig aus ihren Gedanken gerissen. Oben im weitläufigen Speisesalon angelangt, erwartete sie ein missbilligender, strafender Blick ihrer Herrin: «Ich würde gern noch eine zusätzliche Tasse Tee trinken, Sie haben zu wenig Wasser aufgesetzt! Ach ja, … und wenn Sie die Wäsche versorgt haben, wären da noch ein paar Besorgungen zu erledigen. Ich muss über Weihnachten ohne Sie auskommen, was für eine Zumutung, eine ältere Dame über Weihnachten einfach so allein zu lassen, aber nun denn, Sie haben ja noch Ihre Mutter zu pflegen, ich versteh schon …» Mara, welcher solche leidigen, nervenaufreibenden Unterhaltungen und versteckten Andeutungen von stillen Vorwürfen längst zuwider waren, unterbrach die völlig unfairen und gedankenlosen Äusserungen ihrer Vorgesetzten, bevor diese ihr mit lautem Gezeter und ewigem Gejammer die Freude über die bevorstehenden Weihnachtstage trüben konnte. «Was haben Sie denn noch so Wichtiges an Heiligabend zu erledigen? Die Geschäfte schliessen bereits in einer Stunde …» «Eingekauft ist alles, das haben Sie ja bereits gestern getan. Nein, es sind noch einige Botengänge zu tätigen, für Freunde und Bekannte, Sie wissen schon und weil Sie morgen nicht da sind, müssen diese heute noch raus», und deutet mit unwirscher Kopfbewegung, als ob sie sich einer leidigen Last entledigen wollte, in Richtung des antiken Sekretärs, wo sich papierne Umschläge in Silbergrau stapelten und daneben fünf kleinere Pakete türmten. Fassungslos lag Maras Blick auf dem Gesicht der Alten, bis sie sämtliche Schachteln und Briefe an die besagten Adressen in der Kleinstadt vorbeigebracht hätte, würde es bereits später Abend sein. Wie konnte sie nur, das bei dieser unbarmherzigen Kälte, dazu noch an Heiligabend, wo sie sich insgeheim erhofft hatte, wenigstens heute etwas früher gehen zu dürfen. Mit einem stummen Blick zur alten Dame nahm sie deren leicht angehobene Kinnhaltung wahr und einen nicht zu verkennenden süffisanten, von Befriedigung erfüllten Zug um ihre Mundwinkel, wobei sie Mara nicht des geringsten Blickes würdigte. Als diese immer noch schwieg, zu betroffen über die masslose, von strotzender Arroganz und Hochmut gezeichnete Haltung sich nur wundern konnte und sich nicht rührte, äusserte die Gräfin: «… ist noch was? Wenn Sie noch lange rumstehen und sich nicht bald auf den Weg machen, sind weder all die Briefe noch die bereitgestellten Geschenke rechtzeitig bei den Empfängern, also los, machen Sie schon! Und dass Sie mir am Montag in einer Woche ja pünktlich erscheinen, ich habe etliche Gäste zu Silvester, es steht eine Menge Arbeit an …» Kein «Schönes Weihnachten» und «Danke» für das vergangene Jahr, keine Weihnachtskarte, eine angemessene Geste der Dankbarkeit oder der Wertschätzung für all ihr Abrackern, die körperlich harte Knochenarbeit, die vielen mühseligen Überstunden und zusätzlichen grossen wie kleineren Gefälligkeiten, nichts, gar nichts. Mara schluckte gerade noch rechtzeitig eine bitter enttäuschte, voll des innern Grolles verlautete Äusserung, bevor sie den Raum verliess, in den oberen Zimmern die saubere Wäsche in jedes dafür vorgesehene Fach verräumte und sich anschliessend auf den unerfreulichen Weg für die letzten Botengänge machte.

Der anhaltend fallende Neuschnee hatte an Dichte stark zugenommen, wirbelte leise tanzend um Maras Wangen, als diese auf den steinernen Stufen der Haustreppe stehend einen letzten Blick hinauf zu den hohen, schmalen Fenstern des Salons warf und sich den Tag herbeisehnte, wo sie auf diesen Arbeitsplatz verzichten konnte. Im selben Augenblick glaubte sie, einen schwachen, kaum merklichen Schatten hinter dem einen Vorhang zu erkennen und dann gleich wieder entschwinden. «… alte Hexe», dachte Mara zerknirscht, klammerte vor Kälte schlotternd die dick zugeschnürten Pakete fester an sich und schritt durch das weisse, schneebedeckte Tor.

Einen Teil der Briefe sowie Pakete hatte Mara bereits an den beschrifteten Adressen abgegeben, es waren meist Gutbetuchte, Menschen der oberen, reich begüterten Schicht, ihrer Vorgesetzten gleich, wovon ihr einige durch Besuche bei festlichen Einladungen und kulturellen Feierlichkeiten aus der Vergangenheit im Haus der Gutsherrin bekannt waren. Es schien ihr, als ob die Alte sie absichtlich von einer Ecke zur andern in der Stadt geschickt hätte, die noblen Villenquartiere auf der einen Seite des alten, steinigen Wehrturmes, bis zu denjenigen, welche gegenüber hinter dem alten, verschlungenen Schlossgraben sich befanden. Sich in einer weit angelegten, parkähnlichen Fläche und wunderbaren Gärten entfalteten, dementsprechend gross waren die Distanzen zwischen den einzelnen, wohlhabenden Anwesen.

Denjenigen Brief, welchen sie jedoch nun in Händen hielt, dessen Anschrift war ihr sehr wohl bekannt. Es war ein langjähriger Freund des vor Jahren verstorbenen Mannes der verwitweten Gräfin, welcher bereits in der dritten Generation auf dem Landgut die wundervollen Gärten und endlosen Hecken um das erhabene Gebäude bestellte und einige Jahre jünger war als sein verstorbener Herr. Lukas war der noblen Gräfin jederzeit ein willkommener Gast im Haus, selbst dann, als ihr Mann längst nicht mehr unter ihnen weilte. Mara beschlich denn des Öfteren das Gefühl, dass die Gräfin mehr als nur Freundschaft zu dem stillen Gärtner hinzog, eine heimlich verborgene Liebschaft, obschon diese nie wirklich gelebt denn vonseiten des stillen Bewunderten je erwidert worden wäre. Nein, dazu war Mara der ruhige, jedoch stark ausgeprägte solide, wahrhaftige Charakter des Landschaftsarchitekten zu oft in der Küche des Anwesens bei einer starken Tasse Kaffee oder im Garten selbst beim Wäschehängen begegnet, wo sie erkannte, dass Lukas niemals in eine Liaison mit der Gutsherrin eingewilligt hätte. Er verhielt sich ihr gegenüber freundlich, jedoch diskret, zurückhaltend, und Einladungen lehnte er wenn immer möglich ab. Ausserdem hatte sie mit ihrem zarten Empfinden gespürt, dass die Gefühle Lukas' sich eher zu ihr, Mara, hinwendeten, denn allzu oft spürte sie dessen ruhigen Blick in stiller Liebe an ihrer schlanken, grazilen Gestalt oder während eines unverhofften Gesprächs in ihren eigenen Augen ruhen.

Obwohl sie wusste, wo Lukas' Zuhause war, hatte nie Grund bestanden, dieses aufzusuchen, und wie Mara nun so unerwartet vor dessen Tür stand, äusserlich völlig durchfroren und ermattet von all den späten, beschwerlichen Botengängen, überkam sie innerlich ein Gefühl von Wärme, jedoch auch plötzlicher Unsicherheit. Den Brief für Lukas in den Händen haltend, klopfte sie nach leichtem Zögern und nahm erst jetzt den mit dünnem Reisig gebundenen Kranz an der Tür war. Wie hübsch dieser aussah, einfach und schlicht mit breitem, dunkelblauen Taftband umschlungen. Da öffnete sich die Tür und Lukas stand vor ihr, zuerst stumm einander betrachtend, hielt Mara ihm den Brief hin: «Von der Herrin, sie lässt dir schöne Weihnachten ausrichten.» Etwas überrumpelt über den gänzlich un-verhofften Besuch, meinte Lukas: «Mara … Du hier? Komm rein, du siehst ja ganz durchfroren aus!» «Nein, nein … ich sollte längst zu Hause sein und ich …» «Du willst jetzt noch zu Fuss nach Hause? Das geht doch nicht Mara, schau dir das Wetter an … und es wird noch mehr Schnee fallen! Ich hole den Wagen und fahre dich heim …». Kaum hatte Lukas die Worte ausgesprochen, sank Mara plötz-lich völlig erschöpft in sich zusammen, Lukas konnte sie gerade noch rechtzeitig auffangen. Er zog die Tür hinter sich ins Schloss und hob Mara auf das Sofa, deckte sie mit Wolldecken zu und holte aus dem Ofen zwei gewärmte Stück Stoffkissen, gefüllt mit Kir-schensteinen, wo er das eine unter ihre kalten Füsse schob und das zweite auf die Vorderseite ihres Körpers bettete. Ihr Bewusstsein fand sie erst anderntags wieder, als sie aus tiefster Erschöpfung am Weihnachtsmorgen erwachte. Lukas sass mit einer Tasse Tee auf der gegenüberliegenden Seite in einem Lehnstuhl. «Guten Morgen Mara, fühlst du dich etwas besser?» Mara fuhr sich mit den Hän-den übers Gesicht, dann durchs Haar, als ob sie dies etwas zurecht-legen wollte, blinzelte und sagte dann völlig erschreckt: «Mutter, oh Gott, ich muss eiligst zu Mutter …» Hastig schälte sie sich aus der Wärme der Decke, zog sich eiligst Mantel und Schuhe über, welche Lukas am Vorabend neben das Sofa gestellt hatte und wollte sich schon von ihm verabschieden, als dieser ihr schnell entgegnete: «Ich fahr dich hin, komm!»

«Wie schön, dass du doch noch gekommen bist, ich habe auf dich gewartet …» Es war nur noch ein letzter Hauch von leisem Flüstern, welcher Maras Mutter über die Lippen brachte. Selber lag sie elend und geschwächt, ausgezehrt in den Laken. Das bösartige Geschwür hatte sie die letzten Tage gänzlich ausgehungert, völlig ihrer Kräfte beraubt und sie in einem knochenartigen Gerippe ans Bett gefesselt, wo sie kaum noch fähig war aufzustehen. Als schien nicht nur eine Nacht, sondern mehrere Tage seit gestern Morgen vergangen zu sein, seit sie das Haus verlassen hatte, kniete Mara neben der armen Kranken nieder, strich ihr mit dem Handrücken über die Wangen und hielt zärtlich ihre Hand. «Ich sehe, du bist nicht allein, wenn ich dich zurücklasse, dann kann ich beruhigt einschlafen und mich dem Himmel übergeben … dies ist mein schönstes Weihnachtsfest», wobei sie erleichtert aufatmete und noch mehr in den Kissen zu versinken schien. Von leisen Tränen und einem leidvollen Schluchzen geschüttelt, spürte Mara, wie die warme Hand von Lukas sich mitfühlend in die ihre legte, er Mara sachte zu sich herumdrehte und sie behutsam in die Arme schloss …

Noch über die Festtage setzte sie ein fristloses Kündigungsschreiben an die Gutsherrin auf, dass sie ihre ewigen, völlig unangebrachten Demütigungen leid wäre und sich das Recht herausnehme, in Anbetracht all der unbezahlten Überstunden auf die Einhaltung einer Frist zu verzichten, da diese eigentlich längst abgearbeitet sei. Mehr noch, sie besser längst schon hätte gehen sollen, da ihr nie auch nur ein Wort des Dankes, eine echte Wertschätzung oder eine freundliche Geste von ihrer Seite widerfahren sei und sie in Zukunft darauf verzichte, für solche Menschen wie ihresgleichen weiter zu arbeiten.

Lukas seinerseits hatte bereits zwei Monate vor Mara auf Ende des Jahres gekündigt und der Brief, welcher Mara ihm zu Weihnachten von seiner Vorgesetzten überbrachte, waren denn nicht eigentlich ausgesprochene Wünsche zu den Feiertagen, sondern eine letzte Bitte, ihn doch noch zum Bleiben zu verpflichten, was Lukas jedoch mit kurzer Antwort und der Erwähnung im Anschluss und mit Beginn des neuen Jahres, sich selbständig zu machen, strikte ablehnte. Ausserdem hatte er mehr als ein Mal mitbekommen, in was für einem herrschenden Ton die Gutsbesitzerin mit Mara umging, was er nicht länger dulden konnte. Nach dem gemeinsam erlebten Tod von Maras Mutter holte er die junge Frau zu sich, was er längst schon hätte tun sollen. So kam es, dass ein Jahr danach am Weihnachtsmorgen Mara voller Schmerzen in den Wehen lag und wenig später einen gesunden, hübschen Jungen zur Welt brachte, wo sie sich an die Worte ihrer Mutter erinnerte: «Dies ist mein schönstes Weihnachtsfest!»

In den gefüllten Kaffeehallen der süssen Konditoreien der Stadt wie den umliegenden Gasthäusern war es ein offenes Geheimnis, dass die alte Gräfin sich kaum noch Bedienstete halten konnte. Nicht, wie man unter diesem leidigen Geschwätz hätte annehmen sollen, aus finanziellen Gründen, sondern weil es ihr niemand recht machen konnte, sie die Würde der Menschen mit Füssen trat und noch so beflissene Haushälterinnen nach kürzester Zeit das Gutshaus wieder verliessen und sich anderweitig in Stellung begaben.

Schneller als unter diesen Umständen erwartet, verfiel das Anwesen äusserlich zu einem völlig verwilderten, zur Verwahrlosung geratenem Irrgarten. Hecken und Buchsbaum wurden längst nicht mehr geschnitten, Fliederbäume, Azaleen und Rosensträucher wucherten wild durcheinander, in einem Wirrwarr von Geflecht aus dornigem, krummem Gehölz wie erstickten Blättern. Die mit Kieselsteinen bedeckten Wege waren kaum noch zu erkennen, Unkraut wucherte ins Uferlose, begrünte die schmalen, früher begehbaren Pfade, sodass diese bald einmal von den angrenzenden Wiesenflächen nicht mehr zu unterscheiden waren. Das früher so stattliche Gut nahm immer mehr Gestalt und Charakter eines düsteren, verkommenen Burgverlieses an, welches nicht nur in seinem äusserlichen Erscheinungsbild an seiner Fassade massiv zu bröckeln begann, sondern scheinbar auch im Innern des Gebäudes da und dort so manch tüchtige Hand nötig gewesen wäre, wie ein junger, redseliger Bauer, der die Gräfin ab und zu mit Essbarem belieferte, in den Wirtshäusern verlauten liess. Auf die Frage, wie denn die ältliche Gräfin selbst noch zurechtkäme, ob diese noch einigermassen bei Gesundheit sei, meinte der Jüngling nur, er könnte darüber nichts berichten, denn er würde das Gemüse in der Küche bereitstellen, wo ein paar Münzen für ihn lägen, und die Gräfin selbst nicht zu Gesicht bekommen.

Und obwohl scheinbar seit all dieser Zeit niemand mehr in dem Haus war, nahmen die Gerüchte um den früher noblen Hof des Grafenehepaares immer kuriosere Dimensionen an. Verstummten weder unüberlegt geäusserte Vermutungen noch scheinbar auffällige Verdachtsmomente, wo Einheimische der Stadt dies oder jenes gesehen oder gehört haben wollten und sich am Ende ein Gespinst aus eventuellen Möglichkeiten zu unglaublichen wie unheilvollen Lügengebilden flochten. Wo die einen der Ansicht waren, die Gräfin sei längst an ihrem eigenen lieblosen wie gehässigen Verhalten erkrankt und verstorben, waren die andern zur Überzeugung gelangt, sie würde des Nachts in weissem wehendem Gewand mit einem entzündeten Kronleuchter durch all die zahlreichen Zimmer im Schloss spuken und erst zur Ruhe kommen, wenn sie tatsächlich dem Tod die Hand gereicht hätte. Kurz, die frühere Herrlichkeit des mächtigen Gutsbesitzes wurde zu einem bedrohlich düsteren Geisterschloss gewandelt, um welche sich eine unheimliche Mystik zu weben begann, einer Sage ähnlich, dass selbst Fremde, die sich auch nur für ein paar Tage in der Stadt aufhielten, es bevorzugten, einen weiten Bogen um das zur Einsamkeit verkommene Anwesen zu ziehen.

Jahre vergingen, und so wusste niemand wirklich, wie es um das bittere Dasein der Gräfin stand, ob sie denn überhaupt noch am Leben oder zwischenzeitlich längst verstorben war. Befragte man den Priester in der Stadt, so hüllte sich dieser in stumme Unwissenheit und hielt sich eisern an seine ihm auferlegte, einzuhaltende Schweigepflicht als Geistlicher.

Nein, von ihm konnte niemand erwarten, dass im Falle er nur die leiseste Ahnung gehabt hätte, auch nur das Geringste verlauten liesse. Ein Priester war in seiner Unantastbarkeit geschützt, selbst dann, wenn man mit einer Vermutung der Wahrheit näher läge als umgekehrt. Seltsam war nur, was einige Jahre später zu Tage kam und die Frage aufwarf, ob der damalige Diener Gottes in jener Stadt zu der mysteriösen Zeit um das Leben der Gräfin auf dem Landsitz nicht doch über einiges mehr Kenntnis verfügt hatte …

Denn als Lukas und Mara, eingehüllt in dicke Wintermäntel und beide einen wollenen Schal um sich geschlungen, die kalten Hände tief in ihren Taschen verstaut ein weiteres Mal am 25. Dezember in stiller Versunkenheit am Grab ihrer Mutter standen, machten sie, als sie sich bereits auf den Heimweg begaben, eine erstaunliche Entdeckung. Weisse Rosen und Knospen von noch geschlossenen Hortensienblüten zierten das kleine Beet am Grab der Mutter. Bis die Blüten im Frühling sich zu öffnen begännen, würde sich das gepflanzte Efeu um das einfache Holzkreuz ranken, genau so, wie Mutter es sich gewünscht hätte. Nils, ihr mittlerweile achtjähriger Sohn, stand zwischen ihnen. «Kann ich jetzt die Kerze für Grossmutters Grab entzünden?», und blickte fragend von der Mutter zum Vater. «Hier sind Streichhölzer», sagte Mara, wobei sie ihm eine kleine Schachtel hinhielt. Nach einigen Schweige- und Gedenkminuten traten sie den Heimweg durch die weiter vorn liegenden Gräber an.

Nils bemerkte, dass diese Ruhestätten um einiges nobler anzusehen waren als diejenige seiner Grossmutter. Nicht nur mit einem einfachen Holzkreuz versehen, sondern einem gemeisselten massiven Grabstein, mit berankten Ornamenten oder schwungvollen Schriftzügen, in Marmor oder Sandstein gehauen. Mara sagte leise: «Hier ruhen die etwas besser begüterten Menschen, solche, die entweder das Glück hatten, in eine reiche Familie hineingeboren zu werden, oder jene, welche durch eine vorteilhafte Heirat oder geschickten Handel zu Reichtum kamen.» «… und was ist denn mit diesem Grab hier?», fragte Nils. «So, wie das aussieht, würde es eigentlich in die hinterste Reihe der Ärmsten gehören, oder nicht?» Mara bückte sich und besah sich das triste Grab genauer. Die verlassene Ruhestatt bot ein einziges Durcheinander von unansehnlichen Bodenkletten, nutzlosem Gestrüpp, Unkraut und elendem Wildwuchs. Einen kleinen Zweig von Efeu konnte sie in der vorderen Mitte des Grabbeetes ausmachen, ansonsten war nirgends eine einzige Blütenknospe zu erkennen. Verwahrloste Traurigkeit sprach aus dem einsam, vernachlässigten Grab und hob sich bedauernswürdig von all den beidseitig links wie rechts liegenden, stilvoll gepflegten Gräbern ab. Niemand, nicht einmal der Friedhofsgärtner, schien sich um diese Grabesstätte zu kümmern.

Nach einem flachen, schieferartigen Stein greifend, begann Mara an einer Stelle vorderseitig des Grabsteins vorsichtig das angesetzte Moos wegzuschieben. Als sie bedächtig zurücktrat, um das Freigelegte zu entziffern, fing sie Lukas' Blick auf, welcher bereits aufmerksam abwartend in ihren Augen verweilte und als Mara sich die Inschrift besah, kannte sie den Grund. Doch Nils kam ihr zuvor und las laut und langsam die in den Stein gemeisselten Worte: «Möge diese Seele ruhen in Frieden …» Es war weder ein Name zu erkennen noch irgendein Geburts- und Todesdatum waren vermerkt. Dies konnte nicht wirklich alles sein, so beerdigt man keinen Menschen und dann noch hier unter all denjenigen, welche der oberen, besser gestellten Schicht angehörten?! Ihr untrügliches Gefühl gab ihr mehr als Recht, als sie ganz nahe an der Erde, unter einer hölzern, verzweigten Klette im Beet des Grabsteins noch etwas erkannte, gerade so, als ob es für niemandes Augen jemals hätte bestimmt sein sollen. An dem gewundenen Ast ziehend, schürfte sie die gröberen, feuchten Erdschollen zur Seite, grub noch etwas tiefer und legte ein auffallend bemerkenswertes Symbol frei. Die Luft tief einatmend, bevor sie sich erhob, sagte Mara mit leiser Stimme: «Die Gräfin … dies ist das Wappen der Grafenfamilie». Nachdem sich auch Lukas davon überzeugt hatte, denn als langjähriger Gärtner des Gutes war ihm dieses seit jeher vertraut, schaute Nils seine Mutter ungläubig an und nachdenklich meinte er: «… dies muss aber eine ganz arme, völlig mittellose Gräfin gewesen sein, viel ärmer als Grossmutter es je gewesen ist!» Mara schaute zu Nils, verharrte eine ganze Weile in dessen Antlitz und erwiderte schliesslich: «Ja, das war sie, um einiges ärmer als Grossmutter, denn sie war arm in ihrem Herzen!»

Nils nahm die leisen, jedoch ernst geäusserten Worte seiner Mutter zur Kenntnis und wagte nicht, noch eine weitere Frage zu stellen. Bevor sie weitergingen, meinte er jedoch in derselben Betroffenheit: «Wenn die Gräfin so arm in ihrem Herzen war, dann sollten wir eine Kerze für sie entzünden, oder besser zwei, was meinst du, Mutter?» Mara schaute Nils in die Augen, schwieg nachdenklich und nickte dann zustimmend. «Wie recht du hast», erwiderte sie, strich mit ihrer Hand über das feine, kurz geschnittene Haar ihres Sohnes und spürte, noch bevor Nils die beiden Kerzen entzündet hatte, wie ihr Mann Lukas leise zu ihr hintrat und behutsam einen Arm um ihre schmalen Schultern legte.

WEIHNACHTSWUNSCH: GUT SITUIERTER HANDWERKLICHER ER SUCHT EINFÜHLSAME LIEBENSWÜRDIGE SIE

Es waren in der Tat nebelverhangene Schleiergebilde, welche sich Susanne zeigten, kein undeutliches Trugbild, der Herbst liess sich nicht mehr verleugnen, unverkennbar hinterliess er jeden Tag immer mehr seine deutlich sichtbaren Spuren. Ausgehauchter Atem, der sich in der kalten Luft weiss zeigte, ein erstes, kühles Frösteln an den Armen, wo man gerne eine Jacke überzog und sich in Wärme hüllte.

Über die glänzend glitzernden Tautropfen auf den frostigen Blättern des Haselnussstrauches hinweg liess Susanne erneut ihren Blick in die Weite des Feldes schweifen, betrachtete das vor ihr feinzarte Nebelfeld, hauchdünn, durchsichtig, sich sachte verändernd, auflösend an Dichte verlierend, um sich anderweitig neu zu formen und Gestalt anzunehmen. Sie schien zu versinken in dem zarten Schauspiel, sich selbstvergessen darin zu verlieren und der Zeit völlig zu entschwinden.

«Ah, hier bist du?» Susanne fuhr sichtlich erschrocken abrupt zusammen und drehte sich um. Sie löste sich aus ihrer bequemen, angelehnten Haltung am rissig, lädierten Lattenzaun, lächelte leicht verwirrt und ging dann langsam auf ihre Freundin zu. «Hier bin ich, ja … ich liebe diesen Anblick in den frühen Morgenstunden, das langsam sachte Heraufziehen des Nebels, sich verändern und neu formen, es ist immer wieder faszinierend. Eine wundervolle Jahreszeit, den Herbst in all seinen Facetten, wie das Aus- und Einatmen zwischen zwei Jahreszeiten. Das Beendigen des Sommers und der Winter ist noch nicht angebrochen, fern. Die erste kühle Brise, die verstärkten Windböen, eine bunte Farbpalette von rauschend fallenden Blättern sowie den weissgräulichen Nebelschwaden, die über Wiesengras gleichsam dunstartig dahinschweben.»

Ihre Freundin Michelle betrachtete sie eingehend. «Nun werd mal nicht poetisch, Susanne, oder erkenne ich da eine leichte Wehmut in deinen Worten und einen Hauch von Augenschimmern?!» Susanne, als ob sie sich ertappt fühlte, wehrte ab. «Ach wo, komm, lass uns reingehen, Kaffee trinken und tüchtig frühstücken, ich hab mächtig Hunger, war ziemlich früh schon auf den Beinen und hab noch nichts zu mir genommen.» In der geschmackvoll eingerichteten Küche hatte Michelle bereits alles für eine kräftige Morgenmahlzeit angerichtet und zubereitet, ein verlockend gedeckter Tisch lud zum Essen ein. «Danke Michelle, das ist sehr lieb!» «Ja, nicht wahr?!» Mit schelmenhaftem Lächeln biss Michelle herzhaft in ihr Brot. «Weisst du, was ich denke, Susanne? Du bist viel zu viel alleine hier draussen. Du bräuchtest etwas mehr Abwechslung, wann warst du das letzte Mal aus? Mit einem Mann, meine ich …»

Susanne wollte sich gerade einen weiteren Bissen von ihrem Croissant gönnen, als sie sich versehentlich verschluckte. «Wie bitte? Was soll das denn, Michelle?!» «Na ja, ich dachte ja nur, das mit Robin liegt doch weit zurück oder etwa nicht? Oder gab es da noch jemanden dazwischen, von dem ich nichts weiss?!» «Also wirklich, du bist absolut unmöglich, was geht dich denn mein Liebesleben an? Das mit Robin ist lange her, ja. Und ob es da jemanden dazwischen gab, wie du es nennst, geht dich gar nichts an!» Mit einem riesigen Schmollmund stopfte sie heftig und beinahe wütend das verbleibende Stück warmes Croissant in ihren Mund, kaute übermässig kräftig den letzten Bissen herunter und als sie aufblickte, direkt in die von unten sie betrachtenden, belustigten Augen ihrer Freundin, musste sie ebenfalls lächeln. «Was? Jedes Mal wenn du mich so ansiehst, führst du was im Schilde. Komm, sag ruhig, was du vorhast? Ich höre?!»

Als ob sie nur auf das eine Stichwort gewartet hätte, schoss Michelle eilig von der Bank, kramte wild in ihrer Handtasche und zog eine neuere Zeitschrift heraus. «Da …!» «Was da?» «Na die Zeitschrift …! Da drin findest du deinen nächsten Partner oder zumindest jemanden, mit dem du wieder mal ausgehen könntest!» Susanne starrte ihre Freundin fassungslos an. «Bist du jetzt völlig durchgedreht oder wie?!», wobei sie eine schnelle Wischbewegung vor ihren Augen machte. «Ganz bestimmt nicht», sagte Michelle, griff zur Zeitschrift und blätterte flink darin, bis sie die gewünschten Seiten gefunden hatte. Übereifrig zeigte sie auf die entsprechenden Textstellen. «Da schau, ER sucht SIE!» «Ja und jetzt? Hast du tatsächlich das Gefühl, ich melde mich darauf?» «Warum denn nicht?! Hier: Romantisch veranlagter, jung gebliebener Er, 45, 178 gross, dunkel und schlank, sucht ebensolche Sie, zwischen 40 und 50. Bist du ungebunden und ohne Altlasten, dann melde dich bitte mit Foto, möchte Weihnachten nicht alleine unter dem Tannenbaum feiern! Ist doch süss! Oder der da: Seriös, ansprechender, gepflegter Unternehmer, um die 50, sucht hübsche junge Lady, für kulturelle Anlässe wie Konzerte, Theater usw. Sollte sich bis Weihnachten mehr ergeben, würde ein lang gehegter Traum endlich in Erfüllung gehen. Habe Mut und melde dich. Freue mich auf deine Zuschrift mit Bild, Antwort garantiert! Na, was meinst du?!» Immer noch ruhte Susannes Blick starr auf ihrer Freundin. «Du meinst es wirklich ernst, nicht wahr?» «Natürlich … Susanne, ich bin deine Freundin, ich kann dich nicht weiter so traurig da wissen, allein in diesem einsam abgelegenen Haus. Du verkümmerst hier noch! Das ist nichts für dich, du bist 42, das ist viel zu jung, um für immer alleine hier zu bleiben. Du musst unter die Leute!» «Muss ich das? Woher weisst du, was mir gut tut? Ich sage dir auch nicht, was du zu tun oder zu lassen hast, oder?» «Nein, das tust du nicht, in Bezug auf dich nehme ich mir diese Freiheit einfach, vielleicht weil wir uns schon so lange kennen?» Susanne sah sie traurig an. «Was hat denn dies damit zu tun? Glaubst du tatsächlich, man darf sich innerhalb einer langjährigen Freundschaft mehr herausnehmen und den andern anfangen zu bevormunden?» Michelle sah Susanne nachdenklich an. «Nein, das wollte ich nicht, ich …» «Hast du aber, du nimmst dir Freiheiten heraus, die dir nicht zustehen!» Mit innerlich geknickter Haltung sass Michelle Susanne gegenüber und erhob sich plötzlich: «Ach, herrjeh … ich muss den Laden aufschliessen, hoffentlich schaff ich das noch rechtzeitig …», sie bückte sich zu Susanne herüber, drückte ihr hastig einen flüchtigen Kuss auf die rechte Wange, schnappte sich eilends die Tasche und verliess wie ein tosender Wirbelwind das Haus.

Etwas benommen blieb Susanne noch einen kurzen Moment sitzen und als sie noch eine weitere Tasse Kaffee einschenken wollte, fiel ihr Blick auf die liegengebliebene Zeitschrift von Michelle. Was für eine Verrückte, ihre Freundin, sie hatte gut reden. Obwohl ihre glückliche Ehe kinderlos geblieben war, erschien es Susanne, dass sie wohl mit einem der liebsten Männer verheiratet war, die ihr im Leben je begegnet waren. Andreas war die Güte in Person, las Michelle jeden Wunsch von den Augen ab und zu arbeiten bräuchte sie eigentlich nicht. Den kleinen Laden in der Stadt, welchen sie gemeinsam seit Jahren führten, war für Michelle denn auch mehr ein Hobby und Zeitvertreib. Für Susanne allerdings, welche viele der dekorativ begehrten Verkaufsartikel selber restaurierte und herstellte, war es weit mehr als dies. Er bot ihr eine gewisse Existenzgrundlage, welche sie sich mit viel Enthusiasmus, Leidenschaft und Herzblut sowie unter sehr viel Zeitaufwand und den restlichen finanziellen Mitteln nach der Trennung von Robin aufgebaut hatte. Ja, sie hatte sich damals hier aufs Land zurückgezogen, tief verletzt verkrochen und in die Arbeit gestürzt, nach der bitter-leidlichen Enttäuschung, als sie merkte, nicht die einzige Frau im Leben ihres Partners zu sein.

Als sie sich die zweite Tasse Kaffee eingeschenkt hatte, griff sie widerstrebend zur liegengebliebenen Zeitschrift und begann behutsam zu lesen. «Smarter Sonnyboy, fröhlich und immer gut drauf, wünscht sich zu Weihnachten eine smarte, gewiefte Weihnachtsfrau, am liebsten blondgelockt mit rehbraunen Augen, Wespentaille und Leichtgewicht, so um die 30! Fühlst du dich angesprochen, dann melde dich doch umgehend per nachfolgendem Mail, dein zukünftiges, sportliches Herzblatt, oder gar dein Santa Claus?» Ach Gott, was soll denn das?! Auf ein solches Inserat wird sich ja wohl kaum jemand melden, oder?! Einfach unmöglich!! Sie las weiter: «Handwerklich begabter, gut situierter, selbständiger Er, mit sympathischer, charakterstarker Ausstrahlung um die 47 und mit tapsigem Vierbeiner, sucht feinfühlige Sie mit zarten und kantigen, sprich selbständigen Herzseiten, zwischen 40 und 45. Solltest du schlank sein, nicht allzu gross, würde ich dich in attraktive Kleider hüllen, um gemeinsam an kulturellen Anlässen uns die Abendstunden zu verschönern. Mit Ehrlichkeit und Treue findest du bei mir einen verlässlichen Partner fürs Leben, auch dann, wenn nicht immer Höhenflüge im Alltag auf uns warten. Auf eine Antwort von liebevoller, überraschender Seite würde ich mich sehr freuen. Wer weiss, vielleicht können wir dann die Kerzen zu Weihnachten bereits gemeinsam anzünden!»

Etwas erstaunt und irritiert las Susanne den Abschnitt noch einmal, strich mit ihrer flachen Hand nachdenklich über den Mund und musste schmunzeln. «Einen tapsigen Vierbeiner hat er also, aha, dies sollte wohl ein Hund sein. Selbständige Position, lieb und charakterstark! Interesse an gesellschaftlichen Anlässen, ist treu und zuverlässig! Wers glaubt!!» Sie stand unmittelbar auf, ging in ihr Schlafzimmer und stellte sich vor den Spiegel. Schlank war sie schon immer gewesen und von der Grösse her war sie durchschnittliche 167 cm. Zartbesaitet und gleichzeitig kantig? Ihre gespürvolle Wesensart und gleichzeitig eher aussergewöhnliche Selbständigkeit für eine Frau machte es weder ihr noch ihrer Umgebung beidseitig leicht im Umgang miteinander. Sie war eher der friedliebende Typ, Harmonie und seelische Ausgeglichenheit ging ihr über alles. Jedoch konnte sie sehr wohl ihre Kanten zeigen, wenn es um Respekt und ehrliches, wahrhaftiges Verhalten ging, da kannte sie kein Pardon!

Was sollte das?! Sie machte sich wohl kaum Gedanken darüber, diesem Fremden tatsächlich zu schreiben, oder?! Das fehlte gerade noch! Riss sich vehement vom Spiegel los, verliess ihr Zimmer, räumte zügig den Tisch ab und fegte die Zeitschrift hastig zum Altpapier, als ob sie sich die Finger daran verbrennen würde. «Blöde Gefühlsduselei, eine Menge Arbeit wartet, los Susanne, du hast einige Aufträge in der Werkstatt, die bis Weihnachten erledigt sein wollen …!» Also machte sie sich an die Arbeit, die Zeitschrift mit dem beunruhigenden Inserat in der Abstellkammer im sorgfältig gestapelten Altpapier bereits vergessen.

«Na, hast du's dir nochmals überlegt?» Michelle war am andern Tag am Telefon, wie jeden Morgen, wenn sie zuvor die Tagesschicht im Laden übernommen hatte, um den neuesten Stand durchzugeben. «Was überlegt, Michelle?» «Na das mit dem Inserat? Ich hab bemerkt, dass ich die Zeitschrift bei dir hab liegenlassen, hast du nochmals reingeschaut?!» Susanne wusste nicht gleich, was sie antworten sollte und meinte: «Sie liegt auf dem Stapel des Altpapiers, kein Interesse Michelle, halte dich bitte aus meinem Liebesleben raus, ja?» Ihre Freundin seufzte: «Also gut, wenn du meinst … ?! Du, gestern war ziemlich was los hier in der Stadt, zeitweise hätte ich dich gut gebrauchen können, erst Oktober und die fragen doch tatsächlich schon nach Weihnachtsschmuck!» «Ach ja? Die Welt wird immer verrückter, und wenn wir dann welchen in den Regalen haben, will ihn keiner kaufen, es ist jedes Jahr dasselbe.» Susanne wollte schon aufhängen, als sie Michelle sagen hörte: «Ach ja, da war noch so ein ganz toller Typ im Laden, sehr sympathisch mit einem kleinen Hund, scheinbar hat er eine Schreinerei und möchte für sein Zuhause auf Weihnachten neue Vorhänge, ob du ihm diese nähen könntest.» «Mit einem Hund?» «Ja, ein ganz niedlicher, so richtig tapsig!» «Tapsig?» Dieses Wort war ihr doch erst untergekommen, auch in Zusammenhang mit einem Hund, wo war das noch gleich?! «Er hat gesagt, er würde heute wieder kommen und dich selber fragen, also mach's gut, ich mach mir heute einen schönen Tag, tschüss Susanne …» und hängte ein. Es klickte in der Leitung und Susanne hielt einen leeren Hörer in der Hand. Sie musste sich beeilen, noch schnell unter die erfrischende Dusche und dann los in die Stadt.

Nachdem Susanne in ihrer Wohn- und Geschenkboutique die neuen mitgebrachten Artikel ausgepackt, im Laden an den entsprechenden Platz gestellt und dekorativ zur Geltung gebracht hatte, durchzog würziger Kaffeeduft die Geschäftsräume. Gerade als sie das Schild an der Tür auf «open» gedreht hatte und sie sich zu einer ersten Pause hinsetzen wollte, liess hell klingendes Glockenspiel das Eintreten eines Kunden erkennen. Schlank und hochgewachsen, von mittlerer Statur stand eine nicht unattraktive, männliche Erscheinung im Raum, neben sich ein kleiner, wedelnder Vierbeiner. Noch bevor Susanne etwas sagen konnte, begrüsste der Fremde sie mit einem herzlichen Hallo. «Ich war gestern bereits hier, Ihre Kollegin sagte mir, Sie seien zuständig für Extraanfertigungen aus Ihrer Atelierwerkstatt, und wollte Sie fragen, ob Sie mir allenfalls neue Vorhänge für das Wohnzimmer und dazu passende Kissen für das Sofa nähen könnten.» «Sicher, kommen Sie, ich zeige Ihnen meine Stoffkollektion, haben Sie die nötigen Massangaben dabei? Und auf wann sollte der Auftrag denn fertig sein?» «Ich dachte, eventuell so auf Anfang Dezember, wenn dies möglich wäre?» «Dies wäre zu machen», sagte Susanne und führte ihren Kunden mit dem niedlichen Begleiter in eine etwas dahintergelegene ruhige Ecke, im Interieur ihres Ladens, wo sie eine gelungene, dezente Farbauswahl an Musterkollektion aus einem Schubladenkorpus zog und auf die blanke, gläserne Verkaufsplatte legte. «Mit kräftigen Farben kann ich Ihnen leider nicht dienen, dies ist nicht mein Stil, jedoch finden Sie hier eine reichliche Auswahl an harmonischen Farbnuancen, abgestimmt auf Ihr ganz persönliches Interieur. Sollen die Kissen und Vorhangdrapierungen in Kontrastfarben zu Ihrer übrigen Einrichtung erscheinen oder mehr im gleichen Farbton?» Ihr Kunde schaute sich die ausladende Farbharmonie staunend und gleichzeitig etwas überfordert an und meinte dann: «Wissen Sie was, vielleicht wäre es besser, wenn Sie sich vor Ort selber ein Bild machen würden, ich denke, punkto Farben hätten Sie wahrscheinlich ein besseres Gespür als ich, wäre dies möglich?» «Mach ich auch hin und wieder, nur heute und morgen würde es zeitlich nicht mehr drin liegen, da mich meine Kollegin erst gegen Wochenende wieder vertritt, wie wärs mit Freitag?» Nach Vereinbarung eines Termins und Hinterlassen der Adresse des Kunden verliess dieser das Geschäft, wobei Susanne ihren beiden Besuchern nachdenklich durch die sich bereits wieder verschliessende Tür hinterherschaute.

Na, das waren ja jetzt ein ganz sympathischer Kerl bzw. zwei ganz niedliche Kerle. Sie musste schmunzeln und sehnte sich insgeheim bereits den Freitag herbei.

Am folgenden Freitagmorgen war sie es, die Michelle telefonisch über den neuesten Stand in der Boutique zu informieren hatte, also griff sie nach dem Hörer. «Ja, er war hier, nein, er hat noch nicht bestellt und nein, er hat noch keinen Kaffee mit mir getrunken.» Genervt über die Fragen ihrer Kollegin verdrehte Susanne die Augen. «Du bist unmöglich, Michelle, hör auf, mich verkuppeln zu wollen, tu mir bitte den Gefallen, ja? Ich schaue mir den Auftrag heute Morgen persönlich bei ihm zu Hause an, nachher weiss ich mit Bestimmtheit mehr, ok?» «Ich sag dir, der wär was für dich, Susanne, der ist mir so warmherzig rübergekommen, so natürlich, ohne irgendwelche Allüren, anmassende Überheblichkeit oder dergleichen, dabei hat er selber ein Geschäft. Du Innendekorateurin und er Schreiner, eine bessere Kombination geht gar nicht. Ich an deiner Stelle würde mir den schnappen, den Auftrag hast du ja bereits zur Hälfte in der Tasche, nimm den Mann gleich dazu!» «Jetzt hör aber auf Michelle. Ich wünsch dir ein schönes Wochenende!»

Damit klinkte sie sich nicht ohne geringen Zorn wütend aus der Leitung. «Total unmöglich, diese Frau!!!»

Immer noch wutentbrannt griff sie zu Block und Bleistift, verstaute beides in ihrer Tasche, stieg in ihren dunklen Landrover und bog nach kurzer Fahrt in die Autostrasse Richtung Norden, den Weg zu ihrem neuen Kunden, ein. Dichte, undurchdringliche Nebelschwaden lagen über den geernteten Ackerfeldern, als ob sie diese zuzudecken gedachten. Susanne sog den beinahe mystischen Anblick tief in sich auf, bald würden die Wälder mit ihren herbstlich kolorierten Farben mit jenen der erdigen Felder konkurrieren und eh man sichs versah, war bereits Weihnachten.

«Guten Morgen, haben Sie den Weg leicht gefunden?» Ihr Kunde Herr Neumann stand im halbgeöffneten Eingangsbereich seiner eher älteren, jedoch sehr gepflegten Liegenschaft und reichte Susanne die Hand zur Begrüssung. «Hallo, ja, habe ich, danke.» Er führte sie herein, durch einen breiten, einladenden Gang, direkt ins Wohnzimmer. Helle Naturfarben in dezentem Steingrau, weiss und fein restaurierte Holzmöbel standen in Kontrast zu einer modernen dunklen Sofanische mit Glastisch und einem separaten, lederbezogenen, bequemen Sessel. An den Wänden hingen aufgehängte, zeitlose Schwarz-Weiss-Fotos, welche sich als hübsche, sehenswerte Galerie neben einem Schwedenofen präsentierten. «Wow, sieht richtig toll aus, Ihr Wohnzimmer, eines mit Stil, haben Sie gut hingekriegt!» «So, finden Sie, danke! Nur etwas Stoffliches fehlt noch, dies ist weniger mein Ding! Was meinen Sie, was würde an Farbkontrasten passen?» Susanne sah sich ein zweites Mal etwas genauer im Wohnzimmer um. «Nun, das kommt zum einen darauf an, in welchem Farbbereich Sie sich wohlfühlen, zum andern, welche Farbe Sie gerne mit Ihren Augen wahrnehmen und … na ja, ob Sie alleine hier wohnen oder noch auf jemand anderen Rücksicht zu nehmen haben?» «Nein, Rücksicht brauch ich auf niemanden zu nehmen, aber ein Wohnzimmer ist ja immer auch derjenige Bereich, wo als erstes Besuch empfangen wird und da darf durchaus auch ein etwas femininer Touch drin liegen, oder was meinen Sie?» «Da haben Sie durchaus recht», erwiderte Susanne, «Ihre bereits vorhandenen Farben liessen sich kombinieren mit einem zarten Rosé, einem Hauch von Lila, einem Lindengrün sowie einem blassen Lachs. Da Sie jedoch als männliche Person in erster Linie hier wohnen, würde ich Ihnen von Rosé und Lila abraten. Die gewählte Farbe muss ja auch nicht in beiden Artikeln vorkommen, sie kann auch nur bei den Kissen oder nur bei den Fensterumhüllungen erscheinen. Also ein helles Sandbraun zum Beispiel bei den Vorhängen und ein Lachs oder Lindengrün bei den Sofakissen. Lachs und sandgrau bezogene Kissen, eventuell versehen mit Damast oder Brokatmotiv auf dem dunklen Sofa, würden sich prächtig in Szene setzen und die Sitzecke optisch noch mehr aufwerten. Es wäre ein elegant gelungener Stilbruch von alt und modern sozusagen.» Herr Neuhaus nickte anerkennend: «Ich sehe schon, Sie verstehen etwas von Ihrem Handwerk. Ich glaube, wir machen dies genauso, wie Sie es eben vorgeschlagen haben. Ein dezentes, leicht blasses Lachs mit hellem Sandgrau, die endgültige Gestaltung und Ausführung überlasse ich Ihnen, wäre dies so ok für Sie?» Susanne lächelte ihn an: «Das wäre wundervoll, dann kann ich den Auftrag als gebucht verzeichnen?» «Mit Sicherheit! Ich hab vorhin, bevor Sie kamen, noch frischen Kaffee aufgegossen, trinken Sie einen mit?»

Als Susanne auf der Heimkehr den Morgen Revue passieren liess und sich die Nebelfelder längst gelichtet, aufgelöst und verzogen hatten, beschlich ein stilles, nachdenkliches Schmunzeln ihr Gesicht. Sie hatten noch gemeinsam einen Kaffee getrunken, sich angenehm zusammen über dies und jenes unterhalten, wobei der schlaksige Vierbeiner ständig zu ihren Füssen weilte. Am Schluss zeigte Stefan Neuhaus ihr noch in der angrenzenden Scheune seine bestens eingerichtete, tadellos aufgeräumte Werkstatt. Ein solider Fundus aus Brocantes und Flohmärkten von alten, edlen Tischen, Schränken, Holztruhen, Sitzgelegenheiten und ähnlichem, was nur darauf wartete, unter fachgerechter Hand restauriert und instand gestellt zu werden, konnte sich sehen lassen. Susanne war hin und weg. Als Innendekorateurin bot diese Werkstatt einiges an Grundlagen zur weiteren Verarbeitung, was in ihr Fachgebiet gehörte. Oder war es nur, um das einzelne Möbelstück in einem entsprechenden Raum mit bestmöglicher Platzierung maximal zur Geltung zu bringen und darauf hübsche Dekorgegenstände zum Kauf anzubieten. Nun, diesen Auftrag hatte sie, auch wäre er noch vor Weihnachten fertigzustellen, das war kein Problem. Etwas anderes beunruhigte sie weit mehr. Als Herr Neuhaus die Tassen in der Küche für den Kaffee holte, entdeckte sie doch tatsächlich eine Zeitschrift mit der aufgeschlagenen Seite, welche erst kürzlich sie selber gelesen hatte, diejenige von ihrer Freundin Michelle. Und als sie näher hinschaute, war dasjenige Inserat, welches sie bei sich zu Hause gelesen hatte, mit dunklem Stift eingerahmt. Konnte es sein, dass ihr Kunde und der Inserent in der Zeitung ein und dieselbe Person waren? Dies wäre beinahe etwas mehr als nur blosser Zufall, oder nicht?

Und doch wäre es möglich, er arbeitete als selbständiger Schreiner, war sympathisch und seriös, hatte einen Hund und die Fotogalerie im geschmackvoll eingerichteten Wohnzimmer sowie die vielen Musik-CDs und die beachtlich gefüllte Bücherwand liessen auf einen kulturell interessierten Menschen schliessen. Er suchte also eine nette Begleitung für kulturbezogene Anlässe, mehr noch, eine aufrichtige Partnerin für ein gemeinsames zukünftiges Leben. Sollte sie ihm schreiben? Und wenn er es doch nicht ist, wenn dieser Unbekannte zwar von der Beschreibung auf ihren Kunden zutreffend war, jedoch in Wirklichkeit ein völlig anderer, ein unsympathischer, arroganter Schönling mit knurrig, zottigem Vierbeiner war? Seine scheinbar etablierte Selbständigkeit kurz vor dem Konkurs stand und sie jeden Samstagabend anstelle in ein hübsches kleines Schwarzes gekleidet an einem Konzert teilzunehmen, in ihrem Atelier immer noch auf seinen Anruf wartete, ob man zusammen ausgehen wollte?

Zu Hause angekommen, parkte Susanne ihren Wagen und legte die Notizen für den erhaltenen Auftrag in ihre Werkstatt. Anschliessend bereitete sie sich ein einfaches Mittagessen und stürzte sich danach umgehend in die Arbeit. Bestellungen für fehlendes Material wurden aufgegeben, gleich danach angefangene Aufträge beendet. Am Abend erledigte sie noch die wichtigsten Hausarbeiten. Gerade als sie die Zeitungen zusammenbinden wollte, stach ihr erneut die Zeitschrift ihrer Freundin ins Auge und sie griff danach. «Handwerklich begabter, gut etablierter …» Sie riss die Seite heraus und setzte sich kurz entschlossen an ihren Laptop! Nachdem sie etwa eine Viertelstunde etwas unschlüssig und zaudernd, mit Unterbrechungen vorsichtig in die Tasten gegriffen hatte, sah sie sich folgendem Text gegenüber: «Betreffend Ihrer Zeitungsannonce suchen Sie eine schlanke, an Kultur interessierte, liebevolle Sie Mitte 40, um die Kerzen an Weihnachten gemeinsam anzuzünden. Nun, ich meinerseits möchte zu Weihnachten dieses Jahres nicht alleine Plätzchen backen. Liebenswürdige, warmherzige 42-jährige Sie, selbständig arbeitend im dekorativen Bereich, sucht charakterstarke Begleitung für sportliche Unternehmungen wie Rad fahren, schwimmen, gemeinsames Erkunden von Uferwegen an idyllischen Flüssen sowie Besuche von Floh- und Antikmärkten, Kinoabende und Wellnesswochenenden in ruhigen Landschaftgefilden mit sinnvollem Gedankenaustausch, Treue und Verlässlichkeit sind unabdingbar. Sollten die himmlischen Liebesboten mitspielen, wäre das gemeinsame Backen von Weihnachtspralinen nicht ausgeschlossen. Wenn Sie mit diesen Zeilen etwas anfangen können, würde ich mich auf eine Antwort sehr freuen.» Susanne besah sich ihren kurzen Text kritisch und war bereits im Begriff, ihn zu zerknüllen und in den Papierkorb zu werfen, als das Telefon klingelte. «Ja, Susanne am Apparat?» «Hallo Susanne, Michelle hier, wollte mich nur kurz erkundigen, wies gelaufen ist, hast du den Auftrag von diesem Schreiner?» «Von Herrn Neuhaus meinst du, ja, den hab ich!» «Und?» «Was und?» «Na, erzähl schon, du warst doch da, bei ihm zu Hause? Wie wohnt er denn?» Susanne zögerte etwas: «Ganz passabel!» «Ach Susanne, ganz passabel ist doch kein Ausdruck, komm schon!» Michelles Ungeduld war deutlich zu spüren. Zögernd gab Susanne ihrer Kollegin eine kurze Zusammenfassung der letzten Stunden wieder. «Na ja, er wohnt sehr ansprechend, kultiviert, seriös und gepflegt, hat eine Traumwerkstatt mit antiken Möbeln …!» «Toll und weiter?» «Was weiter, ich führe natürlich den Auftrag aus!» «Klar, doch das meine ich nicht, Susanne!» «Ja, ja, ich weiss, was du meinst, nichts weiter natürlich … und was macht ihr übers Wochenende?» «Andreas hat einen ganzen Stapel mit Akten vom Büro nach Hause mitgenommen, schiebt Überstunden, ich koche was Feines und setze mich vor die Kiste, einfach und gemütlich. Möchtest du vorbeischauen und ein Glas mit uns trinken?» «Das ist lieb, danke, aber ich hab da noch so einiges im Atelier fertigzustellen … also geniesst euer Wochenende, bis nächste Woche!»

Susanne las nochmals ihre kurz gefasste Antwort. Sie lehnte sich zurück und verlor sich in ihren aufkeimenden Gedanken. Seit fünf Jahren schuftete sie fast pausenlos, gönnte sich keine Ferien, kaum ein freies Wochenende und wenn, dann verbrachte sie dieses meist mit Michelle und Andreas, bei einem Glas Wein in deren gemütlichem Zuhause. War dies wirklich ihre Zukunft? Stellte sie sich diese so vor?

Ausgesprochen von Arbeit geprägt, kaum freie Zeit, sie pendelte zwischen ihrem Atelier und dem Laden in der Stadt, weiter herum kam sie nur, wenn sie grössere Materialeinkäufe zu besorgen hatte oder sich den Luxus eines Tagesausfluges an eine Brocante leistete. Sie atmete tief durch, griff in die Schublade ihres Sekretärs, entnahm ihm ein Couvert in dezentem Grau und beschriftete dieses mit der im Inserat angegebenen Chiffre-Nummer sowie der Adresse der Redaktion der Zeitung. Ihre eigenen Koordinaten hatte sie vorsichtshalber noch nicht dazugelegt bzw. nur diejenigen, welche für die Redaktion wichtig waren, falls es sich bei dem Inserenten doch nicht um ihren Kunden Herrn Neuhaus handeln sollte, so musste der Angeschriebene bei einer eventuellen Antwort noch einmal über die Zeitung einen Brief an sie weiterleiten. Mit einem Blick auf die Uhr vergewisserte sie sich, ob die Post noch geöffnet hatte, sie startete den Motor ihres Wagens und gab ein paar Minuten später ihren Brief auf. Nun hatte sie sich entschieden, rückgängig machen konnte sie ihre Entscheidung nun aber auch nicht mehr, jetzt konnte sie nur noch abwarten.

In den folgenden Tagen stürzte sie sich noch mehr als sonst in ihre Arbeit. Die Stoffe für die Vorhänge und Kissen von Stefan Neuhaus waren gekommen, wenn sie damit begänne, würde sie ihn rascher wiedersehen. Also machte sie sich gleich an die Verarbeitung. Es vergingen Tage, Wochen, der Nebel nahm an Schwere und Dichte zu, trübte das eh schon immer finsterer werdende Tageslicht und damit auch Susannes Stimmung. Der Briefkasten hüllte sich in scheinbar endloses Schweigen und gab keinerlei neue Nachrichten von sich, der November nahte und mit ihm die Fertigstellung des Auftrages für ihren Kunden. Sie rief ihn an, ob er die Artikel abzuholen gedachte, oder sie diese vorbeibringen solle. «Falls Sie Zeit hätten vorbeizukommen, wäre ich Ihnen sehr dankbar, bei mir geht im Moment alles drunter und drüber, wahrscheinlich wird dies auch noch so bleiben bis Weihnachten», sagte er und Susanne beschloss, morgen die beiden Artikel vorbeizubringen und diese gleich zu installieren.

«Das sieht wundervoll aus», meinte ihr Auftraggeber, mit einem Tablett Tassen und duftendem Kaffee ins Wohnzimmer tretend, nachdem Susanne etwa eine Stunde nach Ankunft die Vorhänge aufgehängt und die Kissen in der Sitzecke zurechtgedrückt hatte. Sie büschelte noch die Drapierung des letzten, weich fallenden Vorhanges und erhob sich anschliessend. «Ja, ich glaube das Wohnzimmer macht einen ganz adretten, willkommenen Eindruck», und bedachte ihren Kunden mit einem zufriedenen Lächeln. «Kaffee?» «Oh, das wäre sehr nett, vorausgesetzt Sie haben Zeit dazu!» Mit einem musternden Blick zu Susanne gerichtet, goss er heissen Kaffee in beide Tassen und sagte: «Die nehm ich mir jetzt einfach, schliesslich haben Sie mir die Autofahrt in die Stadt erspart!» Susanne betrachtete leise verstohlen sein wohlgeformtes, kantiges Profil. Man musste gar nicht so genau hinsehen, um zu erkennen, dass ihr Auftraggeber ein durch und durch ansprechender und gut aussehender Typ war. «Sie leben von Ihrem Laden und den zusätzlichen Spezialaufträgen?», eröffnete er das Gespräch. Susanne setzte ihre Tasse ab. «Na ja, manchmal mehr, mal weniger. Für das Nötigste hat es immer gereicht, grosse Sprünge kann man damit natürlich nicht machen und Freizeit bleibt auch kaum. Man muss sich diese einfach ab und zu stehlen. Doch wenn man allein ist, verbringt man diese oft auch noch im Atelier.» Oh, das wollte sie eigentlich nicht von sich geben, war ihr im Redefluss gedankenlos rausgerutscht. Herr Neuhaus betrachtete sie nachdenklich, intensiv und senkte dann den Blick. «Man ist zwar sein eigener Vorgesetzter, doch man arbeitet meist doppelt so viel und hart, da haben Sie recht, es geht mir genauso. Die knappen Momente an freier Zeit verbringe ich mit Jufus, meinem treuen Hund, und nur selten, bei ausgesprochen schönen Wetterprognosen, reicht es für einen Tagesausflug. Wobei ich dann immer meine Kamera dabei habe und Landschaftsmotive in Schwarz-Weiss-Fotografien umsetze. Was ich jedoch nicht missen möchte und mir auch trotz noch so viel Arbeit in der Werkstatt nicht nehmen lasse, sind die einmal im Monat stattfindenden Musikabende in der städtischen Konzerthalle. Die wundervollen Klänge begleiten mich anschliessend die Woche hindurch bei meiner Arbeit, nisten sich in meine Gedanken, hallen nach und verschönern mir meinen Alltag.» Er verstummte und schien sich still in seine eigene Welt zurückzuziehen. Susanne beobachtete ihn stumm und verhalten. Schliesslich blickte er auf. «Können Sie was mit Musik anfangen, ich meine … würden Sie mich mal in ein Konzert begleiten?» Susanne etwas perplex über die unerwartete Anfrage, wusste nicht gleich, was sie erwidern sollte, und sagte: «… also, ich …» «Natürlich nur, wenn Sie keinerlei andere Verpflichtungen haben …» «Nein, die hab ich

nicht … ich war seit Ewigkeiten nicht mehr in einem Konzertsaal!»
«Wunderbar, am Samstag in einer Woche spielt ein neues Orchester
seine Uraufführung, junge Musiker, die dem klassischen Stil neuen
Schwung beigemischt haben, mit einem Hauch von weihnächtlichen
Klängen, könnte in akustischer Hinsicht ein ganz spezieller, vielver-
sprechender Abend werden. Ich hole Sie ab, so um halb acht?»

Susanne stand in ihrem Schlafzimmer und durchwühlte ihren
Kleiderschrank nach was einigermassen Tragbarem, welches in etwa
annähernd so weit hinkam, dass es demjenigen im Inserat glich, einem attraktiven Kleid. Doch sie musste feststellen, dass ihr alter
Kasten eigentlich nichts Derartiges zu bieten hatte. In eineinhalb
Wochen würde sie zusammen mit diesem sympathischen, korrekten
Herrn in der Konzerthalle sitzen, auf keinen Fall sollte er sich ihret-
wegen genieren müssen, sie hätte sich etwas Geeignetes zu besorgen. Doch die Zeit würde knapp werden. Mit einem tiefen Seufzer
begab sie sich in ihr Atelier und begann zu arbeiten. Am Nachmittag brachte der Postbote ein Paket vorbei, etwas ungläubig betrachtete es Susanne, denn sämtliche Bestellungen waren bereits einge-
troffen, nichts fehlte. Als sie den Inhalt der Schachtel entnahm, hielt
sie ein dunkel graubraunmeliertes Kleid, bis unter die Knie reichend,
in Händen, in schmalen Bahnen geschnitten, eng anliegenden Drei-
viertelärmeln mit schwarzen, mattschimmernden Stoffrosetten, welche den runden Halsausschnitt Blüte um Blüte vollständig umringten.
Die Verschlussleiste am Rücken zierte eine Reihe filigran brauner
Rosenknöpfe von eleganter Art und sinnlicher Weise. «Was für ein
Traum!» Eine Karte lag dabei: «Möchte mich für die tadellose Ausführung meines Auftrages bedanken und freue mich auf Samstagabend, vielleicht möchten Sie Beigelegtes tragen, hoffe, es passt.
Freundlichst, S. Neuhaus.» Die zweite Karte war ein Ticket für das
Konzert. Gerührt von so viel Aufmerksamkeit schluckte sie einmal
leer und schlüpfte in das Kleid. Es war eine halbe Nummer zu gross
und etwas zu lang, doch mit ein paar Stichen wäre es schnell geän-
dert, was für sie kein Problem darstellte.

Die folgenden Tage in der Werkstatt und dem Bedienen im Laden schienen sich unabsehbar hinzuziehen. Wo diese sonst eiligst wie im Nu verflogen und eigentlich immer viel zu wenig Zeit vorhanden war, kamen Susanne diese nun endlos lang gedehnt vor, besonders die Nachmittage. Eine süsse Spannung lag in der Luft, voll knisternder, freudiger Erwartung und neuer, längst vergessener Möglichkeiten, ihr Leben zu gestalten. Susanne ihrerseits hatte eine kurze Dankeskarte über die gelungene Überraschung an Herrn Neuhaus geschickt und seither nichts mehr von ihm gehört. Michelle machte sich ebenfalls rar. Im Hinblick auf die vielen zusätzlichen Aufträge, welche Susanne dieses Jahr noch vor Weihnachten zu erledigen hatte, hatte sich Michelle anerboten, die diesjährige Weihnachtsdekoration im und ausserhalb des Ladens allein zu übernehmen.

Samstagabend nahte, in einer halben Stunde würde Stefan Neuhaus sie abholen. Ihr abgeändertes Kleid umschmeichelte ihre Figur wie angegossen, die halblangen Haare zu einer locker eingeschlagenen Haarrolle hochgesteckt, wobei zwei, drei längere Seitensträhnen ihre Wangen liebkosten, hinter welchen brillantartige Rosenblüten im Ohr glitzerten und in einer Glasträne ihr Ende fanden. Ihre langen schlanken Beine trugen hauchdünne Nylonstrümpfe mit seitlichen Zierornamenten und endeten in schwarzen, eleganten Pumps. Ein warmer Wintermantel hing an der Garderobe und ihre Handtasche lag griffbereit zum Gehen in der Eingangshalle auf dem Sideboard. Susanne betrachtete sich im Spiegel. Ihre Alltags- und Arbeitskleidung bestand hauptsächlich aus ein paar beigen Jeans, einem T-Shirt oder einem einfachen Pullover, auch Schmuck trug sie äusserst selten. Wie verändert sie aussah, sich selber beinahe fremd, und doch waren es ihre Augen, ihre Gestalt, ihr Wesen. Eine Aura von ungewohntem, dezent stillem Luxus umgab sie. Als es unmittelbar klingelte, ging sie leicht nervös zur Tür und öffnete. Herr Neuhaus stand in einem makellosen, schwarzen Anzug, weissem Hemd und hellgrauer satinierter Fliege in leichtem Abstand vor ihr. Sprachlos und stumm betrachtete eines das andere in wohlwollendem Staunen. «Sie sehen wundervoll aus, einfach perfekt … ich wusste, dass es Ihnen stehen würde», meinte Stefan, bot ihr seinen Arm und begleitete sie unter verstohlenen Blicken zum Auto.

Die Konzerthalle war bereits gefüllt mit nobel gekleideten Gästen und Zuhörern in edlen Garderoben, freudige Erwartung und gleichzeitig eine angespannte Atmosphäre lagen spürbar in der Luft. Der Vorhang wurde hochgezogen und verhaltener Applaus folgte, dann abrupte Stille. Erste Geigenbögen glitten über die feinen Violinen und erfüllten zusammen mit den übrigen Instrumenten immer mehr den Konzertsaal zu einem berauschenden Klangerlebnis. Stefan Neuhaus blickte immer wieder zu Susanne hinüber, welche von den klassischen Klängen mit den weihnächtlichen Einschüben völlig fasziniert zu sein schien, gedankenverloren die Welt um sich herum kaum mehr wahrnehmend.

Ein paar Tage später, es war bereits Mitte Advent, rief Stefan bei Susanne im Atelier an, um sich für ihr Mitkommen an jenem Konzertabend zu bedanken. «Es war ein wunderschöner Abend und Sie waren eine aufmerksame, attraktive Begleitung.» Ehe er weitersprach, folgte eine kurze Pause. «Hätten Sie Lust, mit mir diesen Samstag essen zu gehen, Susanne?» Etwas überrascht über die unmittelbare, kurzfristige Einladung sagte sie jedoch freudig zu. Ihre letzten Aufträge lagen in der Endphase, sie lag gut drin mit der Zeit, dank Michelle, welche zusätzliche Stunden im Laden investiert hatte. Die Hektik der Vorweihnachtszeit schien ihr dieses Jahr nicht so sehr zuzusetzen. Es war, als ob diese besonderen Tage nicht nur von der Vorweihnachtsstimmung erfüllt seien, sondern vor allem vom süssen Zauber aufkeimender Zuneigung einem Menschen gegenüber, wie sie spürte, sie diese Art des Zusammenseins lange, allzu lange wohl vermisst hatte. Die Lichter der Weihnachtsbeleuchtung schienen heller und lieblicher zu leuchten als im Vorjahr, die Nebelschleier noch mystischer, unergründlicher und der bereits ruhig gefallene Schnee noch weisser und märchenhafter. Manchmal ertappte sie sich dabei, wie sie leise sinnlich in sich hineinlächelte, verklärt, einem stummen Geheimnis gleich, welches sie hütete wie eine seltene, silberne Kostbarkeit. Und als Michelle sie einmal darauf ansprach, schüttelte sie nur wohlweislich den Kopf, dass sie sich irren würde, und machte sich weiter still an die Arbeit.

Im Widerschein des sanften Kerzenlichts, in einem hübschen Lokal in der Stadt, wo Stefan und Susanne soeben zu Abend gespeist hatten, überreichte Stefan seiner Begleiterin ein satiniertes Couvert mit Tüllschlaufe umwunden, darunter eine kleine weissflauschige Feder. «Das ist für dich Susanne ... wenn du es bitte hier öffnen würdest ...» Erstaunt schaute sie Stefan an, nahm den Umschlag an sich und öffnete diesen zaghaft. Zwei gefaltete Seiten in den Händen haltend, blickte Susanne auf die geschriebenen und, wie sie schnell feststellte, ihr nicht ganz unbekannten Zeilen. Ihren Blick hob sie zu ihrem still dasitzenden Gegenüber, mit einem Ausdruck von staunender Verblüffung und nicht sofortigem Verstehen, geschweige denn Begreifen. Beide Ellbogen auf die Tischkante setzend und die Hände schmal wie aufrecht gestützt, betrachtete sie erneut die beiden Papiere. «Ich verstehe nicht ... wie kommt es, dass du meinen Brief hast?» «Genau, wie konnte ich wissen, was ich eigentlich nicht wissen durfte! Die Redaktion hat fälschlicherweise mir deine Angaben zu deiner Antwort auf mein Inserat dazugelegt. Ein Versehen, Unbedachtheit? Oder einfach nur ein Irrtum in vorweihnächtlicher Adventshektik?! Ich war jedenfalls heilfroh, denn die Zeit, dir noch einen Brief zu schreiben, hat einfach nicht mehr gereicht, auch wollte ich das Versäumnis der Redaktion dir persönlich mitteilen und nicht mein Wissen gegen dich verwenden. Und zum andern sah ich meine Scheu, dich anzusprechen, nun etwas gemildert, da ich nun wusste, dass du dir deine Zukunft ebenfalls in der Zweisamkeit wünschst.» Susanne schaute in das sie musternde Antlitz von Stefan, dann blickte sie wieder auf die beiden Papierbögen und verharrte schweigend. «Bist du mir böse, Susanne», hörte sie Stefan leise fragen. Sie blickte auf in seine wartenden, fragenden Augen. «Nein, warum sollte ich, ist ja nicht dein Fehler» und berührte verständnisvoll und gleichzeitig zurückhaltend seine linke Wange mit ihrer Handfläche und war im Begriff, diese rasch wieder zurückzuziehen, als sie Stefan sachte daran hinderte, ihr zuvorkam. Ihre schmale Hand in die seine legte und leise sagte: «Und ich dachte schon, an Weihnachten einmal mehr die Lichter alleine anzuzünden. Da haben wohl die himmlischen Liebesboten im letzten Moment doch noch den Pfeil gezückt!» Sie lehnte sich etwas weiter vor zu Stefan. Flüsternd meinte sie kaum hörbar: «Dann wissen wir wohl beide, was wir an Weihnachten nun machen, oder nicht?» In Stefans Gesicht zeichneten sich kleine Grübchen eines Lächelns, seine warmen Augen erschienen weicher, noch herzlicher, streiften liebkosend über ihre feinen Wangenknochen, zu ihren durchscheinenden Lippen und dem leicht geschwungenen Kinn, er zog ihr Gesicht an sich und legte seine Wange sanft und zugleich in inniger Geste an die ihrige. «Bei mir wird es nach gebranntem Zucker, Rosenwasser und Nüssen duften und bei dir entzünden wir ein Meer von unzähligen Kerzen?», meinte Susanne fragend blinzelnd und still lächelnd, wobei sie immer noch die Wärme von Stefans kräftiger Hand spürte. «Richtig, die Amorengel haben nicht nur den Pfeil gezückt, sondern auch noch mitten ins Herz getroffen, denn … gut situierter Handwerker hat seine liebenswürdige Sie mit Herz endlich gefunden!»

MYSTISCHE NEBELGESTALTEN AM WINTERLICHEN FLUSSUFER

In einer mit Sandstein ausgewaschenen Bucht, zarter Nebelhauch in der Luft liegend, sass Morgan am Fluss und betrachtete den Verlauf des Wassers, welches vorbei an tausenden erodierten Steinen floss. Je nach Regenfall führte dieser in reissendem, willkürlichem Strom eine Fülle von Wasser mit sich, welcher zur Befürchtung veranlasste, er könnte beidseitig bedrohlich überborden und über die Ufer treten. War dies der Fall, betrachtete die junge stille Einheimische den wild dahinziehenden Fluss vom Ufer aus auf einem runden Gesteinsbrocken und hielt sich der unberechenbaren, urgewaltigen Bedrohung fern. Denn man wusste nie, wie viel an losem Schwemmholz das Gewässer mitführte, das völlig unerwartet und sperrig plötzlich aus den Wellen auftauchen und jemanden verletzen konnte.

Hielt sich der Regen jedoch ungewöhnlich lange zurück, war der Wasserstand niedrig, und die Steinbänke bildeten wundervoll begehbare Inseln, welche sich grosszügig durchschreiten liessen, wo manch ein Schwemmholz oder gar grösserer Baumstamm das Ende seiner Reise fand. Der festen Wurzelung entrissen, lag es denn schon seit längerer Zeit da, eines dieser riesigen, angeschwemmten Hölzer, von der Kraft noch nicht gänzlich verlassen, nur von der Natur gebleicht und reingewaschen, wo Morgan sich seit jeher niedersetzte und sich ihren Gedanken hingab. In den Herbstmonaten, wenn der Nebel sachte zaghaft in Erscheinung zu treten begann, war ihr dieser Platz zu einer Kraftquelle geworden. Im Morgengrauen hüllte der graue

Dunst sie in ein durchsichtiges, hüllenloses Gewand, wobei die hohe Feuchtigkeit sie frösteln und leicht erschauern liess. Weiss und beinahe unmerklich verflüchtigte sich der Hauch ihres Atems in den kaum angedeuteten Nebelfetzen, den konturlosen, nebulösen Schleiergebilden. Diese fügten sich anderweitig in gegenüberliegenden Buchten zu schemenhaften Gestalten. Vage und verschwommen wie auf leisen Sohlen schwebend, wagte er sich aus dem Nichts heranzutasten und vorzudringen, verschlang immer dichter werdend lose gewordenes Gebüsch, verwelkte Trauerweiden und ganze Heckenhaine. Liess diese erblassen und mit einer fahlen Mattheit erscheinen, als ob einem das Auge trübe, in seiner immer drohenderen Dichte die schattenhaften Grenzen ganz verschwinden. Gleich einer mattweissen Wand, wie ein übergrosses Kalksteingebirge sich erhebend, als ob es dahinter nichts mehr gäbe, rein gar nichts.

Eines Tages jedoch verweilte Morgan etwas zu lange auf dem kahlen, ausgelaugten Baumstamm, die Abenddämmerung hatte sich bereits weit ausladend, schwer über den Fluss niedergelegt, kroch der Nebel in geisterhaftem, unheimlichem Kleid durch die schmalen Windungen des Flussbettes, und im fahlen Licht des Mondes zeigte er sich gespenstisch. Doch Morgan hielt sich tapfer, ein solch abenteuerliches Naturschauspiel wollte sie sich nicht entgehen lassen. Als jedoch von wütenden Windböen getrieben sich der Nebel in fratzenhaften und wunderlichsten Existenzen, bedrohlich anmutenden und bedrückenden Gestalten zeigte, sich in Sekundenschnelle unwirklich verwandelte und ein neues Bild von Angst und Schrecken bot, schaute sie ängstlich um sich. Als ob sie sich erst jetzt tatsächlich bewusst wurde, sich seelenallein hier in dieser Bucht zu befinden. Vom nächsten Windstoss erschreckt, sich wieder umdrehend höhnte ihr ein höllisches Nebelgesicht entgegen und entriss ihr einen erschreckten Aufschrei. Von unsäglicher Panik ergriffen wollte sie umgehend aufspringen und den Ort sofort verlassen. Doch es blieb beim Versuch, ihre Füsse zu bewegen, vom plötzlichen Schrecken erfasst, war sie wie gelähmt an den Stamm des Baumes gebunden. Als sie den Mund öffnen und sich mit einem weiteren Schrei aus der düsteren Beklemmung befreien wollte, versagte ihr gar die Stimme. Momente banger Angst und ohnmächtigen Ausgeliefert-Seins drohten sie zu überwältigen. Äusserlich war sie zur Unbeweglichkeit und zur Stummheit verdammt, doch innerlich tobte unablässig ein tosender Sturm des Kampfes gegen die immer näher kriechenden Fänge des nebligen Gespinstes, welche sie scheinbar jeden Moment zu erwürgen beabsichtigten. Aufgewühlt und feindselig starrte ihr der Nebel ins Gesicht mit all seiner unberechenbaren und heimtückischen List der Verfänglichkeit, sich innerhalb von wenigen Minuten zu verdichten oder sich im Nichts aufzulösen.

In jenem Moment jedoch, als sie müde des inneren Ringens sich kraftlos und erschöpft ihrem Schicksal zu übergeben schien und sich ausgezehrt fallen liess, war es, als ob sich die dunstigen Nebelschwaden lichteten, die furchteinflössenden, grauen Schleier zu reissen begannen, als seien sie für was anderes erkoren. Eine neue Form und Gestalt anzunehmen, wo diese frei waren von Spott und Hohn. Keine angstschürenden Masken oder entsetzliche Fratzen sich zeigten, sondern zartschwebende Nebelgespinste von leichter und unberührbarer Seite sich lichteten, bis zur endgültigen Klarheit. Erst jetzt konnte sich bilden eine neue Gestalt, trat undeutlich ein Bild hervor. Helle Lichtstrahlen blinzelten mehr und mehr durch das Grau, zeichneten Falten von weich fallendem Stoff, sanfte Wellen von Faltigkeiten lichteten sich als weisses Gewand. Ein Hauch von sich abzeichnenden Kielen, luftigen Federn verwandelten sich zu grossen mächtigen, beschützenden Flügeln.

Morgan, völlig geschwächt vom innerlichen Ringen, blinzelte abermals, voll banger Erwartung darüber, was sich vor ihren Augen zu formen begann. Das nächtliche Mondlicht liess die mystisch umwobenen Nebel hinter sich und die undeutliche Ahnung Gewissheit werden. Ungewissheit verblasste und wurde im Schatten zurückgelassen. Hervor schwebte wunderbar erhabene Erscheinung in edlem Federkleid. Staunend vor ergriffener Verwunderung stand vor ihr wahrhaftig ein Engel, gross, rein und wunderschön, eine einmalige Lichtgestalt. Das helle Licht hüllte Morgan ein, ergoss sich über die ganze, dunkel daliegende Steinbank, durchflutete das windende Flussbett mit den angrenzenden Uferhainen und verscheuchte auch noch die letzten Schatten eines Nebelhauches. Morgan schaute ungläubig um sich. Und obwohl es immer noch finstere Nacht war, schien es, als ob ein neuer Tag heranbrechen würde. Doch kaum wurde Morgan sich dessen bewusst, war die erhabene Gestalt auch schon wieder verschwunden, aufgelöst im Nichts, nur ihr helles Licht glich einem Schimmern, an der Stelle, wo ihr der Beflügelte erschienen war, rundherum war der gesamte Flussverlauf erneut in finstere Nacht getaucht. Und obwohl es bitterkalt war, fror es Morgan nicht. Im Gegenteil, eine tiefe Wärme schien sich in und um sie herum auszubreiten. Ihre Füsse gewannen an Kraft zurück, sie erhob sich langsam zögernd und flüsterte ein leises Danke in die Finsternis, dort, wo der Engel ihr erschienen und zu einem Retter in ärgster Beklemmung geworden war, alsdann sie sich auf den Heimweg begab.

Benommen, beinahe verträumt kam Morgan an dem urtümlichen Geländer der Eisenbahnbrücke vorbei, wo in akrobatisch schwindelnden Höhen hauchdünn gesponnene Netze zerbrechlich und in einer Weise filigran taumelten, dass nur feucht schimmernde Nebelperlen am frühen Morgen oder späteren Abend diese gleich mehrfach sowie mannigfaltig zur Erscheinung bringen vermochten. Wo sich Morgan sonst davor fürchtete, lächelte sie nun still in sich hinein und sehnte sich bereits den Abend herbei. Sich in die weichen, sie wärmenden Kissen und Decken fallen zu lassen und sich unbedenklich dem geruhsamen Schlaf zu übergeben.

Der Winter hatte sie alle schneller im Griff, als man ihn herbeigefürchtet hatte. Morgan liess es sich dennoch nicht nehmen, täglich ihren liebgewonnenen Ort aufzusuchen. Am Flussufer hinter der beschaulichen Dorfsiedlung herrschte eine eiskalte, beinahe bizarre Atmosphäre. Gletscherartige, blaugrüne Ausbuchtungen gefrorenen

Wassers, welches im sprudelnden Überfliessen von Geröll und in Ufernischen unbarmherzig des Lebens ausgehaucht wurde, bot sich jedem schaulustigen Winterläufer ein atemberaubender wie seltener Anblick. Lustig, skurrile Gebilde, zu wunderlichen Eisgestalten gefroren, welche erst im kommenden Frühjahr durch die Wärme wieder tauen und ihren beinahe verblüffend erstarrten Halt verlieren würden.

Morgan erinnerte sich an die Engelserscheinung in den Novembertagen und wollte ihrer in Dankbarkeit gedenken. Der morgige Tag brachte Weihnachten, da würde sie zu Hause bleiben, es galt noch einiges vorzubereiten. Heute, Heiligabend, gehörte jedoch ihrem Engel, wie sie die helle Gestalt von jenem späten Herbstabend nannte, welche sie aus den unheilvollen, beängstigenden Fängen der Nebelschwaden befreit hatte. Wieder erhellte weiches Mondlicht die kalte Dunkelheit, in brachliegender Natur. Ein zauberhaftes Glitzern lag über den Weiten von still daliegenden Matten und gefrorenen, sich ausruhenden Feldern. An den Uferböschungen zeigten sich die kraftlosen, dürren Weiden und verblichenen, kahlen Sträucher in ihrem dichtesten Winterkleid. Morgan wagte kaum, dem vorbeifliessenden Klang der Wellen zuzuhören, als ob sie noch mehr von der eisigen Kälte in Beschlag genommen würde. Auf den Baumstamm konnte sie sich schon lange nicht mehr hinsetzen, denn dieser war mit einer dicken Schicht schroffem Raureifsplitter überzogen, einer glitzernden, zur eisigen Starre gefrorenen, nunmehr unbrauchbaren Sitzgelegenheit geworden. So stand sie still da und betrachtete die ihr vertraute und in den letzten Tagen doch so unglaublich veränderte Umgebung, wo sich ihr eine wunderliche Welt aus verdichteten Schneeflocken, Eis und Wasser bot, eingebettet in ein bezauberndes Idyll von Flusslandschaft.

So in Gedanken versunken, hätte sie beinahe den eigentlichen Grund ihres heutigen Herkommens vergessen und griff tief in ihre wollenen Manteltaschen. Zitternd vor Kälte entnahm sie daraus ein paar niedrige, in Alu gefasste, weisse Zylinderkerzen und stellte diese herzförmig auf die schnee- und raureifbedeckten Flusssteine auf der Sandbank, genau an der Stelle, wo ihr der rettende Himmelsbote in den Novembertagen erschienen war, und entzündete diese mit dünnen Streichhölzern aus ihrer mitgebrachten Zündholzschachtel. Glücklicherweise herrschte absolute Windstille, nicht der Hauch eines noch so leisen Luftzuges lag über der beschaulich daliegenden, winterlichen Flusswindung. Still glühende, weisse Flammen zeichneten ein leuchtendes Herz im kristallinen Untergrund der Flussbucht und wurden vom matten Schimmern des Mondlichtes aufgefangen.

Doch plötzlich war ein feines, hörbares Flackern der Flammen zu vernehmen und über dem entzündeten Herzen zeichnete sich langsam immer deutlicher eine leuchtend schwebende Gestalt. Und obwohl Morgan weder erschrak noch sich ängstigte, stand sie voller Ehrfurcht vor ihrem lieblichen Engel und erkannte ihn sogleich wieder. Berührt und ergriffen beschaute sie sich die ganze erhabene Erscheinung, nie hätte sie gedacht, dass er sich ihr noch einmal zeigen würde. Es schien, als wolle er ihr was mitteilen, das sie im ersten Moment nicht ganz zu fassen vermochte. Schlug einmal seine Augenlider nieder und lächelte ihr voller Güte zu. Als ob er sich für die entzündeten Kerzen bedanken und ihr sagen wollte, dass sie künftig getrost ihren Weg gehen und sich vor nichts zu fürchten habe. Die Himmelsgestalt verblieb nur einen kurzen Moment und hinterliess wie an jenem Novembertag eine wohlige, Morgan tief durchflutende Wärme. Still verharrte sie noch eine ganze Weile. «Das war mein schönstes Weihnachtsgeschenk, das ich je erhalten habe», flüsterte Morgan leise, in das helle, weiche Schimmern blickend, welches von der lieblichen Gestalt noch kurz zu erkennen war, bis auch dieses sich im Nichts verlor und ganz in der Tiefe der Dunkelheit entschwand. Wehmütig, jedoch dankbar schaute Morgan zum nächtlichen Himmel hoch, senkte anschliessend bedächtig ihren Kopf, verbarg ihn noch tiefer in ihrem hochgeschlagenen Mantelkragen und schritt unter knirschendem, kaltem Schnee zum Hang des Flussufers hinauf, voll des tiefsten Glücks, heimwärts zu.

Das wahre Weihnachten

Vor gar nicht allzu langer Zeit schmiedete das Band einer erstaunlichen Freundschaft drei Männer zusammen, welche unterschiedlicher nicht sein konnten! Der eine reich, der andere mächtig, der Dritte glücklich! Der Zufall wollte es, dass sie ein paar Tage nach Silvester alle drei am selben Tisch im alten Dorfgasthaus unweit ihres jeweilig eigenen ländlichen Zuhauses sassen und von den letzten Weihnachtstagen erzählten!

Es begann der Reiche weit ausschweifend, in nicht unwichtigen Gebärden, schmückend seine letzthin verbrachten Weihnachtstage wiederzugeben. «Ich konnte mich kaum retten vor Einladungen! Schliesslich sass ich jeden Festtag, manchmal bereits am Mittag, an reich gedeckten Tischen, ass von den feinsten und erlesensten Menüs an vornehmen, feudalen Tafeln, wo sich der silberne Glanz im teuren Kristall der Weingläser spiegelte und himmlische Weihnachtsklänge likörgetauchten Desserts den letzten weihnächtlichen Schliff verliehen. Wundervoll eingepackte Geschenke in Satin- und Taftschleifen wurden ausgetauscht und erfreuten einen jeden! Na ja, zugegebenermassen nicht ganz jeden, denn, was kann man reichen Menschen schon bescheren, was sie noch nicht besitzen, nicht wahr?!», wobei er bedeutungsvoll seine buschig markanten Augenbrauen hob und in die ihm still lauschenden Gesichter blickte, bevor er weiterfuhr. «Ein drei Meter hoher Tannenbaum in weihnächtlich fürstlichem Glanz tat sein Übriges zum Beitrag eines der festlichen Anlässe sowie in Halbbogen geschweifte Tannenreisig-

Girlanden dekorierten prunkvoll meterlang die Wände des grossen Saals. Unzählige Lichter und brennende Kerzen so weit das Auge reichte. Einfach herrlich, solch üppig mondäne Weihnachten in scheinbar unbegrenzt vorhandener Fülle erlebt zu haben!» Damit schloss er schliesslich fast etwas zu abrupt nach seinem ausschweifenden Erzählungsbild der vergangenen Feierlichkeiten und sinnierte beinahe versunken, mit verschränkten Armen, welche er auf seinem rundlich, beleibten, mehr als wohl genährten Bauch stützte, mit gleichmütigem, versonnenem Lächeln vor sich hin.

Nun war der Mächtige an der Reihe, welcher in etwa so begann: «Zugegebenermassen klingt dies nach wundervoll köstlichen Gaumenfreuden in den Ohren eines Zuhörers und nach einem luxuriösen dekorierten Weihnachtsambiente, was mir jedoch nicht unbekannt ist. Mehr noch darf ich davon erzählen, dass zu meiner Linken und Rechten die bekanntesten Persönlichkeiten zu Tische sassen, man darf diese mit Bestimmtheit als mächtig und ohne jeden Zweifel enorm bedeutend für diese unsere Stadt nennen. Diese wiederum flankiert von ihren zartbesaiteten, wunderschönen Frauen in atemberaubenden Abendroben aus edelster Seide und Damast! Wo bei anschliessendem Tanze auf dem feinen Parkett der weiche, matte Glanz der Perlen auf deren hell bepuderten Dekolletés schimmerte und dem diesjährigen Weihnachtsbankett eine teure, besonders feminine Note verlieh! Und wenn ich mich erst an die vielen geschwungenen Tanzpirouetten erinnere, einfach berauschend …! Natürlich nicht unerwähnt bleiben sollen die sehr gewichtigen Gespräche an solch einem feierlichen Anlass und die damit verbundenen, sich neu ergebenden Geschäftsverhandlungen, welche sich in äusserst profitablem Ertrag noch in diesem Jahr niederschlagen dürften. Was für herrliche, vielversprechende Aussichten!» Er verdrehte einmal völlig entzückt seine Augen und meinte dann etwas verträumt und mit zurückliegendem Fernweh an die Erinnerung: «Ach, ein Erlebnis, das ich auf gar keinen Fall missen möchte!» Darauf zwirbelte er theatralisch einwärts seinen Schnurrbart, hob bedeutungsvoll und etwas überheblich sein Kinn und streckte seine langen Beine unter dem Wirtstisch, wobei er eine unmissverständliche Haltung einnahm, mit diesen Worten seine Schilderung beendet zu haben.

Still sassen die drei da, bis beide Erzähler den Dritten in der Runde betrachteten: «Und du, hast du nichts zu sagen oder war dein erlebtes Weihnachten es nicht wert?!» Der Angesprochene sass still lächelnd, mit etwas müdem, jedoch gütigem Blick da und machte sich wohl so seine eigenen Gedanken. Mit seinen stark sehnendurchzogenen Händen umklammerte er seine Tasse mit Glühwein und schien darin nach geeigneten Worten zu suchen. «Wie ihr wisst, mach ich mir nichts aus all dem teuren Prunk, schwer verdaulichem Essen oder Menschen, welche nur ihres Amtes wegen als angesehen erscheinen. Ich bevorzuge das Einfache und die Ruhe! Zu erzählen hab ich euch dennoch eine Geschichte: Als ich in meinem alten Holzschopf nach einem geeigneten Stück Holz suchte, um eine neue Figur zu schnitzen und keines finden konnte, liess ich es bleiben und machte mich auf den Weg in die Stadt, um beim ortsansässigen Schreiner ein geeignetes Holz zu holen. Auf dem Weg kam mir eine alte, unscheinbar gekleidete Frau entgegen, leicht geduckt, einen schwer beladenen Korb tragend und wie mir schien, unendlich müden Schrittes! Als ich sie fragte, ob ich ihr helfen könne, schielte sie in scheuer Zurückhaltung unter ihrem gestrickten, wollenen Kopftuch mit grossen, leidgetrübten Augen hervor und gab mir in stummem Zögern den geflochtenen Weidenkorb zum Tragen. Vor der Tür ihres erbärmlichen Daheims angekommen, bedankte sie sich mit einem kleinen Lebkuchen aus dem Korb und verschwand still, beinahe schattenhaft im Halbdunkel ihres Zuhauses.

So schlug ich erneut den Weg zur Stadt ein, sollte jedoch nicht weit kommen. Von einer schmalen Seitenstrasse vernahm ich das erbärmliche Wimmern eines Kindes, dessen wehklagendem Klang ich folgte. Am Fusse an die hölzerne, mit schwerem Eisen beschlagene Stalltür gelehnt, kauerte ein kleiner, zitternder Junge weinend im kalten Schnee. Wie er mir unter zögerndem Stottern mitteilte, hatte er am Vorabend vergessen, dem Vieh Futter zu streuen und musste nun als Strafe draussen, ohne Abendessen bis zur Bettruhe verdingen. Als er geendet hatte, erinnerte ich mich an den erhaltenen Lebkuchen und legte diesen in seine durchfrorenen Hände. Bevor ich weiterging, nahm ich ein unverhofftes, dankbares Leuchten in den Augen des Jungen entgegen und wie er das würzige Gebäck voller Staunen besah, als ob ihm ein kleines Wunder in seine Hände gelegt worden wäre.

Wieder befand ich mich auf dem Weg in die Stadt, wo ich mich schliesslich der Schreinerei gegenübersah. In der Eingangsnische zur Werkstatt des Schreiners lag jemand schlafend auf dem Boden. Zuerst erschrocken, stand ich stumm da. Sein abgewetzter Rucksack diente als Kopfkissen, eine zweite dickere mit Fell bezogene Jacke um die Schultern geschlagen als Decke. Ein alter schwarzer Filzhut lag neben seinem Haupte sowie eine völlig zerkrümelte und halbzerrissene Papiertüte aus dem Bäckerladen von nebenan mit den letzten Brotkrumen. Wie es schien ein fremder Obdachloser. An der Glastür der Werkstatt, notdürftig geheftet, hing ein Zettel mit der Aufschrift, wegen Feiertagen frühzeitig geschlossen, und im selben Augenblick spürte ich das warm gewordene, runde Metall der Münze in meiner Manteltasche, mit welcher ich das Stück Lindenholz beim Schreiner bezahlen wollte. Ohne zu zögern griff ich danach, legte es in den alten, schäbig abgetragenen Filzhut des Mittellosen und ging von trauriger Ergriffenheit berührt und nachdenklich über so viel augenfällig erduldete Armut eines Mitmenschen nach Hause. Wo ich unerwartet doch noch das gesuchte Holz für meine neue Figur fand.» Er legte eine kurze Pause ein, bevor er abschliessend meinte: «Dies war mein Weihnachten und ich möchte es um kein anderes tauschen.»

Lange blieb es still am Tisch der drei so unterschiedlichen Freunde, bis der eine, es war der reichste unter ihnen, sich deutlich hörbar räusperte und mit klarer Stimme meinte: «Dies ist wohl das, was man das wahre Weihnachten nennt!» und hielt kurz inne, als ob er nach noch mehr, bedeutungsvolleren Worten suchte, bis er diese scheinbar gefunden hatte. «Für manch einen mag der Lebensweg eines andern Menschen nach aussen betrachtet bescheiden und nichtig wirken, das scheinbare Ziel nicht erreicht, verfehlt zu haben. Dabei hast du aus dem Moment heraus gehandelt, warst immer da, wenn man dich brauchte und hast ohne gross zu überlegen spontan und unmittelbar in aller Stille und Zurückhaltung geholfen. Dein Ziel hast du dennoch nicht verfehlt. Denn als ich gestern durch eine Lücke an den vereisten Fensterscheiben deiner Werkstatt blickte, sah ich, wie nie zuvor, einen wunderschön geschnitzten Engel auf deiner Werkbank stehen, anmutig in seiner Haltung und lieblich in seiner Ausstrahlung.»

Wieder schwelgte über der Tischrunde eine verhaltene Ruhe, Momente der Einkehr und des tiefen, nachdenklichen Schweigens. Der Dritte erwiderte nichts, verharrte, nachdem er seine Sicht über das erlebte Weihnachten geschildert hatte, still auf der Bank und wärmte seine Hände an immer noch derselben Tasse Glühwein, doch das stille Glück in seinem Gesicht widerspiegelte sich im Lächeln auf seinem hellen, zufriedenen Antlitz!

STERNSCHNUPPEN FÜR DEN UNSCHEINBARSTEN TANNENBAUM

Eine ganze Zeitlang blickte der junge Förster ins schneever-schneite Tal hinab, liess seinen aufmerksamen Blick über die weich daliegenden Hügel schweifen, drehte sich dann nachdenklich um und blickte betrübt über seinen armseligen, schmächtigen Baum-bestand, wenige Quadratmeter, welche er hier in diesem ehemals dichten Wald sein Eigen nennen durfte. Eine heftige Sturmböe fegte letzten Herbst über sein Revier und hinterliess ausgerechnet auf seinem kleinen Eigentum eine gewaltige Schneise arg verheerender Verwüstung. Die jungen Laub- und Nadelbäume, welche er vor Jah-ren eigenhändig angepflanzt hatte, waren praktisch alle dahin. Bis auf die Reihe kleiner Tannenbäumchen, welche immer noch versuch-ten, sich tapfer aufzufangen, ihrem eigenen Untergang trotzten und nun durch die schwere Last des Schnees beinahe zusammenzubre-chen drohten.

Dasjenige Bäumchen, welches in der letzten Reihe all seiner Art-genossen zuhinterst stand, wusste sich am hartnäckigsten zur Wehr zu setzen. Neben all den niederfallenden Laubblättern, welches die umliegenden, um einiges älteren Bäume durch tobende Herbststürme verloren und welche auf es niederfielen, musste es sich auch noch den heimtückischen Spott und bösartigen Hohn der andern über sich ergehen lassen. Im zwielichtigen Schatten stehend, wo es kaum die wärmenden Sonnenstrahlen je zu spüren bekam, kämpfte es mit all seiner inneren Kraft nicht nur gegen die frostige Kälte, sondern auch gegen all die gemeinen Widrigkeiten und entwürdigenden Bemerkungen anderer. «Wie dünn und borstig der immer noch aussieht, kaum Nadeln an den Zweigen, noch keinen Meter dazugelegt, der wird es nie schaffen, vom Förster mitgenommen und als Weihnachtsbaum in einer Stube feierlich geschmückt stehen zu dürfen!», meinte eine dickbeleibte, mit Nadeln zum Bersten übersäte Tanne vor ihm. «Da hast du vollkommen recht», rief eine etwas grössere Tanne neben dem stillen, ausgezehrten Bäumchen zu der stämmigen Tanne hinauf! «Wäre ich ein Menschenkind, würde ich mir kaum den für einen Weihnachtsbaum auslesen, muss einer ja dumm sein, solch ein dürres Gerippe in sein Wohnzimmer stellen zu wollen, bei mir käme dieser nicht mal nach draussen in den Garten. Stell dir nur vor, wie viel Weihnachtsschmuck dieser benötigen würde, um seine aderartigen, ausgemergelten Zweige zu überdecken, die viele Arbeit mit Dekorieren, nein, dann doch lieber gar keinen Baum, ich würde dankend verzichten!» Mit diesen Worten schaute sie mit hoch erhobenem Haupte, spitzigem Mund und verächtlichem Blick an seinem mehr als bedürftigen Nachbartännchen herunter, in einer Weise, die an falschem Hochmut kaum zu überbieten war! Eine feine, schlanke Tanne in der dritten Reihe hörte sich das Besagte an und meinte nicht minder beleidigend: «Dieses kleine Dummchen stand den ganzen Sommer über im kühlen Schatten, während ich mich gegen die unerträgliche, kaum auszuhaltende Hitze wehren musste, und dafür sorgen, dass meine Zweige nicht zu viel an Sonne abbekamen und elendiglich verdorrten! Nein, selber schuld, jeder kann aus sich was machen, wenn er nur will!» Dabei schaute sie höchst zufrieden an ihrem wunderschönen, eleganten wie hochgewachsenen Baumstamm herunter, aus dem die saftigsten und dichtesten Nadeln sprossen und der Tanne ein wahrhaft edles Baumkleid verliehen. Ein zustimmendes Raunen und höhnisch aufbegehrendes Lachen ging durch den Baumbestand. «Seht nur, wie es dasteht, dünn und ausgehungert, kaum fähig, sich gegen Wind und Regen zu wehren, geschweige denn die Last des Schnees zu tragen, obwohl es geschützt unter all den Laubbäumen seinen Platz hat, was uns allen andern verwehrt ist!», warf eine etwas zu kurz geratene Tanne mit breit ausladenden Ästen in selbstgerechtem Tonfall über die verschneite Lichtung! Die andern Bäume bejahten seine unüberlegten Worte mit einem schnellen, wichtigen Nicken und warfen der still dastehenden kleinen Tanne einen verabscheuungswürdigen, bösen Blick zu.

Nun machte sich jedoch eine etwas ältere Tanne, welche inmitten der zweiten Reihe der kleinen Lichtung stand, über ihren angestauten Ärger Luft. «Was redet ihr denn da für dummes Gewäsch? Seht ihr denn nicht, dass das Bäumchen ganz zuhinterst im leidigen Schatten unter den grossen Laubbäumen steht? Es hat sich wohl kaum selber dorthin gepflanzt. Was kann es denn dafür, dass es einen Förster hat, der mit seinen jungen Jahren noch nicht die Einsicht und Reife besitzt, dass an dieser Stelle mit Sicherheit kein Tannenbaum gedeihen, geschweige denn auch noch in einem Traumkleid heranwachsen wird?!! Wie sollte es sich so nahe am Stamm der andern Bäume entfalten können?! Ich an seiner Stelle wäre längst erstickt, betrachtet es einmal von dieser Seite! Ja es ist sogar ein Wunder, dass es noch überhaupt dasteht!!!» Wo die eine Tanne ein ehrfürchtig, zutiefst betroffenes Gesicht über die Schelte der Alten machte, wollte die andere gerade erzürnt aufbegehren, als sie den strengen Gesichtszügen der weisen Tanne begegnete und mit einem würgenden Laut gerade noch rechtzeitig unwirsch ihren Blick senkte. All die andern, welche sich verstohlen hinter vorgehaltener Hand ein brüskierendes, abwertendes Lächeln vorher nicht verkneifen konnten oder laut und völlig gedankenlos ihr widerliches Lachen herausbrüllten, waren verstummt. Nur eine von ihnen neigte sich zu ihrem Nachbarn herüber und wollte diesem kaum hörbar noch was zuflüstern, als die Weise sie laut ermahnte: «Wenn du noch etwas zu sagen hast, dann tu dies laut, sodass wir alle es hören können, ansonsten sei still und schweige! Und nächstes Mal überlegst du dir vorher, worüber du lachst!!» Die angesprochene Tanne zog sich bei diesen Worten instinktiv brüskartig an ihren Platz zurück und schielte vorsichtig unter ihrem gesenkten Kopf hervor. Nun waren sie allesamt gänzlich verstummt, niemand wagte sich noch zu rühren, denn den geringsten Laut von sich zu geben, sodass ein tiefes Schweigen über der Lichtung eintrat und nur noch das leise Fallen von niedersinkenden Schneeflocken zu hören war.

Das kleine Tannenbäumchen indes schaute verstohlen zu der weisen Alten, bewunderte diese für ihre offenen, mutigen, eindeutigen Worte und ihre klare Haltung und schickte ihr einen dankbaren Blick herüber. Es hatte eine sich offen zu ihm bekennende Verbündete, wenigstens eine, dachte es, und fing an, trotzigen Mutes und von tiefster Freude erfülltem Stolz sich innerlich zu strecken und gerade aufzurichten. Ich bin ein Tannenbaum, sagte es zu sich selber, ein richtig schöner Baum! Eines Tages stehe ich in einer noblen, reichen Stube, wundervoll weihnächtlich dekoriert, so feierlich unglaublich schön, dass alle die hier stehenden Tannen sich ihren missgünstigen, hadernden Neid und offensichtliche Lieblosigkeit von den Ästen streichen werden.

Martin, der junge Förster, blickte mutlos und mit einer gewissen Unsicherheit in seinem Baumbestand um sich. Beim besten Willen konnte er sich nicht vorstellen, dass eine seiner Tannen sich eignen würde, am ausgeschriebenen Wettbewerb im Tal unten in seinem Dorf teilzunehmen. Doch er hatte keine andere Wahl, seine junge Frau hatte ihn überraschend zur Teilnahme angemeldet, wo jeder Förster im Umkreis von wenigen Kilometern teilnehmen durfte. Die einzige Bedingung, welche gestellt wurde, war, dass es eine Tanne aus dem eigen angepflanzten Baumbestand sein musste und ohne jeglichen Weihnachtsschmuck auf dem Dorfplatz an Heiligabend aufgestellt werden sollte. Die Dorfbewohner würden über den schönsten, erlesensten Baum entscheiden, das letzte Wort hatte allerdings der Oberförster. Nur, welche würde er da nehmen? Er trat vor die wenigen Reihen der leidgeprüften Tannen, schweifte unschlüssig suchend und zaudernd durch die engen Schneisen. Die einen waren zu hochgewachsen und viel zu schlank, die andern zu breit und allzu flach und wieder andere zu garstig und zu dick, er konnte sich nicht zu einem bestimmten Baum durchringen. Nun, er hatte ja auch noch etwas Zeit, Heiligabend war erst in vier Wochen, die Adventszeit würde erst mit morgigem Tag beginnen, und trat nachdenklich den Heimweg an.

Indes über den wenigen Quadratmetern Wald, bei der soeben von dem Waldmeister besuchten Lichtung, ein regelrechter Wettstreit begann. Man flüsterte sich zu, dass der Förster nur hier war, weil er nach einer Weihnachtstanne Ausschau gehalten hatte. Das verheissungsvolle Wort Wettbewerb war gefallen, ebenso Heiligabend. «Was meinst du», flüsterte die nobel schlanke Tanne der etwas derben Breiten neben sich zu. «Für wen wird er sich wohl entscheiden, ist etwas schwierig, nachdem der Sturm uns allen so übel mitgespielt hat.» «Also», erwiderte die etwas zu kurz geratene Tanne, «eines kann ich dir mit Bestimmtheit sagen, es wird ganz sicher nicht die dünne, leidige ganz zuhinterst sein!» «Nein gewiss nicht», wobei sich beide leisem Kichern hingaben.

Der kleine Tannenbaum ganz im Schatten der mächtigen Laubbäume hatte sehr wohl mitbekommen, dass der junge Förster Martin hier war. Es hatte den Förster ebenfalls gesehen, auch wenn es sich auf seine Zehenspitzen strecken musste und es dennoch nicht so aussah, als ob es von ihm auch nur im Entferntesten wahrgenommen worden wäre. Da es seit jeher nicht in Gespräche der andern Tannenbäume miteinbezogen worden war und seit Kurzem alle es bevorzugten, nur noch zu flüstern, wusste der Geringgeachtete nichts von dem bevorstehenden Ereignis eines Wettbewerbs um die schönste Weihnachtstanne. Es erinnerte sich nur an den traurig schimmernden Glanz in den Augen seines Försters und dachte, ein schöner Bestand an saftig spriessenden Tannen würde ihm wohl am meisten Freude bereiten. So war es jeden Tag bemüht, seine Wurzeln möglichst tief in die Erde zu versenken, um rundherum all die wertvollen Nährstoffe kräftig in sich aufzunehmen. Ebenso seine obersten Zweige so weit wie möglich in die Höhe und nach aussen hinzustrecken, um vielleicht doch noch etwas Sonne für seine spärlichen

Nadeln zu tanken. Den neu fallenden Schnee schüttelte es immer wieder von seinen Zweigen, damit es nicht unter der kaum zu tragenden Last einen krummen Stamm erhielt und die Zweige sich zu neigen begannen. So arbeitete es fleissig, beharrlich an seinem bescheidenen Baumkleid und versuchte gleichzeitig, die hämischen Bemerkungen, welche es immer noch von Zeit zu Zeit von seinen grösseren und besser gewandeten Tannennachbarn über sich ergehen lassen musste, zu ignorieren.

So verging ein Tag um den andern in der Adventszeit, bis eines Nachmittags, kurz vor Heiligabend, ganz unerwartet Martin, der junge Förster, in der Waldlichtung stand. Die Sonne schien hell und warm, sodass der frisch gefallene Schnee eine Pracht verlockenden Glitzerns auf den Matten sowie den Zweigen der Tannen hinterliess. Über seinen Forstbestand blickend, holte er tief Luft. Wie sollte er da unter dem vielen Schnee erkennen, welches die schönste Tanne von allen war? Ausserdem begann es bereits, langsam, aber stetig einzunachten und morgen war Heiligabend, er würde nicht noch einmal den Weg den Berg hinauf unter seine Füsse nehmen. Da erkannte er ganz zuhinterst unter den hohen Laubbäumen ein schmales Tännchen, welches nicht vom Schnee bedeckt war, und schritt eilig zu ihm hin. «Nanu, du hast dich aber gemacht! Seit ich dich zum letzten Mal gesehen habe, hast du ordentlich an Grösse zugelegt!» Er betrachtete den Baum aufmerksam prüfend von allen Seiten, welcher auch seiner weiteren, kritischen Begutachtung standhielt. Ein gerader schlanker Stamm stand mit schönen Ästen, in rundem Kranz regelmässig um seine Mitte, nicht zu dicht benadelt und auch nicht zu dürftig. Alles in allem eine grazile, gleichzeitig kräftige Erscheinung, etwas zu klein wahrscheinlich für den Dorfplatz, aber eine bessere sah er unter all den mit Schnee bedeckten Tannen im Moment nicht.

An Heiligabend standen insgesamt elf grössere sowie kleine Tannen auf jenem besagten Platz im Dorf. Ein jeder in seinem natürlichen Kleid, ungeschmückt. Einer schöner als der andere, sodass

Martin tiefe Zweifel überfielen, ob er sich denn auch für den richtigen Baum entschieden hatte. Und wie er die andern zehn so anschaute, dachte er bei sich, es wäre besser gewesen, den Schnee von den anderen Tannen zu schütteln und genauer zu betrachten, ob sie sich nicht eventuell eher geeignet hätten. Die jugendliche Tanne indes ahnte nichts von dem abwägenden Zwiespalt und der innern Zerrissenheit ihres Försters, sondern fand sich überraschend von ihresgleichen umgeben, nur nicht mehr im Wald, sondern unter einer entzündeten Lichterkette. Völlig entzückt stand sie da und wartete, was dies wohl zu bedeuten hatte. Nicht nur untereinander betrachteten sich alle Tannen gegenseitig mit skeptisch prüfenden Blicken, sondern sie wurden auch von den Dorfbewohnern und andern Förstern genauestens begutachtet, dies hatte es mitbekommen. Verstohlen suchte die kleine Tanne den Blick ihrer Nachbarin, schielte zu ihr hinauf und wagte sie schliesslich zu fragen, was dies zu bedeuten hatte. Diese antwortete ihr mit nicht wenigem Hochmut: «Hab mich schon gewundert, weshalb du überhaupt hier bist, du willst dir doch nicht etwa anmassen, an Weihnachten auf diesem Dorfplatz zu stehen, oder? Sieh ihn dir doch an, du würdest glatt darin versinken und untergehen, so klein, wie du bist!» «Auf dem Dorfplatz, als Weihnachtsbaum? Aber …» Das kleine Tännchen fand völlig verblüfft kaum noch die richtigen Worte. Verdutzt stand es da und begriff im ersten Augenblick gar nicht, was vor sich ging. «Ein Wettbewerb, Kleiner, hast dus immer noch nicht begriffen», krächzte eine ältliche, immer noch von dichten Zweigen besetzte Tanne gegenüber von ihm. «Der schönste von allen Tannenbäumen darf hier von heute Heiligabend bis zum Dreikönigstag auf dem Marktplatz im Zentrum des Dorfes stehen. Alle andern fristen ihr Ableben in irgendeiner warmen Stube oder auf dem Friedhof. Doch so zart besaitet und knochendünn wie du aussiehst, dürfte für dich wohl eher die zweite Möglichkeit in Frage kommen!» Damit drehte sie selbstgefällig den Kopf beiseite, um anzudeuten, dass es nichts weiter zu sagen gab. Der kleine Tannenbaum schluckte leer und begann erst jetzt zu begreifen, welche Ehre ihm da durch seinen Förster zuteil geworden war. Er hat mich ausgelesen, ins Dorf gebracht, um hier als Weihnachtsbaum mit andern Bäumen aus umliegenden Forstkreisen zu konkurrieren. Mich, wo alle andern in der Waldlichtung doch so viel schöner und grösser waren! Und es erinnerte sich an all die demütigenden, herablassenden Worte, welches es hatte über sich ergehen lassen müssen, die damit verbundene Einsamkeit und gefühlte Trauer, die es zu ertragen hatte. Und nun stand es hier, inmitten von fremden Tannen, und wurde erneut voller Geringschätzung beschämt. Warum eigentlich, es hatte diesen Tannen nichts, gar nichts zuleide getan.

Unweigerlich streckte es sich, strich sich mit seinen Zweigen über sein Baumkleid, schüttelte noch verbleibend restliche Schneespuren daraus, hielt seinen Kopf aufrecht, gerade, in graziöser Haltung und versuchte insgesamt einen adretten, edlen Eindruck zu machen. Doch es war anstrengend, so lange in dieser achtbaren Haltung zu stehen, bis man endlich den schönsten Baum unter allen zu küren gedachte und es spürte, wie seine eh schon ausgezehrten Kräfte nachzulassen begannen und der unendlichen Müdigkeit überfällig, versucht war einzuknicken. Es war es leid, immer nur zu kämpfen und doch nur rundum Hohn und Spott zu ernten. Es hatte sich alle erdenkliche Mühe gegeben, für seinen Förster und auch seiner selbst willen der schönste Baum zu sein, doch es sah sich nicht auf dem Marktplatz dieses Dorfes stehen. Da gehörte ein mächtig grosser Baum hin, welchen man bereits von Weitem, aus allen Gassen in seiner ganzen Grösse und stattlichen Pracht sah. Ihm wäre dies völlig unmöglich, wie denn auch.

Eine Gruppe Sterne am Himmel hatten dem Geschehen von Anfang an zugeschaut. Hatten den kleinen Baum begleitet, all seine entsetzlichen Entbehrungen mitbekommen. Die ununterbrochenen Schmähungen, boshaften Hetzreden der andern Bäume und in aller Stille die bitter geweinten Tränen der kleinen Tanne. Jetzt, wo sie so kurz vor dem Ziel stand, verliess sie all ihren Mut, ihre noch verbliebene Kraft. Da meinte einer der Sterne: «Was meint ihr, unser Leben für das Seine, seid ihr einverstanden? Er hat genug gekämpft und wir lange genug gelebt!» Einstimmig nickten sie sich zu und fielen im Eiltempo als Sternschnuppen vom Himmel. Allesamt liessen sie sich nieder auf den feinen Zweigen der zierlichen Tanne und hüllten diese in ein glitzerndes Meer von funkelnden, kleinen Lichtern.

Plötzlich war ein aufgewühltes Rufen aus der enggedrückten Menge zu hören, ein halbwüchsiger Junge schrie packend: «Oh, seht nur, wie die kleine Tanne dort glitzert, wie ein Baum voller Diamanten!!» Urplötzlich wurde der ganze Dorfplatz von immer lauteren, staunenden Stimmen sowie bewundernden Ausrufen überschüttet und ein aufgeregtes Drängeln mischte sich in die Menschenmenge. Kreisrund und hell war der Schein, welcher um den jungen Baum entstand, und liess das Licht auf den staunenden Gesichtern der Dorfbewohner widerspiegeln. Ja mehr noch, es schien, als würde seine Leuchtkraft die ganze dunkle Strasse bis in die hintersten Ecken erfüllen und mit seinem ruhigen Glanz die Stuben sämtlicher Dorfbewohner erhellen. Alle Blicke hafteten auf der glitzernden Tanne, die in wundervolles neues Kleid gehüllt selig verweilte. Diese wusste kaum, wie ihr geschah, stand scheu mit neuen Kräften in stillem Zauber gekleidet ruhig da und wagte kaum, seinen Förster anzuschauen. Doch dessen Augen strahlten längst, und als der Oberförster einen Schritt hervortrat, verkündete er: «Dieser hier ist der Schönste von allen, keiner leuchtet dermassen hell von all den zehn andern!! Unabhängig von seiner Grösse und Beschaffenheit, er wird die dunkelste Zeit am Ende des Jahres erhellen und die trübsten Tage zu Beginn des neuen mit seinem Licht ausleuchten. Er, und nur er, soll unser Weihnachtsbaum sein!!!»

Er verstummte und unmittelbar darauf brach die Menge in überwältigenden, heiteren Jubel aus! Eine fulminante Begeisterung ergriff Jung und Alt der gesamten heimischen Dorfbevölkerung auf dem weihnächtlich gestimmten Dorfplatz. Und während die einen noch freudig in die Hände klatschten, fielen sich andere gegenseitig um den Hals, begannen in der Kälte sich in luftigem Tanz zu schwingen und sangen laut mit freudiger Stimme nie vergessene Melodien von festlichen Weihnachtsliedern.

Bewegt betrachtete der junge Förster das überschwängliche, feierliche Treiben auf dem herrlichen Dorfplatz, bahnte sich einen schmalen Weg durch die Menge und schritt schliesslich zügig zu seiner vom Jubel beinahe überwältigten, kleinen Tanne aus seinem Forstbestand. Zupfte sachte an einem der Zweige des nun glitzernd dastehenden, frisch gekürten Weihnachtsbaumes und hauchte ihm anerkennend ein «Danke» entgegen. Der geehrte Tannenbaum seinerseits ganz erstaunt wie gerührt über so viel plötzliche ungeahnte, beachtliche Wertschätzung seitens seines Försters und überhaupt all der Dorfbewohner, schlug beschämt die Augen nieder und als er endlich wieder aufblickte, konnte er gerade noch sehen, wie Martin liebevoll seine Frau in die Arme schloss, beide glücklich lächelten und hinter ihnen eine vom Himmel herabgleitende Sternschnuppe im hell erleuchtenden Weiss der glitzernden Schneepracht versank …

Die Zündholzschachtel

Die weichen Holzspäne flogen unter der Hand des alten Schreiners in alle Richtungen von seiner Hobelbank, gaben der rauen Oberfläche des vor ihm liegenden Tischblattes eine neue Struktur, verliehen der so eben bearbeiteten Fläche eine spürbare, zarte Feinheit. In den gleichmässigen, bedächtigen Streichbewegungen seines Arbeitens nahm der Alte aus seinen seitlichen Augenwinkeln einen Schatten wahr, und im Innehalten seines Tuns legte er seinen Handrücken an sein leicht geducktes und schmerzendes Kreuz, hob sich und sah im Wenden seines Kopfes seinen fünfzehnjährigen Enkel, welcher ihm in letzter Zeit erhebliche Sorgen machte. Sein ruheloses Umherschweifen, zielloses Nichtstun, scheinbar gelangweiltes Herumhängen und dass er die Stunden tatenlos vorbeiziehen liess, bedrückten ihn zutiefst. Etwas, das ihm selber seit jeher fremd war, da jedes auch noch so unscheinbare Stück Holz ihm Idee zu neugestaltetem Gegenstand und Werk erschien, ihm eine nie versiegende Quelle kreativer Inspiration und gleichzeitig über so manch eigen erfahrenes Schicksal hinweghalf.

«Willst du nicht reinkommen, Florian, setz dich etwas zu mir in die Werkstatt, es ist um einiges wärmer hier drin als draussen», schloss das halbgeöffnete Fenster wieder, wobei ihm die kalte Septemberluft kühl in die Nase stieg und seinen tiefen Atem als graue Schleierwolke zurückliess. «Nimm dort den alten Schemel, der sollte noch halten», sagte er lächelnd zu seinem eintretenden Enkel, «es hat genügend Holz und auch Werkzeug, bedien dich. Mach was, irgendetwas, aber fang irgendwo an, Rumsitzen und Nichtstun bringt dich nicht weiter. Du brauchst es ja nicht gleich in der nächsten Galerie auszustellen oder am Markt zu verkaufen, mach es einfach für dich.» Völlig kraftlos, fast apathisch, einer hoffnungslosen Gleichgültigkeit seiner selbst ausgeliefert, schien Florian auf dem hölzernen Stuhl in sich zusammenzufallen. Traurig meinte er: «Was soll ich denn machen, Grossvater … ich weiss nicht mit Holz umzugehen, ich weiss überhaupt nicht, wie mit etwas umzugehen … ich kann nichts!»

In seiner Arbeit innehaltend blickte der alte Mann betrübt zu seinem Enkel auf. Die blanke, lose Anteilnahme am täglichen Geschehen um ihn herum und am Leben überhaupt, seit sein treuer Gefährte Hund Spyki bei einem Verkehrsunfall den Tod fand, erschütterten ihn zutiefst. Heftig hatte er sich gegen einen neuen Welpen zur Wehr gesetzt, niemand, und ein neuer Hund schon gar nicht, könne Spyki ersetzen! Er wolle keinen neuen Hund, nie mehr! Wie sollte er seinem Enkel helfen, wenn dieser sich weigerte, dass ihm geholfen wird, und wie sollte er als sein Grossvater gleichzeitig dessen Eigenständigkeit nicht antasten, sondern diese ihm bewahren?

«Ich habe oft erlebt, dass ich am frühen Morgen hier in meine Werkstatt kam und keine Ahnung hatte, mit was ich weiterfahren soll, da ich am Vortag einen Tisch, Schrank oder Stuhl fertiggestellt hatte. Doch kaum sah ich mich von den vielen Brettern, all den natürlichen Hölzern umgeben und griff nach einem Stück davon, schien es, als ob meine Hände bereits am Gestalten seien. Aus meiner Hand die nötige Kraft floss, um mich ans Werk und die Arbeit zu machen. Doch der erste Schritt war, anzufangen, auch wenn ich oft nicht wusste, was am Ende daraus entstehen würde, die Hände führten mich und nicht ein vorgesehener Plan oder eine Skizze. Ich arbeitete aus meinem Innersten, aus der Energie meines Herzens, welche einen selbst mir unbekannten Weg durch meine Hände nach Ausdruck verlangte, vor allem, wenn ich eine Skulptur zu schnitzen begann. Nicht, wenn ich ein Holz, das sich für einen Tisch oder eine Kommode eignete, in Händen hielt, dazu musste ich anschliessend zuerst sehr wohl eine Skizze mit Berechnungen ausführen, denn der Tisch soll ja am Ende waagrecht stehen und die einzuführenden Schubladen sollten in die Fächer der Kommode passen. Doch bei jeder neuen Figur, die ich schnitzte, wusste ich vorher nie, was sich daraus ergeben würde. Die feinen Faserwindungen des Holzes und die Energie meiner Hände führten mich wie unsichtbare Wege zur endgültigen, sichtbaren Skulptur.» Er spürte, dass sein Enkel ihm zuhörte, doch ob er ihn auch mit seinen Worten erreichte, wirklich an ihn herankam und etwas in ihm zu berühren vermochte, dies wusste er nicht. Und so begann er weiter an seinem Tischblatt zu hobeln, wobei die weichen Holzspäne zahlreich durch die Luft wirbelten und den riesigen Steinboden mit hölzernen Splittern beinahe lückenlos zu bedecken begannen.

Am andern Morgen betrat der alte Schreiner seine Werkstatt erst um etwa neun Uhr. Etwas länger als üblich hatte er am Frühstückstisch in der behaglichen Küche gesessen und in Gedanken versunken bedächtig seinen Milchkaffee getrunken. Die halbe Nacht unruhig wach gelegen hatte er, sein junger Enkel Florian ging ihm nicht aus dem Kopf. Den gestrigen Worten in seiner Werkstatt folgte ein langes, zehrendes Schweigen, welches sich endlos dahinzog und in düster bedrückender Stimmung die Werkstatt auszufüllen drohte. Bis Florian mit einem unverständlichen Brummeln schliesslich aufstand und den beklemmenden Raum schweigend wieder verliess. Umso erstaunter war er, als er jetzt beim Eintreten das leise Surren der Stichsäge vernahm, vermischt mit einem Duft nach Holzleim und er den Jungen an der verwirkten Werkbank eifrig am Arbeiten sah. Etwas unbeholfen teilweise und linkisch in seinen Bewegungen, aber er war leibhaftig hier, stand in seiner Werkstatt und dies offensichtlich schon seit einiger Zeit. Denn auf der Werkbank lagen bereits drei längere Zündholzschachteln aus Spanholz gearbeitet und aufgelegten Holzornamenten. Die bedurften zwar noch eines etwas feineren Schliffs, wirkten jedoch insgesamt schwungvoll und dekorativ.

«Wow, das sieht ja toll aus und schon so fleissig!!!» «Morgen Grossvater, ja, ich dachte, ich fang schon mal an. Hast du schon gefrühstückt, ich könnte nun wirklich einen Kaffee gebrauchen!» «Wirklich? Es hat noch welchen im Krug in der Küche, warte, ich hol dir eine Tasse», sagte Grossvater freudig und war bereits wieder weg.

Die rundgewölbte Kacheltasse mit der Hand umfangend und sich wärmend, sich für eine Pause auf den alten Schemel setzend, begann Florian zaghaft: «Weisst du Grossvater … ich hab beinahe kein Auge zugetan diese Nacht, immer und immer wieder hörte ich deine Worte in meinen Ohren flüstern, einfach mal anzufangen! Ich wusste nicht, dass ich am Ende eine Schachtel in Händen halten würde, schon gar keine Zündholzschachtel, was soll ich denn damit.» Er lachte verlegen, doch der liebevolle Alte nahm ein weiches, helles Schimmern in den Augen seines Enkels war, und es begann sich seinerseits ein Lächeln auf seinen Lippen abzuzeichnen. «Da findet jedes Jahr am ersten Dezemberwochenende im kleinen Nachbarstädtchen ein Weihnachtsmarkt statt. Nicht gross, klein und idyllisch, aber sehr gut besucht, die Leute kommen von weit her. Ich könnte dir einen Stand zusammenzimmern, falls du mitmachen möchtest!» «Einen ganzen Stand nur mit Zündholschachteln? Das wirkt doch langweilig, da lässt sich wohl auch kaum was damit verdienen Grossvater, viel Arbeit, wenig Einkommen.» «Wer sagt denn, du sollst nur Zündholzschachteln verkaufen, Florian, warts ab, ich bin mir sicher, da brodelt noch ganz viel mehr, tief da drin.» Wobei der Alte ihm mit seinem knorrigen Zeigefinger augenzwinkernd leicht an seine Brust tippte und ihm ein schalkhaftes, liebevolles Lächeln schenkte.

Florian musste über das unerwartete, fast spassige, jugendliche Verhalten seines älteren Grossvaters instinktiv schmunzeln und wendete sich wieder seiner Arbeit zu. Seit jener Zeit fanden nicht nur seine Ferien ein Ende, sondern es war der Beginn einer immer tiefer sich erfüllenden Freundschaft zu seinem Grossvater sowie stundenlanger Arbeit in dessen Werkstatt an freien Wochenenden. Längst waren es nicht mehr nur ziervoll geschweifte, dekorative Zündholzschachteln, sondern ein zunehmend wachsendes Sortiment an möglichen geeigneten Weihnachtsgeschenken, wo der Gedanke an einen eigenen Marktstand im unweit gelegenen Städtchen immer näher lag. «Grossvater, vielleicht sollte ich doch an diesem Weihnachtsmarkt teilnehmen, was meinst du?» Dieser erhob sich unwillkürlich von seiner gebückten Haltung und schaute seinem Enkel tief in die Augen. «Komm mit, ich möchte dir was zeigen», wobei er an ihm vorbeiging, in den alten Lagerschuppen neben seiner Werkstatt und dort die Tür aufstiess. Florian hatte bisher nur den vorderen Teil dieses Raumes gekannt, da sich hier die zu verarbeitenden etlichen Hölzer stapelten und es keinen Grund gab, weiter nach hinten zu gehen, da ihm der hintere Teil zu chaotisch und unübersichtlich erschien. Doch wie er nun zu seinem Erstaunen feststellen musste, hatte sich da wohl in den letzten Wochen einiges getan, Grossvater schien eine Art Lücke oder Schneise in den Raum freigeschaffen zu haben, und mittendrin, er traute seinen Augen kaum, stand ein kleiner Marktstand! Eine grob gezimmerte Tischplatte auf einer Art einfachen Holzgestells. Durch die Holzplatte führten beiderseits zwei starke Stützpfeiler, welche ein schräg gezimmertes Dach zu beiden Seiten abfallend stützten, etwas an Übergrösse, um bei Regen die Tischplatte nicht zu wässern. Florian stand da, blickte zu seinem Grossvater, wieder zum Stand und fand keine Worte. «Plastik für die Rücken- und Seitenwand, um Kälte und Schnee etwas abzufangen, können wir noch besorgen, das ist noch das Mindeste. Das meiste ist jedoch getan. Nun brauchst du nur noch etwas Seidenpapier, Tüten und Kleingeld, um am Markttag teilzunehmen. Mein Kollege von der Zimmerei nebenan hat sich anerboten, den Stand aufzustellen und deine gestalteten Artikel hinzuführen, was meinst du, Florian, wäre doch toll, oder nicht?» Florian sprang auf seinen Grossvater zu, umarmte diesen innig und meinte: «Danke Grossvater, vielen vielen Dank. Ja, dies wäre wirklich wundervoll!»

Grossvaters Tochter, die Mutter von Florian, liess es sich nicht nehmen, mit ein paar knorrigen Haselnusszweigen und breiten Bändern in Schlaufen gebunden die Leisten des Dachendes am Stand in wenigstens annähernd weihnächtliche Dekoration zu hüllen, etwas, was Männern ja nicht so lag, wie sie schmunzelnd feststellte. Und so stand ein fünfzehnjähriger Junge mit seinen selbst gemachten Arbeiten am ersten Dezemberwochenende im bezaubernden Nachbarstädtchen hinter dem Marktstand und konnte sich der reichen Abnahme seiner vielen Holzarbeiten kaum erwehren. Von Zündholzschachteln über halbrunde, hölzerne Schalen und stabile Kochlöffel, wundervolle Holzkugeln bis hin zu kleinen kostbaren Schatztruhen und hübschen Griffelboxen bot sich ein schlichtes, jedoch edel gearbeitetes Sortiment, welches bei Jung und Alt Anklang fand. Mutter und Grossvater machten eifrig bei Verwandten und Freunden Werbung und schauten abwechselnd mit bekannten Gesichtern vorbei, wo auch manch heisses Getränk an den Marktstand gebracht und Florian übergeben wurde. Denn obwohl sich das Wetter gut hielt, herrschte eine gnadenlose, trockene Kälte. So stand erbärmlich schlotternd und frierend plötzlich ein Mädchen, etwa im Alter von Florian, vor seinem Weihnachtsstand, in der Hand eine Leine haltend mit einem zottig winselnden Hund. «Der spürt die Kälte wohl auch, was?» meinte Florian, «wie heisst er denn?» «Oh …», antwortete die junge Dame, «er hat noch keinen Namen, wir haben ihn erst gestern aus dem Tierheim geholt!» Florian sah dem knuffigen Vierbeiner lange in die Augen: «Wie wär's denn mit … Spyki?» «Spyki, das ist aber ein lustiger Name», blickte zu ihrem neuen Gefährten und meinte: «Passt … findest du nicht auch … Spyki?» Beide lachten sie. «Kannst du eine Zündholzschachtel gebrauchen?», erkundigte sich Florian bei dem Mädchen. «Ich hab leider kein Geld mit.» «Ich wollte sie dir eigentlich schenken, dafür besuchst du mich mal mit Spyki, okay?»

Obwohl Florian nach diesem turbulenten und ereignisreichen Tag todmüde im Bett lag, dachte er noch lange über die vergangenen Wochen nach und die erste, selbstgefertigte Zündholzschachtel, die er auf die alte Werkbank in Grossvaters Schreinerei legte. Was hatte diese Schachtel bei ihm nur ausgelöst und bewirkt? Bevor er noch eine Antwort wusste, übermannte ihn tiefster Schlaf. Eine Stunde später zog seine Mutter leise seine Schlafzimmertür wieder hinter sich zu, nach der überzeugenden Vergewisserung, ob er auch wirklich schlief. Sie ging ins Wohnzimmer runter, wo ihr Vater noch genussvoll seine Tabakpfeife rauchte, was er nie in der Werkstatt tat, sondern immer weit weg vom vielen, trockenen Holz. «Ich bin dir sehr dankbar, Vater, er hat durch dich neuen Lebensmut gefunden.» Doch dieser machte eine bescheidene, leicht abwehrende Bewegung: «Es brauchte nur einen gewissen Wink, ein harmloser Anstoss, den neuen Lebensmut hat er sich selber erschaffen, es war, als hätte die erste Zündholzschachtel in ihm ein neues Herzfeuer entzündet.» «Ja, das hat sie …», lehnte ihren müden Kopf an ihres Vaters greise Schulter und blickte mit ihm zusammen in die langsam versiegenden Gluten des wärmenden Feuers im Kamin …

GROSSMUTTERS
VERSTUMMTE HARFENSAITEN

Es war das alte, steinerne Haus, an welches sie sich bei Grossvaters Besuchen am liebsten erinnerte, ausser der Liebenswürdigkeit des alten Herrn selbst natürlich. In schwülheissen Juli- und Augustmonaten blinzelte die Sonne durch das lauschige Blätterwerk und warf fleckenhafte Schatten an das bröckelnde Mauerwerk, welches sich stark von den hellen, sonnenbeleuchteten Stellen abhob. Die hohen, schlanken Pappeln glänzten grausilbern, sich wiegend im Winde, unter deren dunklen Schatten sie in der Hitze des Sommers gerne ausgiebig auf einer Decke lag und durch das wirre Astgewinde hinauf zum blauen, sie blendenden Himmel sah. Im Winter allerdings hockte sie sich am liebsten mit einer Wärmeflasche, eingehüllt in Strickjacke und Wolldecke, auf einer jener breiten, hölzernen Fensterbretter und blickte durch die Scheiben hinaus auf die schneebedeckten, dürren und blattlosen Zweige ihrer Sommergefährten. In der diesjährigen Adventszeit, welche oft bereits an winterlich karge Verhältnisse erinnerte, war noch kein Schnee gefallen, die weissen Flocken liessen auf sich warten, endlos, wie es Stefanie schien. Und so ersehnte sie sich diese weisse Pracht still herbei, betrachtete Grossvaters wilden Garten, in trostloser Tristesse daliegend, den kaum ein Hauch von hellem Raureif bedeckte. Es würde das dritte Weihnachten ohne Grossmutter sein, nur dass sie dieses Jahr die Weihnachtstage bei Grossvater verbrachten.

Die fröhliche Stimme ihrer Mutter Lydia zerriss die fast erdrückende Stille im Wohnzimmer und durchfuhr ihre Gedanken, sodass sie unwillkürlich aufschreckte. «Hast du nicht Lust, Stefanie, mit mir das Wohnzimmer für morgen weihnächtlich zu schmücken? Grossvater würde sich bestimmt ganz fest freuen! Auf dem Estrich hatte Grossmutter immer ihren Weihnachtsschmuck aufbewahrt, wollen wir nachschauen, ob wir was finden?» «Das ist eine tolle Idee, Mam», erwiderte Stefanie, und gemeinsam stiegen sie die knarrenden, steilen Treppenstufen hinauf auf den Dachboden des Hauses. Neben viel unbrauchbarem Gerümpel sowie alten, ausgedienten Möbeln standen auch ein paar aufeinandergestapelte Schachteln, sorgfältig verpackt und beschriftet. «Mal schauen, ob wir was unter Weihnachten finden: Bücher, nochmals Bücher, Schallplatten, Geschirr, Leinentücher … da … Weihnachtsschmuck!» Lydia hievte eine mittelgrosse, nicht allzu schwere Kartonschachtel vorsichtig von einem der dahinterliegenden Stapel. Im selben Moment stiess Stefanies Fuss an etwas Hartes. «Was ist denn das, Mama?» «Das muss der alte Koffer sein, welcher Grossmutters Harfe enthält.» «Sicher? Oh, darf ich mal schauen?» «Er sieht ziemlich staubig und mitgenommen aus, muss wohl nie mehr seit Grossmutters Tod benutzt worden sein.» «Trotzdem, wir nehmen ihn mit nach unten, ja?»

In der Küche begann Lydia zusammen mit ihrer Tochter den über und über mit Staub bedeckten Musikkoffer mit einem feuchten Lappen zu polieren, nachdem sie zuerst mit einem Flaumbesen den gröbsten stickigen Schmutz entfernt hatten. Nur allmählich fand das abgetragene, alte Leder zwar nicht zu seinem ursprünglichen Zustand zurück, jedoch war der Anblick einigermassen akzeptabel. «Wollen wir ihn jetzt öffnen?», fragte Stefanie mit wachsender Neugierde und mit grossen, voller Erwartung begeisterten Augen. Mit leisem Ächzen in den Metallangeln öffnete Lydia den Musikkoffer und die wunderschöne Harfe ihrer Mutter blinzelte ihr in unverändertem Glanz und Anmut entgegen. «Oh … die ist wunderschön!», meinte Stefanie und wagte kaum den nächsten Atemzug zu tun. «Ja, das ist sie wahrhaftig! Grossmutter hat die schönsten Melodien darauf gespielt!» «Und du, kannst du auch spielen, Mam?» «Ich hab mal ein paar Stunden Musikunterricht genommen, doch hatte ich immer das Gefühl, das Spielen würde mir nicht liegen, hatte weder die Geduld, es wirklich zu erlernen noch ausreichend genügend Fingerfertigkeit. Ich habe lieber Grossmutter zugehört und sie während des Spiels beobachtet, wie sie mit leicht wiegender Kopfhaltung den unglaublich berauschenden Melodienwellen folgte. Ebenso sie sich auf das Spiel der zu zupfenden Saiten konzentrierte und im Wiegen ihrer Kopfbewegung ihr wellendes Haar in der fliessenden Bewegung mitging.» Stefanies Blick hing an den feinen Gesichtszügen ihrer Mutter. «Möchtest du es nicht doch mal versuchen Mam, du erinnerst dich bestimmt noch an eine der gespielten Melodien, vielleicht fallen sie dir wieder ein, wenn du einfach mal über die Saiten fährst?!» Lydia blickte ihre kleine Tochter an und wollte ihr die flehentlich geäusserte Bitte nicht abschlagen. Vorsichtig nahm sie die schmucke Harfe aus deren gefütterten Hülle und legte sie in ihre Hände. Doch sie konnte deren Saiten sanft zupfen oder etwas stärker darüber hinwegstreifen, das Instrument gab nicht den leisesten Ton von sich, nicht den geringsten, verlautbaren Klang. «Seltsam, als ob die Saiten eingerostet wären, obwohl sie noch gut erhalten aussehen, völlig verstummt, ton- und klanglos, es lässt sich nicht der unscheinbarste Laut entlocken.»

Später, als im Wohnzimmer auf der steinernen Simsumrandung des Kamins mehrere weisse Kerzen ihr verhaltenes Licht wiedergaben, die hohe Verandatür im Umhang einer zierlichen Lichterkette leuchtete und sie zusammen mit Grossvater zu Abend gegessen hatten, sassen sie alle drei in dem von Licht durchfluteten, behaglichen Raum vor dem wärmenden Kamin. Der Rauch von Grossvaters Tabak vermischte sich mit dem Geruch verbrannter, dürrer Holzscheite und verglühter Asche. Eine dicke, flauschige Wolldecke über die Knie gelegt, ruhig und bedächtig, tief in eigene Gedanken versunken, zog der Greise in seinem Lehnstuhl sitzend an seiner Pfeife. Stefanie hatte sich auf dem Sofa zwischen weiche Kissen an ihre Mutter Lydia gekuschelt und betrachtete in wechselnder Weise ihren

Grossvater, dann die flackernden Flammen im knisternden Kaminfeuer und erneut die aufsteigenden Rauchwölkchen aus Grossvaters Pfeife. Schliesslich meinte sie: «Morgen ist Weihnachten, das Wohnzimmer ist lieblich dekoriert, alle Geschenke sorgfältig eingepackt, jetzt fehlt nur noch der Schnee, nicht wahr, Grossvater?» Die müden Augen des Alten wanderten geruhsam zu seiner Enkelin und er bedachte sie mit einem seiner liebevollen, bedächtigen, gedankenvollen Blicke, welche Stefanie so sehr an ihm liebte. «Dann wäre Weihnachten perfekt, meinst du?», brummte er zwischen zwei Rauchschwaden. «Ja … das wäre schön und Grossmutters Harfenklänge am Weihnachtsabend … ich vermisse sie so sehr … deine Grossmutter war eine wundervolle, sehr liebenswürdige Frau!» Lydia schaute ihren Vater traurig an, er schien seit Mutters Tod um Jahre gealtert, was sie zutiefst schmerzte, ihr selber zu Herzen ging, ihren Vater immer noch dermassen trauernd zu sehen. Unvermittelt stand ihre Tochter Stefanie auf, als sie die still geweinte Träne aus ihres Grossvaters traurigen Augen gleiten sah, setzte sich lautlos zu ihm und legte ihre kleine Hand auf die seine. «Nicht weinen, Grossvater, bitte nicht weinen.» Vor lauter Mitleid mit ihrem Grossvater strömten der Enkelin selber innert kürzester Zeit grosse Tränen über ihre Wangen, die sie verstohlen mit der Handfläche aus ihren Augen strich und von sich schüttelte.

So kam es, dass unbemerkt eine Träne über die alten Saiten von Grossmutters Harfeninstrument fiel, welches sich neben dem Sofasessel von Grossvater befand, und ganz unverhofft einen zaghaften, leisen Klang auslöste. Grossvater und seine Enkelin verharrten still lauschend in ihrem Tränenausbruch, Lydia indes sprang auf, ergriff die alte Harfe und fuhr zärtlich, behutsam über die Saiten, zupfte sachte daran. Verhalten, fast schüchtern löste sich ein Ton, nahm langsam, jedoch stetig einen immer volleren Klang an, ergoss sich lauter und erfüllender, wie von unsichtbarer Hand gespielt, in einen wunderbaren Melodienrausch. Das Wohnzimmer war auf einmal voll der allerschönsten, vollendetsten Weihnachtsklänge, die drei

Menschen sich nicht erklären konnten, wie ihnen geschah und staunend mit offenen Ohren und Herzen der betörenden Musik lauschten. Lydia öffnete die Flügel der Fenster, damit die Klangwellen hinausgleiten mochten, Widerhall in den kalten, trostlosen Winterhügeln fanden und ihre Melodien über eisigkalte Felder glitten, damit Natur und Mensch sich von ihrem Klang berührt fühlten.

Am andern Morgen schlug Stefanie als Erste ihre Bettdecke zurück und war voller Erwartung an die kommenden Tagesstunden eiligst aus den Federn gestiegen, schliesslich war heute Weihnachten, dessen einmaliges Fest sie in den letzten, sich nähernden Stunden längst herbeisehnte und sich eines längeren Wartens jeweils kaum erwehren konnte. Im Wohnzimmer, wo die Wärme des gestrigen Kaminfeuers immer noch ganz wenig zu spüren war, betrachtete sie voller Erstaunen die Fensterscheiben. Klirrend kalt vor Erstarrung mussten diese sein, mit den wunderlichsten Eissternen, blumenartigen Ornamentzeichnungen, welche sie je gesehen hatte. Als hätte eisiger Atem in der kalten Nacht über das Glas hinweggehaucht und die seltenen Eisblüten in ewige Erstarrung getaucht. Voll des Staunens blinzelte Stefanie ungläubig, als sie durch eine unvereiste Lücke im Fenster das Fallen lautloser, dicker Schneeflocken wahrnahm und leise zu sich selber sagte: «Es schneit, es schneit wirklich … endlich!»

Unbemerkt stand plötzlich ihre Mutter neben ihr und freudig erregt sagte Stefanie: «Mama, hast du gesehen, es schneit, gerade rechtzeitig zu Weihnachten!!!» «Ja, ich hab es gesehen, mein Kind.» «Freust du dich denn gar nicht, Mam, du hast dir doch auch Schnee gewünscht für heute, oder nicht?» Ihre Mutter bedachte Stefanie mit einem liebevollen, jedoch gleichzeitig unendlich traurigen Blick und antwortete sachte: «Doch das ist wahr, ich freue mich auch jedes Jahr, wenn der erste Schneefall mit Weihnachten zusammenfällt …» Und noch behutsamer fügte sie hinzu: «Stefanie, ich muss dir was sagen, bitte nicht traurig sein …» und eh sie noch weitersprechen konnte, füllten sich ihre Augen mit einem Meer an Tränen, fingen ihre Schultern leicht zu zittern an, worauf ein leises Schluchzen folgte. Ihre Mutter brauchte nicht weiterzusprechen. Von einer leisen Vorahnung ergriffen, umarmte Stefanie ihre Mutter, und beide überliessen sich gemeinsam ihren Tränen. Nach einer Weile sagte Stefanie: «Grossmutter muss Grossvaters Schmerz gespürt haben und hat ihn mit ihren Harfenklängen zu sich in den Himmel geholt ... sie muss ihn sehr geliebt haben.» Ihre Mutter räusperte sich, schniefte beherzt in ein Taschentuch und meinte dann: «Ja, das hat sie, mein Kind, so wie Grossvater nie aufgehört hat, sie zu lieben ... sieh dir nur die Fenster an, beide weilen sie nun in wunderschönstem, ewigem Blütenmeer ...», und strich ihrer Tochter zärtlich über ihr weiches langes Haar.

IRRWEGE
IN DER SILVESTERNACHT

Auf bitterkaltem, kiesbedecktem und zu Eis gefrorenem Boden lag sie, starr, keiner Regung mehr fähig. Seltsam gekrümmt, den Kopf in geknickter, steifer Schieflage, hinter den nicht ganz geschlossenen Augenlidern, Unbeweglichkeit, ohne jegliches Anzeichen von Leben, tot. Eine aderartige, dickflüssige rote Spur rann langsam in einer unförmigen Linie am Hals, Genick entlang, sickerte stetig tropfend in ihren wollpelzbesetzten Kragen, wo sie in einer schwarz getränkten Lache ihr Ende nahm. Die dunklen Locken, welche wie ein Schleier über ihre feinknochigen Schultern fielen, gaben dem zarten und doch ausdrucksstarken hellen Gesicht, welches nun in grau getünchtem, aschfahlem Anblick vor seinen Augen auf diesem kalten Neujahrsboden lag, einen völlig verstörten, wirren Rahmen. Die Farben der Locken fanden ihre triste Spiegelung in den weich geschwungenen, jedoch inzwischen leblos ersteiften Lippen. Der völlig überraschende Hauch des Todes hatte von grässlicher Unbarmherzigkeit in üblem Kampf sich ihres Körpers bemächtigt, worauf dieser abrupt für immer sein Ende fand. Das jammererfüllte, klägliche Miauen eines einsamen Katers war schmerzlich zu hören und im selben bizarren Moment schlug in weiter Ferne die Kirchturmuhr drei volle dunkle Schläge.

Er schaute mit leerem Blick auf seine silberumrandete Uhr, die beiden Zeiger standen in einer geraden, vertikalen Linie. Seit beinahe drei Stunden war er ruhelos, gleichzeitig innerlich leer, in seinem alten Wagen unterwegs. Die vor ihm endlos erscheinenden Windungen und spitzen Biegungen der einsam daliegenden Landstrasse nahm er längst nicht mehr wahr. Wie betäubt sass er hinter dem Lenkrad, die blassgraue, leblose Gestalt, lockenprächtig umrahmt, doch von tot gliedrigem Dasein, tauchte immer wieder vor seinem inneren Auge auf. Drängte sich durch einen dichter werdenden, nebelartigen Schleier in sein Gedächtnis, nistete sich ein, wie ein ungebetener Gast, liess seinen Kopf hämmern, unnachgiebig, gleich dem steten Schlagen eines schweren Hammers auf blankem, hartem Eisen. Sah ihr äschernes, blutleeres Gesicht, ihren halbgeöffneten starren Blick, den einst wohl sehr sinnlichen, nun tot gefrorenen Mund.

Wären nicht diese zutiefst wühlenden Gedanken zermürbend bis in all seine Knochen gewesen, hätte dieser Morgen zu einem seiner schönsten Neujahrsmorgen überhaupt gehört. Die rauschende Silvesterparty unter Freunden in dem still abgelegenen Landgasthof, der sich gleich neben einer der ältesten, stilvollsten Kirchen in dieser Umgebung befand, entfaltete sich wirklich zu einem gelungenen Abend zum Jahreswechsel. Doch in Anbetracht der blass daliegenden Toten auf dem gefrorenen Boden, jedes neu schlagenden Pulses sowie des Lebensatems beraubt, als er sich auf den Heimweg machte, schien es äusserst paradox, auch nur an die festlichen Stunden zuvor zu denken. Im Gegenteil, wie betäubt fuhr er der Strasse entlang, welche sich in gespenstischem, unwirklichem Umfeld zeigte. Der dichte Nebel hatte dem langsam heranbrechenden Tag seine Klarheit genommen, in geisterhaft gräulichem Ton zog der Morgen unerbittlich herauf. Gleichzeitig schien es, als ob sein Innerstes immer tiefer von Düsterheit erfasst wurde und sich bleischwer, wie ein drückender Felsbrocken, auf seine Seele niederlegte. Wie hatte dies nur geschehen können, was hatte er bloss getan?

Das zutiefst lastende Gewicht einer unerklärbaren Schuld begann sich immer mehr seiner zu ermächtigen, angefangen von seinen Füssen, die in dunkeln ledernen Schuhen auf dem Gaspedal seines Wagens ruhten, die Waden hinaufkriechend, über die markanten Kniestellen zum Becken über seinen knurrenden Magen, der ihn mittlerweile zu hässlichen Hungergefühlen ermahnte sowie gleichzeitiger hochkommender Übelkeit bis über seine auf dem Lenkrad immer unruhiger aufliegenden, feingliedrigen Finger und Hände, in ein stetiges, nicht mehr enden wollendes Zittern übergingen. Am meisten jedoch kroch je länger je mehr eine peinigende Angst in Richtung seines Herzens, griff unbarmherzig nach den Tiefen des Grundes seiner doch sonst so klaren Seele, drohte jeden Atemzug schon im Hinübergleiten des Luftholens zu erwürgen, sodass es ihm erschien, noch im nächsten Ausatmen kläglich zu ersticken. In fahrigen, zitternden Bewegungen knöpfte er rasch die obersten Reihen seines bläulich gefärbten Hemdes auf, er brauchte Luft, sofort! Doch im gleichen Augenblick konnte er gerade noch die dunkle Gestalt etwas weiter vorne auf dem Asphalt liegend erkennen, und trat genauso abrupt wie von schockierender Panik ergriffen auf die Bremsen. Ein fürchterliches Quietschen zerriss die morgendlichen, frühen Stunden, und verflüchtigte sich in eigenartigem, bizarrem Gegensatz zum märchenhaften, weissen Raureif, welcher sich in eisiger Kälte hartnäckig an dürres Geäst von Bäumen und Sträuchern klammerte.

Mit einer blutenden, nicht allzu tiefen, jedoch deutlich sichtbaren Schramme an seiner linken Stirnseite lag er gebeugt, seine Arme willenlos herabhängend, über dem Lenkrad. Mit einem leisen Stöhnen nach seinem schmerzenden Rücken greifend, versuchte er sich mühsam aufzurichten. In schläfriger Benommenheit öffnete er seine Augen, wobei sein Blick erneut auf die am Boden liegende Gestalt traf, und sie ihm nun, im nebligen Lichte der Scheinwerfer, heller und noch bedrohlicher vorkam. «Oh mein Gott, das darf doch nicht wahr sein!» Das Blut an seinen Händen schien er nicht wahrzunehmen, als er sich von gänzlichem Entsetzen gepackt an seine Stirn griff und unter leisem Fluchen beschwerlich die Wagentür öffnete und ausstieg. So rasch, wie es in Anbetracht seiner eigenen Verletzung möglich war, beugte er sich zu der auf dem kalten, nackten Winterboden Daliegenden. Doch noch ehe er richtig auf das zur Seite

gedrehte Gesicht einen Blick erhaschen konnte, erstarrte er innerhalb der eigenen bückenden Bewegung, als würde eine eiserne Faust
knallhart in seinen Rücken gerammt. Dunkle Locken fielen wie in
luftigem Schleier vom Haupte der Gestalt und umschmeichelten
die zartgliedrigen Schultergelenke. Der Reverskragen des dunklen
Mantels war von einem wollenen Pelz besetzt, welcher eigenartig
rotschwarz durchtränkt schien. Ein plötzlicher grässlicher Schrei
durchdrang die verweilende Morgenstille, mehrere schwankende
Schritte zurückweichend konnte er sich kaum noch aufrecht halten:
«Neiiiiin …!»

Im selben Moment kam ein Wagen aus entgegengesetzter Richtung mit Volllicht auf ihn zu. Reflexartig hob er seine Hände, fuch-
telte damit aufgeregt vor seinen Augen, das grelle Licht abwehrend,
und stellte sich gleichzeitig um Hilfe bittend und schreiend in die
Fahrspur, was ein schlitterndes Bremsen des Entgegenkommenden
zur Folge hatte. «Sagen Sie, sind Sie eigentlich völlig übergeschnappt,
ich hätte Sie beinahe übersehen bei diesem dichten Nebel!» «Bitte,
Sie müssen mir helfen, diese Frau da lag auf dem Boden, ich konnte
gerade noch im rechten Moment halten, ich glaube, sie ist tot …»
«Welche Frau denn, ich sehe niemanden.» «Aber sehen Sie doch, sie
liegt genau vor den Rädern meines Wagens … ich … ich …» «Wohl
gestern etwas spät geworden, was, junger Mann! Gehen Sie nach
Hause und schlafen Sie Ihren Kater aus, glauben Sie mir, das ist das
einzig Richtige in Ihrer Situation, frohes, neues Jahr!»

Wie lange er noch im Wagen gesessen hatte, bevor er seinen Weg
im immer deutlicher werdenden Morgendämmern fortsetzte, vermochte er später nicht mehr zu sagen. Tatsache war, dass er irgendwann ein Schild mit der Aufschrift: «Letzter Gasthof vor der Grenze»
wahrnahm, und scheinbar blindlings, ziellos, in trüben, angst- und
schmerzverzerrten Gedanken versunken, nun völlig ungeahnter
Plötzlichkeit kurz vor Frankreich stand. Und obwohl er nicht im Geringsten so was wie aufkeimenden Hunger verspürte, so verlangte
sein Körper nach einem starken Kaffee, seine Seele nach Wärme

und sich irgendwo auszuruhen, sodass er bei der nächsten Biegung rechts abbog und dem Schild folgte. Das grosse, in sich reich verschlungene und gerankte Eisentor bot der leicht ansteigenden und schneebedeckten Einfahrt zum Gasthaus Öffnung. Seinen Wagen hatte er unter hohen verschneiten Bäumen geparkt, und noch während er ausgestiegen war, konnte er durch die mit Reif beschlagenen Scheiben des ländlich schlichten Wirtshauses eine emsig umhereilende Gestalt erkennen. Seine leicht schwankenden Schritte unter dem knirschenden Schnee vernahm er nicht, auch nicht das milde Leuchten der aufgehenden, blanken Sonnenscheibe im Hintergrund, welches die Landschaft in herrlich glitzernden Zauber hüllte. Nun sass er hier, immer noch vor seiner ersten Tasse Kaffee, kaum einen Schluck davon gekostet. Und obwohl seinen Körper nach Koffein dürstete, schien seine Kehle vollkommen zugeschnürt. Leblos, tot fühlte sich auch der Rest seines Körpers an, als sei der letzte Hauch aus seinen Gliedern gewichen. Blicklos, als käme die flink umhereilende Gastwirtin einem Geist gleich, ihr Tageswerk ausführend sah er durch sie hindurch. Vor wenigen Stunden noch glich sein Leben einem Freudenfest, wo er sich in aufgelöster Heiterkeit mit seinen Freunden und Kollegen den letzten Abend im alten Jahr ausklingen liess, in freudiger Erwartung, seine Frau nach den durchgearbeiteten letzten Wochen im Verlag wiederzusehen. Weihnachten feierten sie immer erst im neuen Jahr, in Frankreich, ihrem zweiten Zuhause, wenn der ganze Stress in der Firma vorbei war, in aller Ruhe und Besinnlichkeit, welches sich häufig bis auf drei, vier Wochen ausdehnte und jeweils gleichzeitig eine Art Auszeit war. Während sein Körper äusserlich ruhig, ja einem dem Tod ähnlichen Zustand glich, jagte in seinem Innern ein unaufhörlich tobender Sturm, der ihn zu zerreissen drohte, wie konnte er da nur im Entferntesten an Erholung, Stille und besinnliche Weihnachten denken. Er fand sich diese Nacht vielmehr morgens um drei Uhr im Angesicht einer Toten wieder, und da er das Gasthaus alleine und in angeheitertem Zustand verliess, hatte er keine Ahnung, wie es zu diesem Unglück gekommen war. Seine Erinnerungen begannen erst wieder an jenem Punkt, als er den Rückwärtsgang seines Wagens einschaltete, um den Parkplatz zu verlassen und in seinem Rückspiegel etwas am Boden liegen sah. Sofort hatte er den Motor abgestellt, war ausgestiegen und hatte sich über das dunkle Etwas gebeugt. Die Gestalt war in einen wärmenden Wintermantel gehüllt, mit wollenem Pelzkragen, und ihre vollen weichen Locken umschmeichelten ihr helles, feminin lebloses Gesicht. Schlagartig schien es, als würde die Wirkung des Alkohols nachlassen und er sah sich hellwacher Gegenwart gegenüber, erst recht, als er eine tiefrote Blutspur an ihrem Hals in den Pelzkragen langsam stetig tropfen sah. Es beschlich ihn zwar nicht die Befürchtung, dass er irgendetwas mit dem Tod der Frau zu tun hatte, dennoch konnte er sich nicht hundertprozentig sicher sein, da er keinerlei Erinnerung an den Moment vor dem Verlassen des Parkplatzes hatte.

Von plötzlicher Panik und nackter Angst ergriffen, hatte er sich in seinen Wagen gesetzt, um sich diesen kühlen, toten Anblicks zu entziehen, nur weg, weit weg! Nur um dann festzustellen, dass er nach drei Stunden völlig benebelten Umherirrens beinahe an seinem Verstand zu zweifeln begann, und sie auf dem eisigkalten Asphalt erneut zu erkennen glaubte? Er hatte sie ganz deutlich vor sich gesehen, die gewellten Locken, den dunkelgrauen Wintermantel, ihre … «Möchten Sie noch einen Kaffee, Sie sitzen schon so lange hier, dieser vermag Sie bestimmt nicht mehr zu erwärmen.» Als ob ihre Stimme von weiter Ferne kam, antwortete er: «Entschuldigen Sie, was sagten Sie?» «Ob Sie noch einen Kaffee möchten, der ist doch bestimmt schon kalt. Wissen Sie was, ich spendier Ihnen ein kleines Frühstück, in drei Minuten nehm ich das Brot aus dem Ofen, und da Sie heute am Neujahr mein erster Gast sind, lade ich Sie herzlich ein!» Nach fünf Minuten stand ein heiss dampfender Kaffee mit luftigem Milchschaum auf einem silbernen, kleinen Tablett, daneben auf weissem Porzellanteller ein herrlich frisch duftendes, knusprig aussehendes Brot. «Ach ja, und die Morgenzeitung ist gerade eben gekommen, Extrablatt, möchten Sie einen Blick hineinwerfen? Übrigens, frohes neues Jahr!» Dies hörte er bereits zum zweiten Mal diesen Morgen, wenn die beiden wüssten, dass er in den frühen Morgenstunden eine Frau ange …! Noch während er in den letzten Gedanken verweilte, hatte er wie fremdbestimmt die Zeitung aufgeschlagen und hielt in abrupter Erstarrung inne. Weiches, lockiges dunkles Haar starrte ihm von der Titelseite entgegen. Die Frau auf dem Bild lag am Boden, in einen dunkelgrauen Mantel mit Pelzkragen gehüllt, tot. Die niederschmetternde Schlagzeile: «In der Silvesternacht vor dem Gasthaus ermordet!»

Sein Atem stockte, sein Herzschlag schien auszusetzen, er glaubte, sich übergeben zu müssen, die grässliche Angst griff erneut verschlingend nach seinem Hals, hielt ihn fest und bleiern gefangen, als ob ein Schraubstock ihn bezwänge. Er musste raus hier, nur weit weg. Von unsagbarer Panik ergriffen, erhob er sich völlig überstürzt und hetzte verzweifelt die Gasthaustüre aufreissend ins Freie. Er brauchte Luft, mehr Luft, denn mit jedem Atemzug glaubte er zu ersticken. Luft, Luft, er schrie das Wort aus vollen Lungen, das Einzige, was ihn noch vor dem Ersticken retten konnte. Wie er noch an einem Baum, seine linke Hand aufstützend, anlehnte, hustend nach Luft rang, und sich in ihm die Befürchtung einnistete, dass alles noch viel schlimmer war, als er angenommen hatte, bog ein alter dunkelgrüner Jeep in die Auffahrt ein. Der Fremde, von kleiner Statur, doch gutmütig dreinblickendem Antlitz, wohl ein Einheimischer, parkte das Gefährt neben seinem Wagen, stieg aus und kam direkt auf ihn zu. «Na, wohl etwas zu lange gefeiert gestern, was? Da ist das einzig Vernünftige, an der frischen Luft so richtig durchzuatmen, nicht wahr? Die einen trinken zu viel an Silvester, andere zerstreiten sich dermassen, dass sie einander umbringen! Schon gehört, soll eine Tote gegeben haben, eine dunkelhaarige Schönheit, auf einem Parkplatz direkt vor dem Wirtshaus erwürgt aufgefunden, war auf der Stelle tot. Der Täter hatte sich nach der Tat auch gleich gestellt, sitzt bereits in Untersuchungshaft.» Da er ihn nur mit ungläubigen und fragenden Augen anstarrte, wandte sich der ihm Fremde zum Gehen, und schritt in Richtung Wirtshaus. «He, warten Sie doch, was sagten Sie eben? Sie war sofort tot und der Täter hat sich schon gestellt?» «Sagte ich doch, wohl doch etwas zu viel getrunken, was?! Na dann kommen Sie mal rein, zu lange in dieser eisigen Kälte zu stehen, dazu noch ohne Mantel, das könnte gefährlich werden!»

Noch etwa eine halbe Stunde, dann würde er in Frankreich, ihrem zweiten Zuhause, ankommen und seine Frau in die Arme schliessen. Sie würden Weihnachten feiern, gegenseitig sich mit Geschenken überhäufen und die Besinnlichkeit und langersehnte Ruhe würde endlich, wie jedes Jahr, über sie beide hereinfallen. Wie jedes Jahr? Nein, bestimmt nicht, dieses Jahr würde es anders sein. Nachdem er im Gasthaus den Artikel in der Zeitung zum Mordfall in der Silvesternacht zu Ende gelesen hatte, schien die ganze Anspannung der letzten Stunden nicht sofort, jedoch allmählich aus seinem Körper zu weichen, langsam atmete er auch wieder etwas ruhiger, gelöster. Der Schrecken, die würgende Angst sass nicht mehr so tief in seinen Knochen, schien aus seinen angespannten Adern langsam zu schwinden. Wie es hiess, war sie das Opfer eines angeheiterten Umherstreunenden, welcher auf dem Heimweg nach der Mitternachtsmesse nach ihrer Handtasche griff, sie sich heftig zur Wehr setzte, was zu einem bösartigen, zerrissenen Kampf führte, und sie schliesslich in einer unwillkürlichen Drehbewegung so unglücklich stürzte, dass sie auf eine vereiste, spitzige Eisscholle fiel und der sofortige Tod eintrat. Zutiefst erschrocken über die plötzlich ruhig daliegende Frau am Boden, hatte der Dieb die Handtasche fallen gelassen und war ins Wirtshaus gestürzt. Ein Glas nach dem andern in seiner plötzlich über ihn gekommenen Seelennot in sich hinein gekippt, bis er schliesslich gegen halb vier Uhr morgens in einem kläglich wimmernden Weinkrampf hinter dem Tisch völlig in sich zusammenfiel und unverständliche Worte von einem Unfall und Versehen äusserte. Der Wirt, welcher aus dem mysteriösen, unverständlichen Geplapper, welches ihm mehr als seltsam vorkam und gleichzeitig halbwegs wie ein Geständnis anmutete, nicht schlau wurde und schliesslich die Polizei rief.

Nur kurze Zeit später wurde die Tote auf dem Parkplatz in die Gerichtsmedizin überführt, wo man das Eintreten des Todeszeitpunktes auf ein Viertel nach ein Uhr morgens feststellte. Das war der endgültige und entlastende Beweis, dass er nichts mit der Toten zu tun haben konnte.

Trotzdem, auf seinem Herzen lag immer noch eine mächtige Bedrücktheit und düstere Schwere, und die würde auch noch eine ganze Weile bleiben. Die Tatsache, dass er sich seiner Verantwortung nicht gestellt und sofort die Polizei aufgesucht und verständigt hatte, lastete tief auf seiner ehrlichen Seele.

Als er sich nach elf Uhr auf den Weg über die Grenze nach Frankreich machte, sah er sich einem hellblau leuchtenden Neujahrsmittag gegenüber, ja schien ihm regelrecht entgegenzulächeln, die vorbeihuschenden Hecken, welche die Landschaft säumten, glitzerten plötzlich in strahlendem, kristallartigem Pulverschnee. Das Leben kehrte offensichtlich zurück, und dies in doppelter Hinsicht und Freude. Endlich zu Hause angekommen, stellte er seinen Wagen auf den Abstellplatz und als er ausstieg, kam ihm ein lieblich duftender Geruch nach Lebkuchengewürz, Anis und Kardamom entgegen, ebenso mischte sich der harzige Geruch der hohen alten Kiefertannen darunter. Es schien ihm, als hätte er noch nie zuvor diese Düfte so intensiv wahrgenommen, nie zuvor vermochten sie so viel Vorfreude auf Weihnachten in ihm auszulösen.

Noch während er sich dessen schlagartig bewusst wurde, kam ihm bereits seine Frau freudig entgegen und im gleichen Moment wusste er, was sie als Erstes sagen würde. Er schlang sie sehnsüchtig in seine Arme, spürte ihre Wärme und roch den Duft ihres wundervoll schimmernden Haars. Und da waren sie, die drei Worte, welche er heute bereits zum dritten Mal hörte: «Frohes neues Jahr!» Er drückte sie noch enger und voller Dankbarkeit an sich, weggewischt die Befürchtung, sie nie wieder zu sehen, als hätte er seine Frau jahrelang vermisst, denn nie zuvor war er sich der Bedeutung dieser Worte dermassen bewusst wie in diesem einen, unvergesslichen, kostbaren Augenblick …

Flügelrauschen und Raureifglitzern

Mitleidlose, bizarre Kälte schlug mir entgegen und eisig verwehte Stille in einsam brachliegender Natur. Langsam wich ein mildes, gedämpftes Leuchten von Sonnenlicht der düsteren Finsternis der letzten Nacht, hüllte das dürre, tot geglaubte Geäst in herrlich glitzerndes Gewand, hinter neblig dunstig grauem Himmel lichteten sich schale, skelettartig abhebende Baumgestalten. Hartnäckigen Raureif über Nacht hingehaucht, klammerte sich kristallines Weiss an tief gefrorenen, starren Rinden, liess das winterliche Astwerk als zuckerartiges Idyll erscheinen und in diesem wundervollen Anblick der lichtvollen Verhüllung versunken die damit verbundene, klirrende Kälte erahnen. Des Raureifs Glitzern lag im sanften Schein des herannahenden Morgens, auf den unendlichen Weiten der kahlen Felder und dürren, leblosen Hecken.

Doch da, ganz unerwartet … war da nicht was? Eine kaum merklich wahrnehmbare Bewegung, ein leises, behutsames Flattern, ein kurzes, helles Aufleuchten? Ein kleiner Hauch von Andeutung, kaum der Wirklichkeit gewahr? Im unergründlichen, zugleich losen Gespinst des Nebels erkannte ich ein sanftes hauchzartes Schimmern so traumhaft schön, dass man kaum wagte, hinzusehen, fast zauberhaft, mystisch! Nein, da war wohl doch nichts gewesen, nur die rohe, harte und zugleich traumhafte Wirklichkeit der vor mir liegenden winterlichen Natur.

Durch das frostige, mit Reif besetzte Geäst der kahlen Gerippe hindurch leuchtete von Weitem, in dunstig nebelverhangenem, mattmilchigem Silberton, jedoch mit aller Kraft, die bereits aufgegangene Sonne. Blinzelte sachte, mehr und mehr durch gräulich weisse Nebelschwaden, liessen die wärmenden Lichtstrahlen in den trüben, undurchsichtigen Nebeln hinter sich und undeutliche Ahnungen im dunklen Schatten zurück. Alles leis und besänftigend wirkte der frischgefallene Schnee, geborgen und eingebettet ich mich fühlte.

Wie wundervoll, unter emsig laufenden Schritten über Feld und tief verschneiten Wald das kristallartige, knirschende weisse Pulver zu spüren. Den beschlagenen eigenen Atem vor bedeckter Hand und den erdig herben Geruch von beinahe gefrorener, still versunkener Natur wahrzunehmen. Einmalig und vollends bezaubernd, wundervoll diese herrliche Pracht, eine märchenhafte Morgendämmerung in tiefst schneetrunkenem Kleid!

Da, schon wieder! Nun war es ganz deutlich erkennbar, ein sanftes, mildes Leuchten, ein hauchzartes Glitzern zwischen knochigem, pulverbedecktem Astgewirr! Mehr noch, zeichneten sich da nicht vor meinen Augen weiche, luftige Federn, mehrschichtig vorkommend gar so etwas wie Flügel? Eine verschwommene Andeutung einer fast unwirklichen Gestalt … gar einem himmlischen Wesen gleich? Doch so unerwartet die zarte Erscheinung sich zeigte, so schnell löste sie sich wieder ins unerklärliche Nichts auf, verblasste zu einem dünnen Hauch, bis zur vollkommenen Unkenntlichkeit … war es denn nur eine beirrende Täuschung gewesen, ein durchlässiges Trugbild?

Doch auf einmal spürte ich eine nie gekannte innere Wärme, tiefste Geborgenheit durchflutete mein leises Herz. Nirgends war auch nur die geringste Spur zu sehen, jedoch eine liebevolle, ruhige Schwingung zu spüren, immense Ruhe und innerer Frieden. Sollte ich mich doch nicht getäuscht haben? War es doch ein beflügelter Bote, ein wahrhaftiger Engel, der hier soeben noch einhergegangen und still einen kurzen Moment zwischen märchenhaftem Raureif und dürrem Baumgeflecht verweilt hatte? Mein Blick wanderte von der vagen Wahrnehmung, einem kaum hörbaren Flügelrauschen, undeutlichen Konturen einer hellen Lichtgestalt und einem spärlich schimmernden Glanz über unzählige, knorrige Astrinden. Im ersten Morgengrauen daliegende, wundervoll verzauberte Matten, hinauf zu weich verwischten Nebelschleiern, gen himmlische Welten. Zwischen schalweissem Wintererwachen und zartem Morgenblass glaubte ich weit in der Ferne eine dahingleitende, segelnde Gestalt mit kräftig ausholendem Flügelschlag zu erkennen, ihren Weg ziehend, in immer höhere, unendliche Sphären …

Mit liebem Dank

Manchmal braucht es Jahre oder gar Jahrzehnte, bis lang gehegte, stille Träume reifen und sich verwirklichen lassen, da vordergründig das Leben selbst oft weder Platz noch Möglichkeiten dafür lässt, oder die Zeit noch nicht dafür bestimmt zu sein scheint, all die Jahre davor gebraucht werden, um den Boden dafür zu schaffen, den Traum erst danach umsetzen zu können. Denn einige Erzählungen in dem Buch hätte ich wohl kaum so wiedergeben können, wäre ich nicht selbst durch die erlebten Erfahrungen gegangen.

Wenn dann der richtige Zeitpunkt gekommen ist, geht es oft Schlag auf Schlag, als ob man zur rechten Zeit auf die richtigen Menschen trifft. So war es eine Freude, mit dem Swiboo-Verlag zusammenzuarbeiten, mit Herrn Benjamin Zumsteg, welcher in der Planung meines Buches sich von Beginn weg sehr ehrlich und korrekt verhielt. Mein Dank geht insbesondere an Frau Katrin Lindegger, verantwortlich für das Layout und die grafische Gestaltung, welche sich nicht nur als diesbezügliche Fachperson erwies, sondern auch sehr geduldig war, Änderungen immer wieder neu bearbeitete. Ebenso an Frau Martina Murer, zuständig für das Korrektorat, welche ich als grosse, sehr wertvolle und kompetente Hilfe empfand. Auch denjenigen Menschen, welche für den Druck, den anschliessenden Versand und die Administration zuständig waren, herzlichen Dank.

Nicht unerwähnt lassen möchte ich an dieser Stelle all jene Menschen, welche irgendwann in meinem Leben mir in irgendeiner Art und Weise helfend zur Seite standen, sich weit mehr als nur Bekannte, sondern als echte Freunde, gar als «Engel» erwiesen. Insbesondere danken möchte ich auch meiner heute erwachsenen Tochter und meinem verstorbenen Vater.

Und sollte der Himmel mir weiter gütig gesinnt sein, lässt sich vielleicht im kommenden Jahr oder im Jahr darauf der Traum eines weiteren Buches verwirklichen, die Zeit wird es zeigen …

Mögen die Leser, auch ihnen sei hier gedankt, bis dahin von lichtem Flügelrauschen begleitet sein und dass in Zeiten der Finsternis dennoch irgendwoher ein Glitzern die Dunkelheit zu erhellen vermag, gleich jenen leise geweinten Tränen aus der ersten Erzählung ganz zu Beginn des Buches, des stillen Engels vom Münster.

Valerie Jeanbourquin